비 가
진주성 悲歌

진주성 悲歌

下卷

조열태 著

이북이십사

경남 밀양 수산 동촌에 있는 육절각이다. 육절각이 분명하건만 동네 사람들에게 물어보면 잘 모른다. 서씨 재실이 어디 있는지 물어봐야 비로소 알아듣고들 위치를 알려준다. 진주성 2차전의 성주인 서예원과 일가족의 충절을 후손들이 기리고 있다. 그런데 정작 진주성에는 육절각이 없다. 아니 서예원이라는 인물 자체를 찾기 힘들다. 분명 진주성 성주로서 왜군과 맞서 싸우다가 일가족이 함께 장렬히 죽어 갔는데도.

晉州牧使贈資憲大夫軍部大臣 利川徐公禮元忠節碑

진주목사증자헌대부군부대신 이천서공예원충절비

밀양의 육절각에 있는 서예원의 충절비이다. 자헌대부는 정2품의 품계에 해당하는 벼슬이다. 여기서 '贈(증)' 이라 함은 사후에 준다는 뜻이다. 즉 조선 정부에서 서예원이 죽고 난 뒤 그 공을 인정해 벼슬을 증직해서 내려준 것이다.

강원도 횡성에 있는 육절려이다. 조선 정부에서 서예원 장군과 그 가족들의 충절을 기려 내려준 것으로, 제 65호 강원도 유형문화재이다.

육절려 내부. 원래 오정려였는데 육정려로 만들고자 하는 밀양 후손들의 기상 천외한 노력이 숨겨져 있다.

진주성 비가

| 하 권 |

진주성 1차전 전야 • 11

유숭인과 김시민 • 22

거문고와 퉁소 • 27

성벽 공방전 • 38

왜군, 진주성에서 패퇴 • 48

진주성 신임 목사 • 59

좁은 방의 세상 • 69

재회 • 73

왜군의 평양성 패배와 한양 집결 • 86

관사의 봄 • 92

절단 • 96

왜군, 부산으로 철군 • 106

모장 상봉 • 110

진주성에 또다시 닥친 위기 • 120

임금의 계책 • 125

계륵(수성이냐 공성이냐) • 129

죽음 • 156

고니시의 공성 지계 • 167

명의 부총명 왕필적 • 172

의령의 조선군 함안 진격 • 182

진주성 2차전 전야 • 191

갈등 • 197

명 부총병의 입성 • 209

진주성 2차전 • 218

격전 속의 관아 풍경 • 232

절망의 진주성 • 237

진주성 무너지다 • 248

촉석루 • 256

쌀 창고 • 266

포로 송환과 재회 • 270

＊뒷이야기와 남기고 싶은 이야기 그리고 부록 • 276

| 상 권 |

축성 / 개전 전야 / 봉화 / 김해성의 봄 / 부산진성 전투 / 조선
의 신속한 반격(동래성 전투) / 조선의 신속한 반격(작원관 전투)
/ 피난 / 진영 / 김해성 전투 / 도망 / 창원과 함안 / 조우 / 삭탈
관직 / 초유사 / 함안과 의령 / 정암나루 / 백의종군 / 고니시의
불가사의 / 연통 / 우두령 전투 / 지례 전투 / 선적과 악적 / 경상
좌도 신임감사 / 김시민과의 만남 / 다시 경상우도로 / 위기 / 진
주성으로 도망 / 또다시 부역 / 뜻밖의 만남 / 부록(당파 이야기)

진주성 1차전 전야

왜군은 정암진을 건너지 못했다. 건너지 않았는지도 모를 일이었다. 못한 것인지 안한 것인지. 아무튼 이 자그마한 사건 하나가 김시민의 진주성 1차전 대승의 단초가 되었다. 결과적으로 왜군에게는 패착, 조선군에게는 승착이었다.

왜군의 동태를 면밀히 파악하고 있던 김성일은 즉각 전라도에 지원을 요청하고 인근 의병장들을 불러 대책을 세웠다. 우선 위장 전술을 펼쳤다. 병사들을 시켜 정암진 주변의 산 위에 많은 깃발들을 열 지어 꽂게 했다. 강 건너 쪽에서는 다수의 병력들이 진을 치고 있는 것처럼 보이게 하는 위계였다. 왜군은 강 건너 깃발들을 보고 망설인 끝에 정암진 도강을 포기 했다. 조선군의 위장 전술이 보기 좋게 성공한 셈이었다.

그런데 오로지 진주성 함락만을 염두에 둔 왜군이었다. 괜히 정암진을 건너느라 공연히 진을 빼기 싫었을지 모를 일이었다. 또한 당초 예상대로 진주성만 함락시키면 주변 지역에서 폐롭게 설쳐대는 군소 조선군 부대들은 저절로 수그러들 것이어서 구태여 피를 흘리며 정암진을 건널 필요성을 못 느꼈을 수도 있었다. 곽재우에게 당한 예전의 쓰라린 경험도 꺼림칙했을 것이었다.

어쨌든 3만의 왜군은 함안서 정암진을 건너지 않고 곧장 진주로 향했다. 그러나 이로 인해 진주성이 고립무원의 처지에는 빠지지 않았으므로 곧 조선의 행운이었다. 만약 왜군이 일부 희생을 감수하고서라도 정암진을 건넜더라면 전장이 의령, 산음 등지로 확대 되었을 가능성이 있었다. 이는 여러 곳에서 전투가 동시다발적으로 벌어지는 상황을 초래했을 터. 그랬을 경우 가뜩이나 병력 부족으로 고생을 겪고 있던 조선군에게 고통을 가중시켜 진주성 외부 지원에 대해서는 엄두조차 내지 못하게 했을 것이었다. 그랬더라면 진주성은 필경 고립무원의 신세에 처하게 되었을 것이니, 결국 정암진 도강 저지 계책은 진주대첩과 전라도 보전의 시발점이 되었다.

함안까지 무너뜨린 왜군의 대병력이 곧 쳐들어올 것이라는 소문이 쫙 퍼진 성안의 공기는 뒤숭숭했다. 삼삼오오 떼를 지어 수군덕거리는 소리에서 별의별 풍설이 피어나와 성중을 떠돌았다. 그동안 전투 준비를 하느라 차분하던 분위기도 막상 적의 대군이 곧 닥쳐온다는 절망적 현실에 직면하자 비관적 분위기가 주류를 이루었다.

우리 군사들은 고작 4천 명도 안 되는데 적은 3만이 넘어 붙어보나마나 다 죽게 생겼다는 설. 몇몇 장수들이 지레 겁을 먹고 달아나자고 권하다가 김시민 장군에게 목이 달아날 뻔했다는 설. 부자들과 지체 높은 사람들은 벌써 알아차리고 다 도망치고 없다는 설. 인근에서 몰려온 사람들도 모두 힘없는 백성들뿐 잘나고 똑똑한 사람들은 다른 데로 빠졌다는 설. 진주성이 무너지면 왜군은 전라도 땅을 짓밟을 것이고 그리되면 조선도 무너질 것이라 의주에 있는 임금은 곧바로 명나라로 들어가 내부할 것이라는 설…

근거가 있든, 없든, 확실하든, 모호 하든, 일단 입들이 마주치기만 하면 이러저러한 설들이 흘러나와 금방 그 덩치를 키워나갔다.

부역은 일찍 끝났다. 오후가 되자 관에서 소와 돼지를 잡아 부역한 사람들에게 베풀었다. 김시민 장군의 부인 및 예하 장수, 군관, 병사들의 부인들과 자원봉사 나온 아낙들이 각각의 장소에서 부지런히 음식 시중을 들었다. 성을 지키는 병사들에게도 넉넉히 먹이고 성안 각각의 공터에 모인 사람들에게도 아 낌없이 베풀었다. 가마솥에선 고깃국 끓이는 냄새와 고기 삶는 냄새가 진동했고 여기저기서 끼리끼리 모여 술판을 벌였다. 덩 치를 키우던 비관적인 설들이 술기운과 더불어 잦아들기 시작 했다.

억술은 가마니 위에 앉아 조용히 탁주만 마셨다. 개동 아버지 와 주위 사람들이 말을 걸 때만 건성으로 대답하고 술잔만 기울 였다. 기분 같아서는 당장이라도 조맹칠에게 달려가서 요절을 내고 싶지만 성에서 한 발자국도 나갈 수 없는데다 증거 또한 아무것도 없으니 환장할 지경이었다. 어젯밤 잠자리에 누워 지 난 일을 곰곰이 되짚어 보고나서 억술은 비로소 깨달았다.

처음부터 조맹칠과 박 아전이 짜고서 그를 데리고 놀았음을. 조맹칠 집이 편안했던 이유는 조맹칠이 그렇게 되도록 의도적 으로 배려했음을. 포를 야금야금 뜯어감으로써 손실에 대한 감 각을 더디게 했음을. 포를 뜯어갈 때마다 조맹칠은 옆에서 "죽 일 놈들." 운운하며 그의 의심을 가라앉혔음을. 편지를 조작해 천판수를 나쁜 놈으로 몰아 피가 나도록 때려서 그에게 믿음을 심어 놓고 자연스레 가짜 어음을 끊었음을. 의령에서 재식이와 칠득이가 초모 군관에게 우연히 들킨 것이 아니었음을. 선적 이야기에 거부할 도리가 없을 그의 처지를 교묘하게 이용했음을. 그에게는 생소한 낙안을 끌어들여 그를 진주성으로 내몰았음을. 박 아전과 같이 광에 숨었을 때는 말만 들었을 뿐 관리나 포졸의 얼굴조차 보지 못했음을. 쌀 창고 연극을 꾸며 그와 식구들을 극도의 공포감으로 몰아넣음으로써 선택이나 의심의 여지없이 무조건 진주로 내빼게 했음을. 포 한 필 정도는 수중에 남겨둔 것은 그래도 굶어 죽지 말라고 봐준 것임을. 만약 수중에 금붙이가 있다는 사실을 알아차렸더라면 그마저도 등쳐먹었을 것임을.

생각할수록 분통이 치밀었다. 그러다가 문득 여기서 죽어 그들의 작전이 완벽하게 성공하는 것이 아닌가 하는 불길한 예감마저 떠올라 억술은 순간적으로 온몸에 소름이 돋는 것 같았다. 머리를 세차게 흔들고 다시 탁주를 들이켰다.

술이 거나해지자 노래 소리가 흘러 나왔고 덩실덩실 어깨춤을 추는 사람들이 생겨났다. 주위 사람들이 권하는 술을 사양 없이 다 받아 마신 칠득이도 일어나서 덩실덩실 춤을 추고 있었다. 춤추다가도 누가 시간이라도 물을라치면 어김없는 동작과 대답으로 사람들을 웃겼다. 개동 아버지가 같이 춤을 추자고 권하면서 억술을 일으켜 세우려 했지만 억술은 사양하고 그대로 앉은 채 그저 술잔만 들이켰다. 어디선가 "형씨. 여기 있었네요."하고 부르는 소리가 들렸다.

"왜놈들이 금방이라도 쳐들어올지 모르는데 노는 사람들은 참 잘 노네요."

얼큰하게 한 잔 된 천판수가 억술 옆에 앉으면서 말을 걸었다.

"그거야 뭐 높은 사람들이 어련히 알아서 하겠습니꺼? 설마 지금 당장 몰려올끼라 카면 이래 놀게 해주겠습니꺼? 다 생각이 있어서 이래 할낍니더."

대답하는 억술의 목소리에는 힘이 빠져 있었다.

"하기사 이리저리 세작들을 심어 놓았으이 윗사람들한테 정보가 다 들어가겠지요. 아매 오늘밤에는 왜놈들이 안 오는가 봅니다. 그건 그렇고 왜놈들이 물러가고 나서라도 그 작자들한테 섣불리 덤벼들면 큰일 납니다. 분통 터지더라도 일단 좀 참았다가 신중하게 접근해야 하는 거라요."

억술 역시 속으로 짐작하고 있었다. 화가 치민다고 다짜고짜 달려가서 덤벼들어봤자 아무 증거가 없으니 소용없을 일이었다. 억술이 박 아전에게 포를 건네는 것을 본 사람은 조맹칠뿐인데 서로 한 통속이라 증인이 안 되는 것이고, 어음 역시 가짜라서 박 아전이 모르는 사실이라고 잡아떼면 전혀 증거가 될 수 없었다. 글자를 모르는 억술이지만 어음에 큰 글씨로 쓰인 포 스무 필을 나타내는 글자는 읽을 수 있었다. 그의 권한임을 나타내는 작은 글씨로 쓰인 '최억술'이라는 이름 역시 읽을 수 있었으나, 발행인은 누구인지 읽을 수 없어서 조 노인과 박 아전이 읽어주는 대로 알 수밖에 없었다. 의령 현청 행수 박평국 발행이라고 쓰여 있다고 알려 줘서 그렇게 기억해 두고 있었다. 그 옆에는 발행 날짜가 쓰여 있었는데, 억술도 그 정도는 읽을 수 있었다. 그리고 그 아래에 찍혀있는 큰 도장은 의령 현청의 관인이라고 말해 줬기 때문에, 억술은 당연히 그럴 것이라 여겼다.

그러나 박평국이라는 사람은 의령 행단에 없고 의령 현청의 관인 역시 가짜라는 것을 어젯밤에 천판수로부터 확인했다. 또한 동네에서 글을 알고 있는 사람에게 확인해본 결과 의령 현청 행수 박평국 발행은 맞게 쓰여 있었다. 다만 없는 사람일 뿐이었다.

박평국이 유령 인물이므로 어음 역시 증거가 될 수 없는데다 용의주도한 조맹칠이나 박 아전이 그들의 필체로 어음을 작성하지는 않았을 터, 결국 증거는 아무것도 없었다. 증인을 서줄 사람은 오로지 천판수뿐인데, 그는 쉽게 나설 수 없는 처지일 뿐더러 그 역시 자세한 내막까지 알고 있는 것이 아니었다. 고로 증인으로 나선다고 해도 별 도움이 되지 않을 것임이 뻔했다. 아무리 생각해도 방법이 떠오르지 않아 억술은 막막했다. 물에 빠진 사람이 지푸라기라도 잡는 심정으로 억술은 천판수에게 하소연했다.

"이 일을 우째 해야 되겠습니꺼? 다른 거는 몰라도 어음 떼인 것만이라도 돌려받을 방법이 없겠습니꺼? 그것만 해도 논이나 소도 살 수 있는데… 나도 미쳤지."

"나중에 아주 믿을 만한 높은 사람한테 줄이 닿거든 부탁을 해보이소. 절대로 혼자서 하다가는 당합니더. 나도 묵고 살아야 하이 내가 나설 처지도 못 됩니더. 어제도 말했지만 나를 끼어넣지는 마소. 어데 높은 사람하고 줄 닿을 만한 데가 없는교?"

"형이 벼슬살이 하는 건 아니지만 발이 넓습니더. 가진 것도 좀 되고에. 그렇지만 멀리 피난 가뿟으니 당장은 안 됩니더. 나중에 형한테 말하는 거 말고는 달리 부탁할 데가 없습니더. 그라고 우쨌기나 나도 군에 안 갈라꼬 뇌물 쓴 건데 나중에 나까지 같이 걸려들면 우짭니꺼?"

"그기 고약하게 된 거라에. 그래도 나라법이 막무가내로 백성들을 괴롭히지는 않을 깁니다. 이거 차암, 나도 아는 기 없으이 우째 대답해야 할지 모르겠네에. 아무튼 이 일로 형씨가 곤장이라도 맞게 되면 형씨만 손핸 거라요. 그라이끼네 높은 사람한테 줄 대는 것이 최선입니더. 군에 안 간다고 떼인 거는 우짜지 못 한다 카더라도 어음은 받아내야지에. 하여튼 높은 사람 한 번 알아보소."

"알겠습니더. 형씨는 계속 남문에 있어야 되겠네요. 왜놈들이 몰려오면 얼굴 보기도 힘들겠습니더. 아무튼 조심하이소."

"할 수 없지요. 처음부터 남문에 배정받았으이 거서 버터야지 별 수 있습니꺼. 그라고 물자가 좀 남은 기 있습니까? 만약 어려우면 내가 얼마는 안 되지만 좀 융통해줄 수 있는데요."

억술은 가슴이 복받쳤다. 비록 몹쓸 사람들에게 걸려들기는 했지만 세상에는 착한 사람들이 더 많다는 감동이 순간적으로 억술의 가슴속을 파고들었다. 하필이면 그런 몹쓸 사람들한테 걸려든 그의 박복이 탄식스럽기도 했다.

"아직은 괜찮습니더. 아직 쌀이 조금 남아 있고 가지고 있는 금붙이를 처분해도 포 서너 필은 될 겁니더. 나중에 밀양으로 돌아갈 방편만 좀 알아봐 주이소."

"여기서 나가기만 하면 내가 밀양까지 동행할 테이 걱정하지

마이소. 그라고 우째 생각하면 이게 잘 된 건지도 모르요. 왜놈
들이 쳐들어오지 않았더라면 그 작자들이 무슨 핑계를 대서라
도 가짜 어음마저 울가 먹었을 기고 그라고 나서는 밀양에 사람
을 보내가지고 계속 또 야금야금 뜯어 먹었을 겁니더. 왜놈들이
쳐들어온다 카이 급히 작전을 짜가지고 형씨를 이리로 보내버
린 거라요. 혹시 형씨가 죽기라도 하면 그 인간들 살판나는 겁
니다. 그라이 일단 여기서 무조건 살아남고 봐야 됩니더. 그래
야 복수할 생각이라도 해 볼 것 아입니까?"

"그래 말해 주이 정말 고맙습니더. 형씨도 꼭 살아남아야 됩
니더."

춤판은 점점 무르익어가고 있었다. 칠득은 얼마나 흥겨운지
배꼽을 다 드러내놓고 춤추고 있었는데, 그 모습을 본 아낙들이
더 좋아서 난리를 쳐댔다. 그 와중에도 짓궂게 시간을 묻는 사
람이 나왔다. 이번에는 칠득이도 귀찮은지 춤추다 말고 해를 보
는 동작을 취하면서 "미시여, 미시. 그것도 몰러, 바보야. 묻지
마." 혀 짧은 소리를 내고는 다시 춤추기가 바빴다. 이에 구경
하는 사람들은 또 박장대소 했다. 노래하는 사람은 노래하는 대
로, 춤추는 사람들은 춤추는 대로, 어깨를 들썩이고 손뼉을 치

며 구경하는 사람들은 구경하는 대로, 현 순간의 즐거움을 만끽하고 있었다. 왜군이 몰려온다는 사실은 아직은 먼 순간의 일 같았다. 해는 서산에 지고 있었다. 임진년 시월 초하루 저녁은 그렇게 저물어갔다.

유승인과 김시민

10월 4일, 아침부터 긴박감이 성 전체를 휘몰아쳤다. 함안을 점령한 왜군이 남강을 건너 진주성을 포위하고 있다는 소문이 쫙 퍼져 있었다. 성인 남자들은 모두 싸울 준비를 갖추고 각자 배정받은 장소로 모이라고 골목골목을 돌며 외치는 포졸들의 소리가 아침 일찍부터 어지러이 흘러나왔다. 억술은 서둘러 아침을 차려 먹고 개동 아버지와 함께 동문으로 갔다. 부역까지는 몰라도 싸우는 데만큼은 칠득이를 빼달라는 억술의 간곡한 요청을 윗선에서 받아들였다. 따라 나오려고 떼를 쓰는 칠득을 억지로 떼어내 애들과 함께 두고 떠났다.

공터엔 벌써 많은 사람들이 모여 있었다. 동문 수문장 성수경의 일장 연설이 끝나고 난 뒤 모두들 성벽 위로 올라갔다. 죽창을 무기로 받은 억술은 지휘 장교의 지시에 따라 돌무더기 옆에 위치를 잡았다. 누른 배를 그대로 들어낸 들판은 메말라 있었지만 막 절정을 지난 단풍은 아직 그 눈부신 자태를 뽐내고 있었다. 성 밖 만추 산야의 풍경은 황량하면서도 화려했다.

긴장된 시간이 흐르고 있었다. 그런데 오전이 끝날 무렵 이상한 일이 벌어졌다. 창원에서부터 왜군과 일정 거리를 두고 대치, 접촉하다가 진주성 쪽으로 철수한 경상 우병사 유숭인(전 함안 군수)이 동문 외곽에 1천여 명의 군사들을 이끌고 나타났다. 즉각 다른 쪽의 문을 순시하고 있는 성주 김시민에게 이 사실이 보고되었고, 김시민이 동문에 도착했을 즈음 유숭인도 단기로 성문 앞까지 도착했다. 억술은 멀찌감치 떨어져 있었지만 김시민과 유숭인의 대화를 대충 알아들을 수 있었다. 천만뜻밖에도 김시민 장군이 유숭인의 입성을 허용치 않겠다는 내용이었다.

유숭인이 돌아가고 난 뒤 웅성거림이 있었지만 이내 동요하지 말라는 지휘관들의 호령소리에 잦아들었다. 오후가 되자 멀리서 요란한 조총 소리가 들렸다. 난생 처음 들어보는 총소리였지만 유숭인의 부대가 왜군과 싸우는 소리임을 억술은 직감했다. 김시민 장군은 가까운 곳에서 아군이 적의 대군과 맞서 싸우는데도 꼼짝하지 않았다. 성주가 꼼짝 않고 있으니 예하 장수들은 두 말 할 것도 없었다. 그 아래 병사들이나 싸우러 나온 백성들도 침묵을 지킬 수밖에. 오후 늦게 성 밖의 조선 군사들이 모두 몰살되었다는 소식이 들려왔다.

그랬다. 창원서 후퇴해 온 유숭인의 병력 천 여 명 외에 진주성을 구원하러 오다가 유숭인과 만나게 된 사천 현감 정득열과 가배량 권관 주대청의 병력 4백여 명까지, 도합 약 1,500명의 장졸들이 진주성에 들어가지 못하고 어쩔 수 없이 외곽에서 왜군의 포위 공격에 맞서 용감히 싸우다가 모두 몰살되고 말았다.

의병장 곽재우는 목사 김시민이 병사 유숭인을 진주성에 입성시키지 않았다는 소식을 듣고 "이런 계책이 바로 진주성을 온전히 지킬 수 있는 방법이니, 이는 족히 진주인의 복이다."라고 감탄했다지만 엄밀히 말하면 하극상이었다. 목사(정3품)가 상급 지휘관인 병사(종2품)의 입성을 거부한 것은 자칫 잘못하면 참수형에 처해질 중죄였다. 물론 전투 상황 하에서는 수성장의 고유 권한으로 가능한 일이긴 했다. 그러나 왜군의 본격적인 진주성 공격은 6일부터 시작되었기 때문에 왜군이 틈을 타서 들어 올까봐 성문을 열어줄 수 없다고 말한 김시민의 변명에는 궁색한 데가 있었다.

입성을 거부당하리라 전혀 예상하지 못하고 작전대로 적과 일정 거리를 유지하며 성 방어전에서 승부를 걸기 위해 진주성까지 물러선 유숭인이었다. 무엇보다 그에게는 입성하지 못할

하등의 이유나 잘못도 없었다. 그런 그가 김시민의 결단에 의해 입성을 못했다. 그로서는 억울하기 짝이 없는 노릇이었다.

유숭인 때문에 어이없는 죽음을 당한 나머지 1,500명에 가까운 군사들의 억울함은 더했다. 특히 사천 현감과 가배량 권관, 그리고 그 4백여 병사들은 유숭인과 전혀 관계없는 사람들이었다. 유숭인과 마주치지만 않았더라도 아마 진주성에 입성했을 테였으니 그들의 죽음은 더더욱 원통했다. 만에 하나 김시민이 진주성을 지켜내지 못했다거나 유숭인이 죽지 않았다거나 했다면 이 사건은 훗날 시빗거리가 될 여지가 다분했다.

그 당시 진주성 관군의 병력은 약 3,800명, 여기에 1,500명의 병력이 가세했다면 5천명이 넘는 군사력을 진주성 수비군이 보유하게 되는 셈이었다. 수성하는 데 많은 도움이 되었을 것임이 분명했다.

그러나 김시민은 냉정하게 유숭인을 내쳤다. 나이도 훨씬 어린 유숭인이 품계가 높은 것을 빌미로 지휘권이라도 행사하려 든다면 그의 의도대로 수성전을 펼치지 못할 것이라고 염려했기 때문이었는지, 성을 돌면서 싸움을 지휘해야 하는데 아무래도 품계가 높은 유숭인이 껄끄러운 존재가 될 것이라 꺼렸기 때문이었는지, 새파란 나이에 두드러진 전공도 없는 유숭인이 오로지 전쟁이라는 특수 상황 때문에 거저먹기로 병사 직에 오른 것이라고 판단해서 믿을 수 없는 사람으로 여겼기 때문이었는지, 아니면 또 다른 남모를 사정이 있었기 때문이었는지, 무슨 연유였는지… 아무튼 그는 유숭인을 받아들이지 않았다.

어쩌면 그 또한 사람이었는지라 속물적인 판단도 작용했을지 모를 일이었다. 유숭인과 더불어 수성전에 성공했을 때 과연 누구에게 더 많은 전공이 돌아갈 것이냐 하는.

그러나 1차전을 통해 김시민과 유숭인이 모두 죽음으로써 모든 시빗거리는 사라졌다. 개전 초 밀양의 작원관에서 함께 작전을 펼치다 죽을 고비까지 넘겼던 두 사람의 만남은 결국 비극으로 막 내렸다.

거문고와 퉁소

5일 아침, 성 안에 있는 여자들에게 남자 옷을 입으라는 지시가 내려졌다. 아군의 병력을 보다 많아 보이게 하려는 위장전술의 일환이었다. 투덜대며 개동 아버지의 옷을 찾는 개동 엄마를 뒤로 하고 억술은 개동 아버지와 함께 아침 일찍 나와서 그가 맡은 자리로 갔다. 긴장감 속에 오전이 흘렀다. 왜군은 나타나지 않았다.

오후가 시작되자 저 멀리서 연기가 피어오르는 것이 보였다. 약간의 술렁임이 있었지만 곧 잠잠해졌다. 연기의 정체는 이내 밝혀졌다. 왜군 선봉대가 그쪽에 있는 쌀 창고를 불태워서 나는 연기였다. 얼마 있지 않아 왜군 선봉대가 동쪽 말고개 고갯마루까지 진출했다는 소문이 떠돌았다. 그러나 그것으로 끝이었다. 아직 왜군은 성 가까이 나타나지 않았다. 수성장 김시민 장군이 말을 타고 수시로 성을 순시했다. "겁먹지 마라. 화살 하나 탄환 하나라도 허비하지 마라."하며 군사들을 격려, 질타했고 "나라가 무너지면 백성도 없는 법, 모두가 한 뜻이 되어 간악한 무리를 물리치는 데 힘을 보태주시오."하며 백성들의 협조를 구했다. 5일은 아무 일 없이 저물었다. 왜군이 동쪽 십리 밖에서 진 치고 있다는 소문이 퍼졌다. 백성들은 숙소에 가서 자고 내일 아침 일찍 나와 달라는 안내가 있었다.

6일 오전에 비로소 억술은 왜병들을 구경할 수 있었다. 4월 말경 왜군 때문에 도망쳐 나온 이래 근 반년 만에 실제 왜군의 모습을 처음 보는 순간이었다. 왜병들의 위용은 화려하고도 괴기스러웠다. 각양각색의 깃발을 휘날리며 가면을 쓴 모습은 흡사 마귀처럼 느껴지기도 했다. "침착하라. 구경만 하라. 발사하지 마라." 동문 수문장 성수경이 군사들에게 내리는 명령이 들려왔다. 오전이 끝나갈 무렵이었다. 왜병들은 멀리서 두루 진을 친 채 이쪽을 향해 총을 겨누고 있었고, 조선군들은 성가퀴에 몸을 숨긴 채 전방을 응시하며 대치하고 있었다. 싸우러 나온 백성들도 저마다 엄폐물 뒤에 몸을 숨기고 있었다. 억술은 두려웠다. 돌무더기 뒤에 바짝 몸을 숨겼다. 이따금씩 살짝 옆으로 고개를 내밀어 왜병들을 살펴봤다.

갑자기 요란한 조총소리와 함께 엄청난 함성소리가 들렸다.

억술은 본능적으로 무릎을 꿇으며 땅바닥에 엎드렸다. 눈을 감고 꼼짝 않았다. 얼마쯤 지났을까. 개동 아버지가 억술의 어깨를 툭툭 치며 귀에다 대고 "형님, 일어나소. 이래 겁이 많아가지고 우째 싸우겠는교?"하고 속삭였다. 개동 아버지와는 이미 호형호제하는 사이가 되어 있었다. 억술이 고개를 들어보니 다들 긴장한 채 웅크린 자세로 전방을 주시하고 있는데 그 혼자만 엎드려 있었던 것으로 드러났다. 심히 멋쩍었다. 그런데 아직 조총 소리와 함성소리가 들리고 있었다. 알고 보니 다른 문에서 흘러나오는 교전 소리였다.

쑥스러운 표정을 지으며 억술이 몸을 일으켜 다시 왜병들이 있는 쪽을 막 주시했을 때, 함성소리와 더불어 마치 콩 볶는 듯 조총을 갈겨대는 소리가 들려왔다. 이번엔 진짜였다. 억술도 개동 아버지도 엎드렸다. 무수하게 총알 튕기는 소리가 귓전을 어지럽혔고 여기저기서 "어이쿠."하는 비명이 터져 나왔다. 몸을 숨기고 일절 대응하지 마라는 지휘관들의 외침소리가 겹쳤다. 억술은 아무 생각도 할 수 없었다. 그저 꼼짝 않고 엎드려 있었다.

한참 동안 계속되던 총소리가 멈추었다. 억술은 무서워 아직 고개를 들 수 없었다. 신음 소리를 내는 사람들이 더러 있었고 이어 부상자들을 데리고 내려가라는 소리가 들렸다. 잠시 후 "어어, 저것 봐라."하는 소리들이 터져 나와 억술도 살짝 고개를 내밀어 전방을 내다봤다. 어느 틈엔가 왜병들이 민가에서 뜯어낸 대문짝들로 성 밖 약 100보 되는 지점에 방패 막을 형성하고서 공격 태세를 갖추고 있었다. 놀랄 새도 없이 거기로부터 무자비한 조총 공격이 또 시작되었다. "으윽"하며 쓰러지는 사람들이 생겨났다. 억술은 하늘이 노래지는 것 같았다. 무조건 엎드려 꼼짝하지 않았다.

조총에 이어 화살이 날아오는 것을 억술은 느꼈다. 겁이 나서 감히 고개를 들 수 없었지만 적의 공격이 점점 거세어지고 있음을 어렴풋 알아챌 수 있었다. 그래도 조선군 진영에서는 반응이 없었다. 억술은 대포를 뒀다가 도대체 뭣에 써먹으려고 그냥 두고 있나 싶어 엎드려 있는 가운데도 짜증이 났다. 적의 총소리가 더욱 요란해졌다. 피잉, 피잉. 그가 엎드려 있는 돌무더기에 탄환이 튕겼다. 순간 온몸을 오그렸다. 차라리 박 아전의 광에서 오금 저릴 때가 봄날이었다는 생각이 꿀떡같이 들었다. 총소리가 약간 뜸해졌다. 그때였다. "지금이다. 발사하라." 조선군 지휘관들의 명령소리가 울려 퍼졌다.

"쏴라, 쏴아. 한 놈도 살리지 마라." 어지러이 명령이 터져 나왔고 "우우"하는 함성소리와 더불어 편전과 활 등 조선 군사들의 일제 공격이 시작되었다. 웅크려 있었지만 억술은 조선 군사들의 공격을 충분히 인식할 수 있었다. "야이, 개새끼들아. 죽어라. 죽어."하는 외침소리도 들려왔다. 활을 쏠 줄 아는 백성들도 용감히 싸우고 있었고, 자세를 낮춰 이리저리 뛰어다니며 화살을 나르는 백성들도 보였다. 왜군 진영에서도 즉각 반격이 나왔다. 양군 사이에서 어우러지는 맹렬한 공방전으로부터 번져 나오는 굉음이 온 성을 집어 삼킬 듯 휘감았다. 억술은 진절머리를 쳤다.

수문장 성수경이 돌아다니며 독전하는 소리가 들렸다. 억술이 웅크려 있다 말고 살짝 살펴봤다. 성수경은 빗발치는 탄환과 화살 속에서도 아랑곳하지 않았다. 그 역시 손에 활을 들고 쉴 새 없이 쏘고 있었다. 얼마나 흘렀는지 모르지만 적의 공격 강도가 무뎌지고 있음이 분명했다. 잠시 후 조선 군사들의 함성이 더욱 커졌다. 곳곳에서 "와! 와!"하는 환호성이 울려 퍼졌다. "형님, 저것 좀 보소." 개동 아버지가 옆으로 다가와 억술을 일으켜 세웠다. 안도의 한숨을 쉬며 성 밖을 내다봤다. 적이 퇴각하고 있었다. 죽은 동료의 시체를 엎고 가는 병사들도 있었고 절뚝거리는 동료를 부축해서 가는 병사들도 눈에 띄었다.

억술은 비로소 조선 군사들이 잘 싸운다는 사실을 깨달았다. 이제 살았구나 싶었다. 그러나 마치 그 마음을 읽고 있었다는 듯 동문 수문장 성수경이 돌아다니며 백성들에게 훈시하는 소리가 들려왔다. "이제 겨우 시작이오. 아직 가야 할 길이 구만 리니 긴장을 늦추지 말아 주시오." 그 말이 끝나기가 무섭게 "쾅, 쾅" 엄청난 폭발음이 들려 억술은 움찔했다. 다른 문에서 발사하는 조선군의 대포 소리였다. 이어지는 총소리와 함성소리. 또 대포소리. 조금 전에 억술이 직접 경험했기에 그쪽의 전투 상황도 저절로 그려졌다.

적의 공격 시도가 동문 쪽에서 이후 몇 차례 더 있었지만 조선군은 잘 막아냈다. 오후가 깊어지자 결국 왜병들은 물러나고 말았다. 다른 문에서도 밀리지 않고 왜군을 물리쳤다는 소식이 전해져 모두들 고무되었다. 특히 북문 쪽에는 해자가 있어 왜병들이 나무판을 깔고 그것을 건너려 했으나 우리 편의 완강한 저항에 부딪쳐 막대한 피해를 입었다는 소식도 전해졌다. 6일 낮은 그런 식으로 넘어갔다. 저녁이 되자 지휘관들의 부인과 아낙들이 밥을 지어 성벽으로 날랐다. 적의 조총 소리는 어두워지고서도 계속 들렸다.

밤이 되자 조선군은 횃불 작전을 펼쳤다. 김시민 장군의 지시하에 군사들과 백성들은 교대로 눈을 붙여가며 밤새도록 횃불을 밝혔다. 일종의 교란작전이었다. 잠을 자다간 밤새 눈을 벌겋게 뜨고 있는 조선군의 기습 공격을 받을 수 있다는 인식을 왜군에게 심어주려는 의도였다. 더군다나 이날 저녁에 곽재우가 보낸 심대승이 군사 2백 명을 거느리고 향교 뒷산에 올라가 호각을 불고 횃불을 밝힘으로써 작전을 도왔다. 의병장 최강과 이달도 역할을 하기위해 각각 원병을 이끌고 산에서 진을 쳤다. 한 병사 당 너댓 개의 횃불을 들고서 고함을 지르고 일부는 북을 침으로써 왜병들을 교란하는데 한 몫 보탰다. 왜병들은 이러한 조선 군사들과 맞서기 위해 횃불을 들고 산에 올라가 밤새 대치하느라 제대로 잠을 자지 못했다.

7일 아침이 밝았다. 억술은 성벽 아래 공터에 마련된 임시 취사장에 내려가서 식사를 했다. 교대로 내려갔다 와야 했다. 급히 밥을 먹고 근처 숲속 으슥한 곳으로 가서 볼일을 봤다. 임시 변소가 마련되어 있었지만 줄을 서서 기다려야 하는 것이 번거로워 쉬운 길을 택했다. 들고 간 지푸라기로 밑을 대충 문지르고 괴춤을 여미고 나오다 그가 머문 곳으로 들어오는 사람과 마주쳤다. 서로 머쓱한 웃음을 짓고 지나쳤다. 그러고 보니 자리를 찾는 사람들, 볼일을 보는 사람들, 볼일을 마치고 괴춤을 올리는 사람들 등으로 주위가 산란했다. 모두들 볼일 때문에 바쁜 사람들이었다. 적을 눈앞에 둔 긴박한 상황일지라도 먹을 건 먹어야 하고 쌀 건 싸야 하는 모습들이 묘한 감상을 불러일으켰다.

이른 오전부터 왜군의 공격이 시작되었다. 어제 당했던 것을 앙갚음할 심산인지 대문짝이나 문짝 따위로 단단히 방어막을 형성한 뒤 신랄한 조총 공격을 퍼부었다. 조총이 뜸해졌다 싶으면 비 내리듯 무수한 화살이 쏟아졌다. 그러나 조선군의 반격도 만만치 않았다. 어제의 수성 성공으로 이미 사기가 오른 조선군인지라 왜병들의 접근을 허용치 않았다. 억술도 어제보다는 많이 담대해졌다. 내리 퍼붓는 총탄과 화살 속에서도 이리저리 화살을 날랐으며 부상자나 사망자가 생기면 몸을 숙여 다가가 직접 부축하거나 업어서 성벽 바로 아래로 옮겼다. 거기서부터는 대기조가 기다리고 있다가 임시 부상병 보호소까지 또는 시신 보관소까지 책임지고 운반했다.

처음에 억술은 총이나 화살을 맞고 넘어져서 움직이지 않는 사람들에게는 의식적으로 접근을 피했다. 움직이는 사람들에게만 접근한 것이었다. 시체를 직접 보고 만진다는 두려움을 이겨

낼 자신이 없어서였다. 그러나 위험을 무릅쓰고 사망자를 들쳐업기 위해 끙끙대는 개동 아버지를 도와주고 나서부터는 움직이든 움직이지 않든 쓰러지는 사람이 생기면 남 먼저 달려갔다. 왜군의 공격은 하루 종일 파상적으로 계속되었지만 조선군의 완강한 저항을 뚫지는 못했다. 공격이 뜻대로 되지 않아 화가 치밀었는지 아니면 조선군과 백성들에게 공포심을 심어 주기 위해서였는지 왜군은 성 밖 주변 10여 리 안팎의 민가를 약탈하고 불태워버렸다. 타오르는 연기가 하늘을 가리는 듯했다. 저녁이 되자 왜군의 공세가 중지되었다.

취사장 앞에 깔아놓은 가마니에 앉아 억술은 저녁을 먹고 있었다. 저쪽 낮은 구릉 너머에서 오열하는 소리가 새어나와 구릉을 타고 넘어 이쪽 밥 먹는 사람들의 귀에까지 흘러들었다. 시신 보관소에서 사망자의 가족들이 내는 소리였다. 아침까지만 해도 한 솥밥을 먹던 사람들 이었지만 순식간에 생사가 엇갈려 저녁에는 통곡을 먹고 있었다. 그 역시 싸늘한 시체가 되어 저 자리서 통곡을 받을지 모른다는 불길함이 불현듯 떠올라 순간적으로 온몸에 오싹 전율이 일었다.

그가 죽는 것이 두려워서만이 아니었다. 천덕꾸러기 신세로 전락해 밥 굶으며 오갈 데 없이 처량하게 떠돌 칠득과 아들들의 모습이 불길함의 뒤꽁무니에 섬뜩 겹쳐 어른거렸기 때문이었다. 그때 "아재."하는 소리가 들려 깜짝 놀랐다. "아니, 칠득아. 집에 안 있고 와 왔노?" "싸우러 왔지, 히히." 전투가 격렬해지고 부상자와 사망자가 늘어남에 따라 성중에 싸울 수 있는 사람들이라면 모두 동원해서 인솔자가 모아오는 길이었다. 칠득은 뭣 하려는 것인지도 모르고 싱글벙글했다. 저녁을 먹은 뒤 지휘 장교의 승낙 하에 억술은 칠득을 그의 위치로 데리고 갔다.

날이 어두워졌다. 낮에 그렇게 들볶아대던 왜군의 총성이 딱 멈추고는 더 이상 공격 낌새가 감지되지 않았다. 그러나 긴긴 밤. 어찌될 줄 모르기에 모두들 긴장을 풀지 않았다. 늦은 가을의 어둠은 쌀쌀한 밤공기를 몰고 왔다. 군데군데 피워놓은 화톳불이 어머니 품속 같았다. 그런데 뜻밖의 일이 벌어졌다. 놀랍게도 김시민 장군이 악공들을 불러 거문고를 타게 하고 퉁소를 불게 하는 것이었다. 사방을 에워싼 왜군은 틈만 나면 어느 때든 쳐들어올 기세이건만 성주는 태연자약이었다. 맑은 거문고 소리와 애잔한 퉁소 소리가 밤바람을 타고 왜군 진영까지 건너갔다. 적에게는 여유를 보이고 아군에게는 마음의 안정을 주고자 하는 김시민의 심리전이었다.

거문고와 퉁소 소리에 그만 질려서일까, 아니면 온종일 공세로 지쳐서일까, 왜군은 집적거림조차 비추지 않았다. "이야, 누군지 모르지만 잘도 타고 잘도 부네." "왜놈 새끼들도 듣고 있을 낀데 소리에 취했나, 꼼짝을 안 하네." "다 디비 자는 모양이다." "저것들도 인간인데 별수 있겠나." "이틀 동안 개지랄 했으이 지칠 만도 할 끼다." "개새끼들, 오늘 마누라하고 하는 날인데…" "미친놈, 이 상황에도 그 짓 타령이냐?" "니는 그라면 안하나? 아, 맞다. 니는 하고 싶어도 인자는 안 된다 아이가." "이 개자석이 뭐라 카노. 좋다, 지금 내 내려가서 니 대신 해주고 오께." "야이 오라질 놈, 오늘 뒈지고 싶나?" "야야, 진짜로 싸우겠다. 조용히들 해라." 화톳불 주위에 둘러앉아 백성들은 두런거렸다. 밤은 깊어갔다.

성벽 공방전

　다음날 날이 밝자 "저놈들 봐라."하면서 여기저기서 수군대
는 소리가 들렸다. 칠득이를 데리고 일찍 밥을 먹고 성벽으로
올라온 억술은 깜짝 놀랐다. 왜군이 밤새 공격하지 않은 이유가
대번에 파악되었다. 바퀴가 달린 삼층 높이의 산대(山臺)를 여
러 개 만들어 그 위에 조총수들과 궁수들을 배치해놓고 공격할
태세를 갖추고 있었다. 나머지는 수많은 대나무 사다리와 대나
무를 엮어 만든 다발을 준비해서 산대 옆에 도열해 있었다. 적
의 의도가 훤히 내다보였다. 성벽보다 높은 곳에서 조총과 화살
을 내리퍼붓는 사이에 대나무 다발을 방패삼아 아래서도 협공
하겠다는 뜻이었다. 그러다가 결국에는 돌격대가 사다리를 걸
쳐놓고 성벽에 오르리라는 심산이었고.

　김시민 장군이 즉각 화포를 준비하라고 명령을 내렸다. 최대
한 화살을 아낄 것을 또 다시 주문했다. 이윽고 우레와 같은 함
성 소리를 내며 적의 공격이 시작되었다. 조총과 화살이 무더기

로 날아들었다. "성가퀴에 몸을 숨겨라. 고개를 들지 마라." 조선군 지휘관들의 명령이 울려 퍼졌다. 드디어 이쪽저쪽에서 산대가 성을 향해 움직였다. "와와"하며 성벽 쪽으로 달려드는 왜군의 함성소리가 하늘을 찌를 듯했다. 위에서 내려다보며 쏘는 것이라 지금까지의 공격 강도와는 확실히 달랐다. 쓰러지는 조선 병사들과 백성들이 늘어났다. 처음 당하는 상황에 칠득은 어쩔 줄 몰라 하며 억술 옆에 딱 붙었다. 끊임없이 들려오는 총알 튕기는 소리와 소나기 같이 쏟아지는 화살. 엄청난 화력에 억술은 기가 질렸다. 쓰러지는 사람이 생겨도 돌볼 엄두조차 못 내었다.

왜군의 함성소리가 제법 가까워졌다 싶을 때 "쿵, 쿵" 엄청난 대포 소리가 지축을 흔들었다. 조선군의 화포 공격이 개시되었음을 억술은 대번에 알아챘다. "발사하라. 발사." 조선군의 화살 공격도 이어졌다. 귀를 먹먹하게 하는 조선군의 연이은 대포 공격에 뭔가 우지끈 하며 크게 무너지는 소리가 들렸다. 억술이 잠깐 소리가 나는 쪽을 살펴봤다. 산대가 조선군의 대포에 박살이 나고 있었고, 그 아래 수많은 왜병들이 나뒹굴었다. 순간 억술은 어릴 적 개구리를 잡아 땅바닥에 내팽개쳤던 기억이 떠올랐다. 내동댕이쳐진 개구리는 부들부들 사지를 떨다가 축 늘어지곤 했는데, 지금 땅바닥에 쓰러져 버둥거리고 있는 왜병들의 모습이 그것과 다르지 않았다.

왜군의 산대 공격은 조선군의 화포 공격을 받고 거의 파괴되었다. 용케 성벽 가까이에 접근한 산대는 조선 군사들이 긴 자루에다 낫과 도끼를 묶어 사력을 다해 파괴해나가 결국 하나도 남기지 않고 모두 무너뜨렸다. 그러나 왜군은 포기하지 않았다. 조선군의 격렬한 저항을 뚫고 돌격 병사들이 기어이 성벽에 접근하는데 성공했다.

대나무 다발을 방패로 해서 성 가까이 접근한 조총 부대가 성벽 위로 맹렬한 사격을 퍼붓자 조선군은 모두 몸을 숨겼고, 이때를 틈타 돌격대들이 성벽 아래에 달려들어 사다리를 걸치기 시작했다. "턱, 턱" 사다리를 갖다 대는 소리가 성벽 여러 군데서 동시다발적으로 들렸다. "활을 쏘지 마라. 각자 사다리에 달라붙어라. 돌을 굴리고 내리쳐라. 끓는 물을 부어라." 조선군 지휘관들의 외침 소리가 다급하게 터져 나왔다.

성벽을 오르는 군사들을 쉽게 엄호하기 위해서는 성벽과 같은 높이에서 또는 더 높은 곳에서 일제 사격을 퍼부어야 그 일이 가능하게 되어 있었다. 낮은 곳에서 위로 오르는 아군들을 엄호할 수는 없는 노릇이었다. 산대가 조선군에게 무너진 이상 왜군들로서는 성벽을 오르는 아군을 엄호 사격할 방법이 사라졌다. 구태여 아래서 위로 엄호 사격을 하다가는 오르고 있는 아군들을 맞출 위험이 있어 제한적인 사격만 가능했다. 이젠 오로지 죽음을 무릅쓰고 성벽에 오르려 하는 병사들이 벌이는 단병접전으로 승부를 볼 수밖에 없게 되었다.

왜군 돌격대가 사다리를 오르기 시작할 때 "우우" 함성을 지르면서 조선 군사들과 백성들이 각자 사다리로 몰려들었다. 억술은 주춤주춤하며 칠득을 데리고 가까운 곳에 걸쳐진 사다리로 다가갔다. 몇 명의 병사들과 백성들이 거기에 들러붙어 있었다. 양 옆을 쳐다 본 억술은 아찔했다. 성벽에 걸쳐진 수많은 사다리를 타고 왜군들이 개미 떼처럼 바글바글 기어오르고 있었다. 갑자기 요란한 총성이 울렸다. 억술은 뒤로 움찔 물러서며 칠득을 붙잡고 함께 자세를 낮췄다. 왜군 돌격대들이 사다리의 높은 곳에 이르기 전에 조총수들이 발사한 엄호사격이었다.

"지금이다. 공격하라!" 엄호사격이 끝나자 명령소리와 더불어 조선 군사들의 반격이 개시되었다. "이 개 도적놈들, 디져라 디져." "대가리 박살내라." "아이 개 새끼들아, 죽어라, 죽어." 고함과 욕설을 내지르면서 조선 병사들과 백성들은 돌을 굴려 내리고, 내리치고, 뜨거운 물을 내리퍼부어며 필사적으로 싸웠다. 그뿐 아니었다. 창, 죽창, 도끼, 곡괭이, 낫, 몽둥이 등 무엇이고 간에 움켜쥐고서 내리쑤시고, 치고, 찍고, 갈겨댔다. 여기저기서 비명 소리와 함께 피를 튀기며 왜병들이 사다리에서 툭 툭 떨어져 나갔다.

억술은 두 손으로 돌을 잡기는 했지만 이리저리 겨누기만 할 뿐 던지지를 못하고 있었다. 등에 칼을 차고 삿갓 형 전투모를 쓴 왜병들이 억술이 대기하고 있는 사다리 위로 악을 쓰며 오르고 있었는데, 억술 바로 옆의 병사가 제일 위에 오르는 왜병의 머리에다 정통으로 돌을 내리꽂았다. 비명을 지르며 한 명이 떨어져 나갔지만 그 밑에서 계속 올라왔다. 두 번째 왜병의 머리를 향해 또 누가 돌을 던졌으나 그가 머리를 피하는 바람에 어깨에 비껴 맞았다. 잠시 주춤했다가 올라오는 그 역시 또 다른 조선 병사의 한 방에 나가떨어지고 말았다.

억술의 눈앞에서 순식간에 두 명이 나가떨어졌다. 그러나 세, 네, 다섯 번째가 계속 뒤를 이었다. 세 번째가 떨어지고 나자 억술이 던질 기회가 생겼다. 머뭇머뭇하면서 억술이 돌을 던졌다. 그러나 던진 순간 타격을 못 줬다는 것을 직감했다. 큰 힘이 실리지 않은데다 머리가 아니라 우측 어깨 쪽에 던졌기 때문이었다. 순간적으로 동정심이 일어서였는지, 아니면 사람을 죽인다는 생각이 두려워서였는지, 억술은 던져놓고서 곧바로 '이건 아니다.' 싶을 정도로 힘이 실리지 않았음을 깨달았다.

어깨를 맞은 왜병이 성벽 위로 올려다봤다. 잠깐 사이의 눈 접촉이었지만 그 눈이 공포에 질려 있음을 억술은 느낄 수 있었다. 아직 앳된 청년이었다. 예서 관두고 싶지만 밑에서 계속 밀고 올라와 어쩔 도리가 없어 오르는 것이니 그리 알아달라고 억술에게 마치 애원하는 것 같은 눈빛이었다. 찰나의 상상이었다. 더 이상 생각할 여유는 없었다. 그 앳되어 보이는 병사도 다른 사람이 던진 돌에 의해 얼굴이 피투성이가 된 채 곧 나가떨어졌고, 아래서 그 다음 왜병이 또 기어오르고 있었다.

기어오르는 왜병들이나 내리 막는 조선군이나 모두 결사적이었다. 죽음이 두렵기는 누구나 마찬가지. 무서워서 오르기를 머뭇거리는 병사 몇을 왜군 장수들이 목을 베자 왜병들은 이판사판으로, 또한 아군 병사들이 오르면서 비참하게 당하는 것을 보고 악에 받쳐서라도, 꾸역꾸역 성벽을 기어올랐다. "물러서지 마라. 물러서면 다 죽는다." 왜군이 발악적으로 오르면 오를수록 조선군의 저항은 더욱 악착같아졌다.

"저쪽에 몇 놈들이 올라왔다. 저놈들부터 죽여라." 죽을 힘을 다해 방어망을 뚫고 성벽에 오른 일부 왜병들이 칼을 휘둘렀다.

그러나 잠깐이었다. "우우" 하면서 몰려든 조선 군사들에게 곧 제압되고 말았다. 뒤에 처져서 올라온 한 왜병은 동료들이 눈 깜짝할 사이에 죽임을 당하고 이어 조선 병사들이 달려들자 덤벼들 엄두도 못 내고 곧장 제 스스로 성벽 아래로 나가떨어졌다. "빨리 이쪽에도 더 붙어라. 다시는 못 오르게 하라." 지휘관의 명령이 이어졌다.

오르려는 사람들과 막아 내려는 사람들 사이의 치열한 공방전이 계속되었다. 지옥의 풍경 속에서도 시간은 무심히 흘렀다. 억술은 이제 온 힘을 다해 싸웠다. 왜병들을 죽이기 위해 야수처럼 덤벼들었다. 처음이 어려웠을 뿐, 한 번 정통으로 내리치고 난 다음부터는 쉬웠다. 죽이지 못하면 죽기 때문에 죽지 않기 위해 힘껏 내리쳤다. 올라오는 왜병의 머리와 얼굴을 이를 악물고 무차별로 내리찍었다. 사람이 아니라 아가리를 벌리고 덤벼드는 범이나 이리를 내리치는 것이라면서 자기최면을 걸었다. 언제부턴지 칠득이도 합세해서 싸우고 있었다. 힘이 좋은 칠득인지라 그가 내리치는 돌에 한 방 맞는 왜병들은 여지없이 비명을 지르며 그 자리서 나가떨어졌다.

기어오르는 왜병들의 기세가 꺾이기 시작했음을 억술이 돌을 내리치는 가운데 어렴풋 느꼈다. 죽기로서 저항하는 조선 군민들의 방어망을 뚫어내지 못하고 있음이 분명해 보였다. 왜군의 기세가 한풀 꺾인다 싶더니만 잠시 후 벼락같은 조총 소리가 울려 퍼졌다. 순간 조선 사람 몇 명이 쓰러졌다. 몸을 숨기라는 조선 지휘관들의 명령이 이어졌다. 조총 공격이 한동안 계속되었다. 죽거나 부상당한 동료들을 수습해서 돌격대가 물러날 수 있게 시간을 벌어주고자 조총 부대가 마구 퍼붓는 엄호사격이었다. 얼마간의 시간이 흐른 후 "저 봐라, 저 새끼들 도망친다." "우리가 이겼다." "아이다, 또 몰리 올 끼다." 수군대는 소리를 듣고 억술이 고개들 들었다. 왜병들이 물러나고 있었다.

성벽위에서 승리의 환호성이 터져 나왔다. 허나 그 환호성은 잠깐이었다. 김시민 장군이 돌아다니며 들뜬 마음을 진정시키고 주의를 환기시켰다. 적이 곧 다시 몰려 올 것이므로 긴장의 끈을 늦추면 안 된다고.

성벽 진지를 재정비하고 부상자와 사망자를 수습하느라 성벽 위는 부산했다. 아낙들이 성벽 위에까지 올라와서 부상자들을 돌보고 먹을 것도 날랐다.

조선의 군민들이 잠시 숨을 돌리나 싶었는데 잠시 후 적의 공격 경보가 성벽 이쪽저쪽으로 어지러이 휘날렸다. 성벽 위의 군사와 백성들은 곧바로 휴식을 취하던 자세를 바로잡고, 먹고 있던 것도 내팽개치고 즉각 전투태세에 들어갔다. 곧 총소리, 함성소리와 더불어 양측의 피 튀기는 접전이 또다시 시작되었다.

이날 하루 동안 왜군은 진주성을 점령하기 위해 온 전력을 쏟아 붓다시피 했다. 하루 종일 수많은 희생자를 내면서도 끈질기게 월성(越城)을 시도했다. 하지만 끝끝내 조선 군민들의 결사항전을 넘지 못했다. 외곽에서 간접 지원 하는 것 말고는 구원부대도 없고, 화살도 떨어져가고, 돌도 떨어져가고, 남강을 도강해서 도망치려는 사람들마저 생겨나는 등 악전고투 속에서도 조선 군민들의 저항은 끈덕졌고 처절했다. 특히 왜군의 동문 쪽 공략이 집요해서 전투가 가장 치열했는데, 성주 김시민과 수문장 성수경이 필사적인 투혼을 발휘해 사수해냈다.

김시민은 몸소 물통과 먹을 것을 들고 목마르고 배고픈 병사들을 먹여가며 사기를 고취시켰다. 때로는 눈물 어린 호소와 격려로써 군사들과 백성들을 감동시켰다. 한때는 그도 포기 할 뻔했다. 성을 지켜내기가 어려울 것 같아 노약자들을 몰래 탈출시킬 마음을 먹기도 했다. 그러나 성 전체에 끼치는 사기 저하를 저어한 곤양 군수 이광악의 충정어린 반대로 다시 마음을 다잡고 결국에는 지켜냈다.

격렬했던 하루가 저물었다. 어두워지고 나서도 왜군의 공세는 계속되었다. 어둠은 공평해서 어느 한쪽 편을 들지 않아 수성군이나 공성군이나 부자연스러운 시야는 마찬가지였다. 빼앗고 지키려는 낮의 공방전이 격렬히 되풀이되는 중에 갑자기 조선군 진영에서 환호성이 터졌다. 어둠을 틈타 조선군 장수인 율포 권관 이찬종이 성벽을 넘어 성 방어에 가담해 조선군의 사기를 드높인 때문이었다. 어둠이 더욱 깊어지자 외곽에서 응원하던 조선군이 활동을 개시해 왜군의 신경을 건드렸고, 이에 당황한 왜군은 각 방면에 군사들을 내보내는 등 밤새 소동을 벌였다. 이 때문에 왜군의 야간 성 공략 기세가 결국은 지지부진해지고 말았다.

왜군, 진주성에서 패퇴

9일이 밝았다. 초조해지기 시작한 왜군 지휘부에서 나름대로 공성에 실패하고 있는 이유를 따졌다. 열악한 상황이 분명하건만 수성군들이 포기하지 않고 악착같이 버티는 이유는 진주성 외곽에 분산되어 활개를 치는 조선군 지원부대들이 그들의 기를 살려놓은 때문이라는 판단을 내리고 다수의 소부대를 여러 개 편성했다. 진주성 외곽에 흩어져 설쳐대는 조선 지원부대들을 먼저 잠재울 의도였다.

그러나 왜군 지휘부의 이 작전 또한 정암진에서의 실착 못지않게 경솔했다. 병력이 분산된 소부대들이 오히려 조선 관군이나 의병군에게 격퇴되었고, 이로 인해 왜군 전체의 전력과 사기가 모두 떨어진 결과를 초래했을 뿐이었다.

외곽에 소부대들을 보내고 나서도 성을 공략하기 위한 왜군의 공세가 계속되었다. 그러나 어제의 대대적인 공세에는 미치지 못했다. 어제 하루 온종일 엄청난 물량을 퍼붓고도 실패한 후유증이 컸던 탓인지 공격군의 기세가 많이 꺾여 있었다. 거기에다 오후에 접어들 무렵 외곽에 나갔던 소부대들마저 신통치 못하고 있다는 소식이 왜군의 공격 의욕에 찬물을 끼얹었다. 하루 종일 왜군은 진주성을 집적거렸지만 성을 넘고자하는 결연한 의지는 내보이지 않았다. 그저 산발적으로 달려들어 조총이나 내리 퍼붓고는 빠져나가는 식이었다. 그렇게 또 하루가 저물었다.

성내는 조용했다. 모두들 날라다준 밥을 먹고 있었다. 왜군이 몰려오면 당장이라도 먹는 것을 내팽개치고 곧바로 싸워야 하기 때문에, 모두들 허겁지겁 밥을 쑤셔 넣고 있었다. 억술은 곁눈질했다. 칠득이는 옆에 있고 개동 아버지도 저쪽에 보이건만 평소 자주 눈에 띄는 사람들 중 눈에 띄지 않는 사람들도 있었다. '누구였더라. 분명히 있었는데, 다른 데 갔나? 아니면 죽…?' 억술은 의식적으로 더 이상 상상을 전개시키지 않았다.

보이지 않는 사람들은 보이지 않는 대로 다른 데서 살아 있을 거라고 짐작하는 것이 정신 건강상 좋을 듯싶어 불길한 상상은 애써 피해버렸다. 그러고 보니 전투가 시작된 이래 천판수를 본 적이 없다는 생각도 불현듯 들었다. 사실은 그에 대해 생각할

틈조차 없었다. '그 역시 틀림없이 남문에 살아남아 있으리라.' 억술은 또 다시 자기최면을 걸었다. "칠득이 힘이 장사데! 니가 장군 해뿌리야 됐는데." 식사가 끝날 무렵 한 병사가 옆을 지나가다가 던진 말이었다.

서둘러 밥을 먹고 모두들 자리를 지켰다. 날이 어두워진다고 해서 적이 공격을 멈추는 것은 아닐 것이었다. 그런데 이상했다. 어제 저녁과는 달리 오늘 저녁은 어둠만 몰려왔지 적은 몰려오지 않았다. 시간이 지날수록 어둠만 짙어갈 뿐 신기하게도 왜군의 총성이 딱 멎었다. 별스러운 고요가 찾아왔다.

인간이 내는 소리가 멈추자 자연의 소리가 들려왔다. 늦가을의 쌀쌀한 밤바람이 풀벌레 소리를 담아왔다. 어제도 그제도 있었을 소리가 오늘 밤에만 들리는 것 같아 억술은 새삼스러웠다. 새삼스러움은 곧 익숙함으로 바뀌어 향수를 자극했다. 작년 축성 공사 때 득금의 집에서 밤늦게 내려오다가 들었던 그 구슬펐던 귀뚜라미 소리가 지금 다시 들리는 듯했다. '득금은 어떻게 되었을까?' 궁금하면서도 보고 싶어졌다.

갑자기 사무치도록 고향이 그리워졌다. 어머니의 얼굴이 눈앞에 떠올랐다. 눈에 넣어도 아프지 않을 막내딸의 얼굴이 겹쳤다. 북쪽으로 피난 간 형과 그 가족들은 잘 지내고 있는지, 산

속으로 숨으러 간 수산의 일가친척들은 무사한지, 지난번 어머니의 편지 때 사위가 죽었다고 했는데 남편 잃은 맏딸은 어떻게 살고 있는지, 무길이 부부와 애들은 잘 지내는지, 옆집 조가는 어떻게 하고 있으며 동네 사람들은 또 어떻게 지내는지, 가두어 두었던 궁금함과 그리움이 한꺼번에 봇물 터지듯 터져 나왔다. 억술의 얼굴에 눈물이 흘러내리고 있었다. 고요한 밤은 깊어갔다.

"이 새끼들 조용한 것 보이 그만 둘 낌새네.""오늘 낮에도 가만 보이 힘이 많이 빠져 있던데.""임마들 이거 그만두고 도망칠라 카는 거 아이가?""하모, 그만큼 당했는데 배겨 내겠나." 밤이 깊어지고 난 뒤에도 왜군 진영에서 어떠한 움직임의 조짐도 나타나지 않자 백성들의 소곤거림 속에 근거 없는 적의 퇴각 이야기가 흘러나오기도 했다. 밤은 더욱 깊어갔고 군사들과 백성들은 교대로 눈을 붙였다.

얼마를 잤을까. 억술은 웅성거리는 소리에 눈을 떴다. "저것들 봐라. 불이 훤하게 밝았네.""진짜 도망치는 거 아이가.""아이고 인자 살았다." 왜군 진영의 군막마다 불이 훤히 밝아 있었다. 멀리서 가물가물했지만 많은 우마차들이 왜군 진영에서 보였다. 철수할 짐을 실으려 하는 것임을 억술은 금방 눈치 챌 수 있었다. 곁에 있는 사람들에게 시간을 물어보니 삼경(자시, 밤 11~새벽 1시)이 깊었다는 대답이 돌아왔다.

점점 왜군 진영의 불길은 꺼져갔고 인기척도 사라지고 있었다. 후퇴가 분명해 보였다. 일부 군관들이 적을 추격해 요절내야 한다고 김시민 장군에게 권하고 있다는 이야기가 퍼져 나가 금방 백성들의 귀에까지 전해졌고, 백성들의 웅성거림이 승리의 환호성으로 바뀔 참에, 신중과 정숙을 요한다는 김시민 장군의 명령이 하달됐다. 적의 위장 전술일 가능성이 농후하므로 오히려 경계를 더욱 강화해야 한다는 경고였다. 술렁이던 분위기는 곧 잠잠해졌다.

사실은 왜군 지휘부의 마지막 계책이었다. 최후의 결전을 벼르고 그 전에 조선 군사들을 성 밖으로 유인해내기 위해 퇴각하는 것처럼 위계를 쓴 것인데, 그 정도에 걸려들 김시민이 아니었다. 적의 계략을 간파하고 오히려 군사들의 경계수위를 높였다. 아니나 다를까 한참이 지난 후인 인시(새벽 3시~5시)가 시작될 무렵, 어둠속에서 왜병들이 성을 향해 스멀스멀 접근해오는 것이 조선 군사들에게 적발되었다. 운명의 날은 그렇게 다가왔다.

수많은 말발굽 소리와 엄청난 함성 소리를 마구 뒤얽어서 무섭게 몰아치는 왜군의 기세가 어두운 새벽을 쪼갰다. 이어 타당 탕 탕 탕 탕… 벽력같이 울려 퍼지는 총성들. 수많은 기마병들이 칠흑 같은 어둠을 뚫고 달려와 성벽을 향해 무차별 사격을 퍼부어댔다. 그 전에 접근한 돌격대의 성벽 공략을 엄호하려는 의도로.

"쏴라. 쏴아." "내리찍고 퍼부어라. 한 놈도 오르게 해서는 안 된다." 조선군의 반격이 시작되었다. 함성을 내지르면서 조선 군사들과 백성들은 돌을 내리치고 끓는 물을 퍼부었다. 그런데 왜병들은 아랑곳하지 않고 계속 기어올랐다. "공격 중지, 허수아비다." "속지 마라." 몇몇 지휘관들이 다급하게 외쳤다. 알고 보니 허수아비를 장대에 매달아 사다리 위로 올리고 있는 왜군의 위장 전술이었다. 조선군의 무기를 소모시키려는, 그리고 조선군의 주의 또한 그쪽으로 쏠리게 하려는 의도였다. 주력은 허수아비를 옆에 두고 성벽을 기어오르고 있었다. 왜군의 위장술이 탄로 나자 본격적인 공방전이 펼쳐졌다.

아수라장의 참상이 따로 있는 것이 아니었다. 죽기를 작정하고 기어오르는 왜병들과 죽기를 작정하고 막아내려는 조선 군민들 간의 치열한 백병전이 아비규환의 생지옥을 만들어내고 있었다.

억술은 쉼 없이 내리쳤다. 대갈통만한 돌로 대갈통을 내리쳐 댔다. 머리를 보호하고자 궁리를 해낸 것인지 왜병들은 윗부분에 짚을 둘둘만 벙거지 같은 것을 쓰고 올라왔다. 웬만한 타격에는 약간 주춤할 뿐 그대로 밀고 들어왔다. 하지만 결국에는 연타를 맞아, 아니면 창날이나 도끼날에 나가 떨어졌다.

내리칠 돌도 굴릴 돌도 떨어지자 억술은 죽창으로 내리 찔렀다. 보호대가 있어 쑤셔봐야 별 타격을 못 주는 머리는 피했다. 최대한 사정거리까지 올라오게 뒀다가 목 부분을 집중으로 찔렀다. 피를 내뿜고 비명을 지르며 왜병들이 나가떨어졌다. 찌르다 죽창이 무뎌지면 곁에 준비해 놓은 새것으로 다시 찔러댔다. 죽기로서 죽을 자리로 기어오르는 저들이 야수인지, 잔인하게 그 목을 찔러대고도 무감각한 그 자신이 야수인지, 아니면 저나 나나 모두가 다 야수인지, 억술은 찌르면서도 혼돈스러웠다. 한가지 확실한 것은 찌르지 않으면 안 된다는 것뿐이었다. 칠득은 그 곁에서 왜병들의 대갈통에다가 도끼질을 해대고 있었다.

어느새 어스름 새벽이 밝아오고 있었다. 왜병들의 기세가 무뎌지고 있음을 억술은 감지할 수 있었다. 기어오르는 속도도 확실히 느려졌고 초반의 악착같은 기세도 수그러졌음이 분명했다. 불현듯 이상한 느낌이 들어 칠득을 쳐다봤다. 땀 벅벅이 된 채 도끼를 들고 있었다. 멀쩡한 칠득의 모습에 안도하고 다시 기어오르는 왜병들을 찌를 태세로 성벽에 눈길을 돌렸다. 이상하게도 가까이 다가오는 왜병들이 안 보였다. 갑자기 요란한 총성이 울렸다. 본능적으로 몸을 숙이고 칠득 쪽으로 몸을 돌렸다.

아! 칠득이가 쓰러져 있었다. 이마에 피를 흘리고 있었다. 눈도 감지 못하고 순간적으로 절명해 있었다. "칠득아!" 억술은 미친 듯이 소리를 지르며 칠득을 껴안았다. "으아아아아" 억술은 절규했다. 이어 소리치며 울부짖었다.

얼마를 껴안고 울었는지 몰랐다. 개동 아버지와 다른 사람들이 몸을 숙이고 다가와서 억술을 말렸다. "형님, 총알이 계속 날아드이 일단 피하고 봅시더." "여보시오. 산 사람은 살아야 할 거 아니오. 빨리 시체부터 수습합시다." 계속 칠득을 껴안고 울고 있는 억술을 사람들이 억지로 떼놓다시피 했다.

두 사람이 칠득의 시체를 수습하는 사이 개동 아버지가 안전한 곳으로 가자면서 억술의 손을 잡고 이끌었다. 그러나 억술은 움직일 수 없었다. 가만 보니 억술의 우측 허벅지에서 피가 흐르고 있었다. 칠득을 잃은 충격과 슬픔으로 총알 맞은 사실조차 인식하지 못하고 있었다.

날이 밝아짐과 더불어 왜병들의 공세는 점점 약해졌다. 왜군은 수많은 사상자를 내면서도 필사적인 공격을 시도했으나 조선 군관민의 악착같은 항전에 막혀 성벽을 넘지 못했다. 다만 안타깝게도 이날 새벽 김시민 장군이 왜군의 유탄을 맞고 쓰러지고 말았다. 곤양 군수 이광악이 대신 동문 북격대의 지휘를 맡아 적장을 활로 쏘아 죽여 가며 끝끝내 지켜냈다.

북문에서는 한 떼의 왜병들이 기어코 성벽을 넘는데 성공해 조선군이 일시적으로 위기에 빠지기도 했다. 성을 지키는 군사들이 놀라고 당황하여 잠시 동안 수비군 전열이 무너졌다. 그러나 전 만호 최덕양, 군관 이납, 윤사복 등이 도망치는 군졸들을 베면서까지 죽음을 무릅쓰고 막아 싸웠다. 그러자 달아났던 성안 병사들도 다시 돌아와서 싸웠고, 백성들도 남녀노소 할 것 없이 필사적으로 나선 끝에 마침내 왜병들을 성 밖으로 몰아냈다.

결국 왜군 지휘부는 전면적인 철수를 결정했다. 사상자가 이미 감내할 정도를 넘어서서 계속 공격을 고집하다간 전멸당할 것이라는 위기감에 빠져서 내린 어쩔 수 없는 선택이었다. 아침이 되자 먹구름이 하늘을 뒤덮었다. 잠시 후 왜군 진영의 군막

에서 불길이 치솟았고 이를 신호로 왜군들은 썰물처럼 빠져나
갔다.

조선군이 추격전을 벌이지 못한 것이 아쉬웠다. 성주가 혼수
상태에 빠진데다 조선군 역시 기진맥진한 터라 더 이상 추격할
여력이 없었다. 만약 김시민이 살아서 최후의 추격전을 펼쳤더
라면 왜군은 전멸 지경에 이르렀을지도 몰랐다. 일부 병사들이
뒤쫓아가서 소수의 목을 베는 데 그쳤다.

진주성 전투는 임진왜란 기간 중 조선군이 육지에서 이룬 첫
대승이었고, 이로 인해 전라도를 보존함으로써 그 물력으로 조
선이 계속 전쟁을 수행할 수 있게 한 전투였다. 또한 왜군이 육
전에서 패배를 인정한 유일한 전투였으며, 히데요시의 대륙 진
출 야망에 결정타를 날렸다고 할 만큼 왜군에게 엄청난 타격을
입힌 전투였다. 훗날 조선 측에서 대승이라고 주장한 행주대첩
도 근거가 없는 것이라고 일축한 왜군은 진주성에서만큼은 깨
끗이 패배를 인정했다.

나중에 명나라와 강화협상 때 왜군은 진주성에서 장수가 3백
명, 군사가 3만 명 죽었다고 주장했다. 어느 정도의 과장은 있

었겠지만 단일 전투에서 겪은 피해의 규모가 얼마나 컸겠는지 충분히 짐작케 하는 주장이었다. 임진왜란 기간 중 이순신은 왜국 본토 사람들에게 무명이나 마찬가지였지만 김시민은 어린 아이들도 알만큼 그들에게 위용을 떨쳤고 또한 두려움의 대상이었다. 일본의 전통 연극인 가부키에서 한동안 김시민이 모쿠소(목사)라는 악역으로 등장했는데, 그들에게 맺힌 원한이 얼마나 컸기에 그랬겠는가.

죽음으로써 진주성을 지켜낸 공으로 김시민은 나중에 노량진 해전에서 전사한 이순신과 똑같이 임금으로부터 충무공이라는 시호를 받았다.

진주성 신임 목사

겨울 냇가는 썰매를 지치는 동네 꼬마들로 생기가 넘쳤다. 썰매가 있는 놈들은 양손에 송곳을 쥐고서 얼음을 신나게 찍어대며 속도를 내고 있었고, 썰매가 없는 놈들은 없는 대로 자빠져가면서도 즐겁게 뛰어놀고 있었다. 한 쪽에서는 한 무리들이 팽이를 치느라 정신이 없었고, 또 한 쪽에서는 몇 놈이 어울려 쌈질하고 있었다. 예원은 말 위에서 빙긋 웃으면서 물끄러미 바라봤다. "야 이놈들아. 곱게 놀 일이지 싸우기는 와 싸우노?" 따르는 손경종이 싱겁게 참견했지만 놈들은 아랑곳 않고 계속 싸워댔다.

시내 모양이 칡넝쿨을 닮았다고 해서 '갈(葛:칡 갈)천' 이라고 하는, 후세에 신갈, 구갈로 나누어지는 냇가를 예원은 지나고 있었다. 한양 궁전과의 거리는 약 백리, 마음만 먹으면 하루만에도 갈 수 있는 지척의 거리에 떨어져 있고, 근처 구흥(기흥)에 역이 있는 교통요지이건만 왜병들은 근래에 들어 잠잠했다. 예원이 지난 9월, 이곳에 왔을 때만 해도 많은 왜병들이 설쳐대어 수시로 대소 전투가 벌어졌는데, 남쪽 진주성에서 김시민의 대승 소식이 전해지고부터는 그들의 출몰이 뜸해지기 시작했다. 그러다가 본격적인 겨울에 접어들고 나니까 다들 본진으로 들어가 처박혀서는 꼼짝달싹도 하지 않고 있었다. 추위가 운신조차 힘든 공포로 그들에게 들이닥친 탓이었다.

그럴 만도 했다. 따뜻한 남쪽 섬나라에서 따뜻한 봄날에 바다를 건너 조선의 겨울이 어떻게 생겨 먹었는지 알 턱이 없는 왜병들이었다. 그런 그들에게 난생 처음 맛보는 조선의 매서운 추위는 저승사자보다 더 무서운 존재였다. 더구나 보급의 어려움으로 겨울 군복조차 제대로 마련할 수 없었으니 추위 때문에 겪은 왜병들의 고난은 이루 형용할 수 없을 정도였다. 그저 주둔지에 처박혀 겨울이 가기만을 기다리는 수밖에 없었다.

임진년 겨울, 한양으로 가는 길로 경상도 지역에서는 부산, 밀양, 대구, 조령으로 연결되는 중로 하나만 힘겹게 작동시키고 있었을 뿐인 왜군이었다. 원활한 보급은 꿈도 꿀 수 없었다. 또한 진주성 패배로 완전히 기가 꺾여 대규모 군사 작전은 더더구나 엄두도 못 내었다.

조선의 추위 속에서 왜군이 할 수 있는 최선의 방법은 강화를 추구하는 것뿐이었다. 그러나 이때 명은 심유경을 내세워 협상을 하면서도 평양성 공격을 계획하고 있었다.

예원은 냇가를 한 번 더 두루 살펴봤다. 약 3개월, 짧은 기간을 지내고 다시 남쪽으로 떠나는 길이었다. 그리 정든 곳은 아니었지만 막상 떠나려 나서고 보니 서운한 감도 없지 않았다. 특히 여기 갈천 냇가에서는 예원이 기습 작전을 벌여 왜군 본진으로 끌려가는 사람들을 구해내고 우마와 군수 물자를 노획한 것이 많았던 터라 감회가 새로웠다. 그때만 해도 냇가에는 졸졸 맑은 물이 흘렀고 주변 나무들과 숲에는 단풍이 들어 가을의 아름다움을 내뿜었는데, 지금의 냇가는 헐벗었고 주변은 백색이었다. 세월유수라고 했던가. 임진년이 보름 정도밖에 남지 않았음이 새삼 실감났다.

겉으로는 드러내지 않고 있지만 예원은 왜 내려가고 있는지 짐작하고 있었다. 진주성 전투 때 치명상을 입은 김시민이 도저히 회복될 가망성이 없다는 소식을 들은 지 얼마 되지 않은 터에 감사 김성일로부터 용인에서 다 정리하고 진주성으로 내려오라는 지시를 받았다. 김성일의 명을 전한 전령은 '정리'라는 말을 강조했다. 정리하고 내려오라 함은 그곳에서 무언가 다른 임무를 맡기겠다는 뜻인데, 지금 이 상황에서 맡길 임무라면…

12월 초, 진주 객사. 경상 우감사 김성일은 그의 방에 홀로 앉아 차를 마시며 골똘하게 생각에 잠겨 있었다. 김시민이 얼마 못갈 것 같다는 의원의 말을 좀 전에 들은 터였다. 벌써 두 달째 진주성은 성주가 없었다. 성주가 있으면서도 성주가 없는 성이었다. 아예 성주가 없었더라면 진즉에 다른 사람으로 채웠을 터인데 성주가 계속 살아서 누워 있었으니 그리할 수도 없었다.

김성일은 지금까지 오로지 그의 회복만 빌었다. 그러나 이제 그가 회복되리라고 생각하는 사람은 성내에 아무도 없었다. 그렇다면 더 이상 주인 없는 성으로 버려둬서는 안 될 일이었다. 사실 이제는 그가 회복된다 할지라도 더 이상 진주성 성주는 아니었다. 경상 우병마사로 승진해 있었기 때문이었다. 이래저래 김성일은 진주 목사를 뽑아야만 했다.

진주 목사를 발탁하기 전에 김성일은 지난 봄 서예원이 삭탈관직 당한 후 그동안 공석으로 있던 김해 부사도 결정하기로 마음먹었다. 벌써부터 그가 염두에 둔 인물이 있어서 낙점하기만 하면 되었다. 전쟁 초, 경상 우병사 조대곤의 후임으로 임무를 교대하기 위해 마산포에 갔을 때 김성일은 왜적과 조우한 적이 있었다. 이때 조대곤은 겁을 집어먹고 도망치려 했으나 김성일이 그를 꾸짖고 태연하게 말에 앉아 병사들을 지휘했다.

왜군이 가까이 다가왔을 때 김성일은 서울에서 데리고 온 군관에게 적을 물리치라고 명령했다. 그 군관이 몇 명의 다른 군관들과 돌진해 활로써 왜군 장수 한 명을 고꾸라지게 하자 나머지 왜병들이 달아난 적이 있었는데, 시간 순서로 따지자면 그것이 임진왜란 최초의 조선군 승리였다. 김성일은 이후 그 군관을 그의 부관으로 삼아 지금까지 여러 전투에서 활약케 했으니, 그가 바로 왕족 출신 무인 이종인이었다.

군관 이종인을 일약 김해 부사로 임명하기로 결심했다. 파격적인 승진이라 조정에서 두 말 없이 승인해 줄지는 미지수였지만 김성일은 그간의 공적으로 충분하다고 판단했다. 다만 김해성이 아직 왜군 치하에 있어서 이종인이 발령을 받을지라도 당장은 갈 곳이 없다는 것이 문제였다. 곁에 두고서 그가 자리를 잡을 때까지 돌보아 주리라고 김성일은 속셈했다. 아울러 곽재우를 성주 목사에 발령하기로 결심했다. 곽재우의 공적을 가지고 시비 걸 사람은 아무도 없을 것이기에 그를 성주 목사로 삼겠다고 결심하는 데는 조금의 주저함도 없었다. 오히려 세속에

초연한 그가 그 자리를 사양하지 않을까 염려되었다.

이제 가장 중요한 결정을 할 차례였다. 진주 목사를 정해야 했다. 이번 진주성 전투 때 큰 공을 세워 목사에 오를 만한 인물들을 꼽아봤다. 우선 그가 약간의 군사를 딸려 도우라고 김시민에게 보낸 곤양 군수 이광악이 떠올랐다. 과연 그는 김성일의 기대대로였다. 김시민을 보조해, 그리고 김시민이 쓰러지자 그를 대신해 훌륭하게 성을 사수해냈다. 그 다음으로는 동문 옹벽에서 무수히 많은 적을 참살한 판관 성수경이 떠올랐다. 그러나 김성일은 아직은 이들이 이르다고 판단했다.

이광악은 그의 임지로 보내서 다음에 공을 세우게 되면 보답하리라 생각했고, 성수경은 이미 보답을 한 것이나 마찬가지라 다음에 또 공을 세우면 그때 다시 보답하리라 생각했다. 무관 출신도 아닌 성수경을 김성일이 우연히 발견하고서는 바로 김시민을 보좌하는 판관으로 발탁했었다. 김성일이 한창 인물을 고르던 때였다. 성수경 역시 김성일이 기대한 대로, 아니 그 이상으로 활약했지만 이미 성주 다음가는 판관까지 올라 있었기 때문에 다음 기회로 미루었다. 그리고 이번 전투를 통해 성수경이 진주성을 잘 파악했을 것이므로 새로운 목사를 제대로 보좌하도록 하기 위해서라도 반드시 그를 판관의 자리에 계속 머물게 해야 한다고 생각했다.

'그렇다면 진주 목사 자리에 누구를 뽑아야 하나?' 김성일은 잠시 고민했다. 가만 차를 마시다 말고 갑자기 찻잔을 상에 내리고는 "게 누구 없느냐?" 방 밖을 향해 소리쳤다. 방문이 열리고 당번 군관이 들어섰다.

"지금 당장 사람을 용인으로 보내 전 김해 부사 서예원을 이리로 불러 내리도록 하라. 용인의 일들은 다 정리하고 내려오도록 해야 할 것이야."

아무리 생각해도 서예원이 적임자였다. 나이나 경륜(현 46세, 28세 때 무과 급제, 선전관, 나주 판관, 도총부도사 겸 비변랑, 보성 군수, 보화 첨사, 곽산 군수, 김해 부사 역임)으로 따져도 서예원만한 인물이 없었다. 개전 초 모든 지역들이 싸움 한 번 제대로 못 해보고 추풍낙엽처럼 떨어져나갔을 때, 그래도 만하루 동안 지켜낸 성은 서예원의 김해성이 유일했다. 물론 전투 중에 도망친 오점이 있지만, 삭탈관직 당한 후 경상도와 용인을 가리지 않고 뛰어다니며 의병 활동으로 세운 공이 그 오점을 벌충했다고 김성일은 여겼다.

아닌 말로 정도의 차이는 있을망정 도망치지 않은 장수와 병사들이 없었다 할 만큼 전쟁 초반에는 싸울 생각도 못하고 모두들 뿔뿔이 흩어져버렸다. 그러나 극히 일부를 제외하고 처벌 받은 사람은 없었다. 그리고 대부분의 장수들은 현재 모두 복직해 있거나 승진해 있는데, 서예원만은 아직 삭탈관직 상태에 머물러 있었다. 그렇다고 해서 서예원을 발탁하는 데 전혀 껄끄러움이 없는 것도 아니었다. 같은 당파의 사람을 쓴다는 수군거림들이 훤히 내다보였다.

그래도 김성일은 서예원으로 작정했다. 현재 조선에서 가장 요충지 중 하나인 진주성을 믿을 수 있는 사람으로 써야지 이 눈치 저 눈치 보느라 적당한 사람을 고를 수는 없는 노릇이었다. 김성일의 속내는 한 가지 더 있었다. 성을 버리고 도망쳤다는 쑥덕거림을 숙명적으로 받게 될 서예원이 그 자괴감이나 죄책감을 떨쳐버리기 위해서라도, 또 명예회복을 위해서라도 다시는 성을 버리지 못할 것이라는 계산도 깔았다.

인사 문제는 머릿속으로 대충 매듭지었지만 할 일이 태산 같아 김성일의 머리는 복잡했다. 날씨가 추워지기 전에 성곽 보수 공사는 그런대로 끝냈다. 주변 민가로 되돌아간 백성들도 어렵사리 웬만큼 집 수리를 끝내 겨울을 나는 데 지장이 없어 보였다. 사망자나 부상자가 생겨난 집들에는 부역과 과세에 있어서 최대한 편의를 봐주었다. 문제는 식량이었다. 날이 추워지자 굶어죽는 사람들이 곳곳에서 생겨났다. 그렇다고 해서 무한정 구호미를 풀 수도 없었다.

가난 구제는 임금도 못한다고 했는데 겨우 한 도의 감사인 그가 굶주리는 모든 사람들을 다 구해낼 재간이 없었다. 가능한 범위 내에서 최대한 구호미를 풀고 있었지만 각지에서 굶어죽는 사람들이 계속 생겨나는 것은 어쩔 수 없는 일이었다.

전라도 쪽에 벌써 식량 요청을 해봤지만 그쪽도 어려운지 신통한 대답을 듣지 못했고, 쌀을 내놔라고 부자들을 옭죄기도 했지만 그들도 요리조리 핑계만 대며 빠져나가기가 바빴다. 지난달에는 함양에 가서 인색한 어느 부자의 볼기를 치고, 김성일이 눈물을 흘리면서 간곡하게 부탁하자, 그제야 그가 깨닫고 많은 쌀을 내놓은 적도 있었다. 어떤 때는 죄 없는 성수경을 닦달해 댔지만 그인들 뾰족한 수가 있을 리 없었다. 아직 겨울이 끝나려면 까마득한데 식량 생각만 하면 김성일은 머리가 쑤셨다. 그러면서도 군량은 군량대로 따로 모아 두어야 하니… 거기까지 번민이 미치면 쑤시던 머리가 터질 지경이었다.

그뿐만 아니었다. 공문을 처리해야 하고, 왜군의 동향을 파악해야 하고, 각 수령 방백들을 다스려야 하는 등 자질구레한 일들로 늦도록 잠자리에 들지 못하는 경우가 허다했다. 나이가 겨우 쉰 중반에 들어섰는데 수염은 하얗게 세어버렸고, 자주 속이 답답하고, 고열이 나고, 안경 없이는 전혀 글자를 읽을 수 없는 등 몸은 벌써 일흔도 더 된 듯해, '이러다가 왜군을 내몰기도 전에 지레 지쳐 쓰러지지나 않을까.' 김성일은 가끔씩 두렵기도 했다. 다시 찻잔을 들어 올려 한 모금 입에 대었다. 이미 식어 있었다. 바깥을 향해 찻물을 데우라고 말을 꺼내려는 참에 그를 부르는 소리가 들려왔다. 성수경이 보고할 일이 있어서 오는 모양이었다.

좁은 방의 세상

벌써 두 달이 넘어 세 달이 되어 가는데도 다리에 차도가 없었다. 탄환은 분명 빼냈건만 상처 주위에 계속 농이 차고 냄새도 역하게 났으며, 무엇보다 총 맞은 오른쪽 다리를 전혀 쓸 수 없어 속상했다. 억지로 조금 움직여 보다가는 극심한 통증으로 그만 멈추곤 했다. 상처 소독을 마치고 의원은 고개를 갸웃거리며 "아무래도 뼈에 이상이 생긴 것 같은데…"하고는 신통찮은 표정을 지으며 방을 빠져나갔다. 관에서 지정한 무료 환자인 억술을 치료하는 대가로 관에서 의원에게 얼마나 지원해 줄지 모르지만 별 벌이가 안 될 것은 불문가지. 그 때문인지 처음에는 얼렁뚱땅 치료하고 넘어가는 것 같아 억술이 서운함을 느끼기도 했다.

한 열흘쯤 지나고 나서 개동 아버지를 통해 쌀 몇 되를 슬쩍 건네주고 난 뒤부터 치료하는 자세가 확연히 달라지기는 했다. 그렇다고 해서 다친 다리가 나아지는 것은 아니었다. 탄환을 빼낼 때만 하더라도 금방 완쾌되리라며 대수롭지 않게 생각한 상처가 한 달 두 달 아물 생각을 않고 이제 해를 넘기려 하고 있었다. 임진년도 얼마 남지 않았다.

누워 있기가 지겨우면 재식이나 개동 아버지의 도움으로 윗
몸만 일으켜 등을 벽에 기대고 앉는 것이 억술이 할 수 있는 일
의 전부였다. 거기서 더 할 수 있는 일은 가끔 방문을 열어 달라
고 부탁하는 것이었는데, 그 낙이 그런대로 쏠쏠했다. 넓은 세
상을 좁은 문으로 가두어 보는 재미 정도라 할 만했다. 이웃들
이 가끔씩 찾아와 말벗을 해주는 재미도 있긴 있지만 낯선 타
향, 고향의 이웃들만큼 살가울 수는 없었다. 그나마 한 집에서
살고 있는 개동 아버지의 성격이 구김살 없어 별 맘고생 없이
지낼 수 있다는 것이 억술로서는 다행스러운 일이었다. 개동처
역시 억술과 아들들에게 대하는 정이 각별했다. 억술이 건네준
양식의 효과도 있겠지만.

천판수가 살아남은 것도 억술에게 큰 도움이 되었다. 전투가
끝난 보름 후쯤 억술의 편지를 들고 밀양까지 갔다 와줬다. 왜
군이 몰려오는 바람에 함안서 의령으로 거처를 옮기긴 했지만
네 식구 모두 무탈하게 지내고 있으며, 의령서 겨울을 나기가
쉬울 것 같고, 사정이 생겨서 그러니 포 다섯 필만 보내달라는
요지의 편지였다. 진주성에 들어간 사실, 칠득의 죽음, 억술의
부상에 관한 이야기는 입도 벙긋하지 않기로 출발 전에 억술과

천판수가 서로 다짐했다. 당연한 일이었지만.

억술의 고향이 여전하더라는 소식을 전하면서, 천판수는 잘 먹고 잘 살고 있는 박 아전과 조맹칠의 소식도 아울러 전했다. 억술은 속이 뒤집혔지만 어쩔 수 없는 일이었다. 내막을 알고 있다는 사실을 그들이 눈치 채면 무슨 곤욕을 당할지 몰라 천판수는 그들에게 접근하지 않고 주변에서 동태를 파악했다고 전했는데, 그것은 그렇게 처신하라고 억술이 신신당부한 것이기도 했다. 이후 그는 장사를 다니면서도 바깥세상 이야기 한 뭉치씩 들고 짬짬이 억술에게 들렀다.

문득 또 떠오르는 칠득의 얼굴에 가슴이 아려 억술이 저도 모르게 눈물지었다.

"아이고 참, 형님도 그만 잊어뿌라 카이 또 그라네예. 어서 낫사 가지고 밀양으로 돌아가야지 맨날 죽은 사람 생각하면 뭐 하는교?"

누워 있는 억술의 눈에 눈물이 어리는 것을 보고 곁에 앉아 있던 개동 아버지가 핀잔을 놓았다.

"아 아니, 갑자기 눈이 좀 침침해서 그란 긴데."

억술이 변명하자 개동 아버지가 뭐라고 대꾸하려는 찰나 누군가가 요란하게 대문을 밀치고 들어오는 소리가 들렸다.

"보소, 보소. 개동 아버지요."

개동 엄마가 쏜살같이 달려와 억술의 방문을 열며 호들갑을 떨었다.

"와 이래 방정이고. 형님 누워 계신데."

"그기 아이라, 내 말 좀 들어보이소."

"와, 무슨 큰일이라도 났나?"

"그라먼에. 사또께서 결국 돌아가셨다 카네에."

재회

    진주성은 포근했다. 몇 해를 떠돌다 돌아온 방탕한 아들을 변함없이 맞아주는 따뜻한 어머니 품속 같았다. 김해성에서 빠져나와 황망히 첫 발을 디딘 곳이 이곳이었고, 죽어가는 군관민을 버려두고 혼자만 살아남고서 또 다시 살아남으려 고뇌한 곳도 이곳이었다. 그런 이곳을 이제는 성주가 되어 돌고 있는 중이었다. 물론 아직은 감사가 임명한 임시 목사. 임금의 승인이 떨어져야 정식 목사가 될 수 있었다. 그러나 시간문제일 뿐 조정의 발령을 받는 데 아무 지장이 없음을 예원은 잘 알고 있었다. 감개무량하다고 해야 할까, 부담스럽다고 해야 할까, 오만 감회가 그의 머릿속에 교차되었다.

    신임 사또의 성내 순시를 구경하기 위해 많은 사람들이 큰 길 가로 몰려나와 있었다. 새해(1593, 계사년)가 된 지 얼마 지나지 않았는데 벌써 봄이 온 것 같은 착각이 들었다. 하늘이 그의 부임을 축하라도 해주듯 따뜻한 햇볕을 내리쪼였다. 포근한 날이었다. 예원은 김성일과 말머리를 나란히 하고 천천히 나아갔다.

진주에 도착한 첫날 예원이 김성일을 만날 때, 김면이 열 일 제쳐놓고 그를 보러 먼저 와서 김성일과 함께 기다리고 있었다. 용인으로 떠날 때처럼 예원의 두 손을 꼭 잡으며 맞아 주었던 그가 얼마나 반갑고도 고마웠던지. 다음날 아침 일찍 김면은 떠났고, 예원은 그때부터 업무를 파악하느라 며칠간 정신없이 보냈다. 성내의 군사, 무기, 군량 현황, 예하 장수들과의 상견례, 성내 인구수와 현재 부상자 현황, 구호미 현황과 방출, 그 외에도 파악해야 할 일이 너무나 많았다. 성수경이 그림자 같이 따라다니며 도와줘 얼개는 그런대로 얼추 파악되었지만, 아직 세세한 사항까지 숙지하려면 시간이 제법 걸릴 것 같았다.

무과 후배이면서도 처가 쪽으로는 먼 종친이기도 한 이종인과는 가끔씩 마주치기는 했지만 친할 기회가 없었는데 함께 머물면서 가까워졌다. 그가 아직은 갈 곳이 없기 때문에 같이 지내면서 편의를 봐주라는 말을 도착한 첫날 예원은 김성일로부터 들은 바 있었다. 김해 부사로 임명만 받았을 뿐 왜군 차지가 되어 있는 김해로 부임할 수 없는 이종인은 당분간 진주성의 식객으로 지낼 수밖에 없는 처지였다.

비록 왜군이 김해성을 차지하고 있다고 하나 넓은 김해지역 모든 곳에 그들의 손길이 미치지는 못할 것, 따라서 김해 외곽의 어느 한 지역이나 꼭 김해가 아니더라도 인근 지역에서 이종인이 군사를 모아 입지를 다지며 김해성 입성을 노릴 수 있기는 했다.

그러나 이종인에게 그럴만한 재산이 없었다. 조정에서 돈을 대어줄 리 만무한 이상 그 스스로 기백 명, 하다못해 최소한 기십명이라도 먹일 만한 능력이 되어야 하는데, 군관 출신인 그에게 그럴만한 재산이 없었다. 지역 유력가가 나서서 그를 도와주면 독자 영역 개척도 가능할 수 있겠지만, 타 지역 출신인데다 아직은 신참내기이며 임금으로부터 정식 발령(이종인 역시 임시 부사)을 받은 것도 아닌 그에게 쉽게 재산을 내놓을 지역 유력가가 나올 턱도 없었다. 그것도 언제 끝날지 모르는 전쟁 통이었다. 게다가 식량이 떨어져 도처에서 굶어죽는 사람들이 생겨나는 한겨울이기도 했다. 김면과 곽재우는 지역에서 기반을 닦은 사람들인 사실 외에도 김면은 그 자신이 부자였으며 곽재우는 처가가 부자라서 군사들을 모을 수 있었다. 물론 이제는 그들도 군사들 먹이는 일에 허덕이기는 마찬가지였다.

이종인의 처지를 충분히 알고 있는 예원은 자리가 잡혀 독자적으로 활동할 수 있을 때까지 서둘지 말고 편히 머무르면서 그를 도와달라고 부탁했다. 무과 후배에다 예원이 버리고 달아난 바로 그 김해성의 후임 성주가 되었다는 동질감이 서로 쉽게 친해지는 매개체로 작용했다. 거기에다 예원의 처와 이종인은 같은 왕족 출신으로 먼 친척간이어서 서로가 더욱 친밀감을 갖게 되었다.

이종인은 정종의 아들(수도군)의 5대 후손이었고, 예원의 처는 태종(정종의 동생)의 아들(양영대군)의 5대 후손이었다. 제대로 왕 대접을 받지 못한 정종의 아들인 그것도 서자인 수도군이 일국의 세자 지위까지 지냈던 양영대군과 같은 격이 될 수는 없었을 테였다. 그럴지라도 억지로 촌수로 얽어매자면 예원의 처와 이종인은 동기간, 예원과 이종인은 처남매부 사이가 되는 셈이었다.

동문 쪽에 도열해 있는 군사들을 순시하고 야트막한 오르막 길로 접어들었을 때 호위 군졸들이 "비켜서시오. 물러서시오" "야야, 저리 비켜라."하고 길 안에 발을 들여놓은 사람들과 아이들을 길가로 밀어내며 길을 트는 모습들이 보였다. 다시 내리막으로 들어설 찰나 예원은 스쳐본 무리들 사이에서 익숙한 두 얼굴이 있음을 인식했다. '누굴까? 분명 어디선가 봤던 얼굴인데…' 하지만 생각이 잘 떠오르지 않았다. '아이들의 얼굴이 왜 내 눈에 익을까? 큰 녀석은 형이고 또 한 녀석은 동생인 것 같은데…, 맞다! 그 아이들이구나.' 예원은 김성일에게 실례를 구하고 말을 멈춰 세웠다. 몸을 돌려 뒤따르던 성수경에게 무리 속의 아이 둘을 지목하고는 소재를 파악하라고 일렀다. 그 두 아이도 예원의 얼굴을 알아차리고 놀라는 표정들이었다.

개동이네가 발칵 뒤집힐 뻔했다. 그럴 만도 했다. 저녁 먹고 났을 때 신임 사또가 판관과 함께 수행원도 없이 미복차림으로 민가를 방문했으니. 개동이 아버지와 어머니는 쩔쩔매며 어찌할 바를 몰라 했다. 놀라기는 억술도 마찬가지였다. 낮에 재식이와 영식이가 신임 사또의 얼굴을 봤는데 틀림없이 작년에 피난 도중에 만나서 밥을 해줬던 장군이었으며, 웬 군졸이 다가와 지금 살고 있는 곳을 묻고 갔다는 말을 듣기는 했다. 하지만 설마 이렇게까지 빨리, 그것도 직접 찾아올 줄이야. 짐작조차 못했다.

사또가 판관과 함께 방으로 들어왔지만 억술은 움직일 수 없어 그저 벽에 기대고 앉아 있었다.

"황송합니더. 제가 움직일 수 없어서 그럽니더."

"괜찮네. 그래 몸은 좀 어떤가?"

"처음엔 금방 나을 줄 알았는데, 뭐가 이상이 있는지 좀 오래 가네에. 조금 더 지나면 나을 낍니더. 염려하지 않으셔도 됩니더."

"덩치 큰 친구는 죽었다면서. 안됐네."

성수경이 억술과 칠득에 대해 잘 알고 있어서 예원이 미리 들은 터였다.

"운명이라고 생각해야지예."

"장례는 어떻게 했나?"

"일단 가매장 해뒀습니더. 나중에 밀양에 가서 장례 치를라 캅니더."

"자네가 그 친구하고 나라를 위해 싸워줘서 정말 고맙네만 어떻게 하다가 여기까지 오게 되었나?"

"어쩌다 보이 그래 됐습니더. 사실은 주로 함안에 있었습니더. 의령에서 잠깐 피하기도 했고예."

순간 억술은 박 아전과 조맹칠에게 당했던 사실을 발설하고 싶은 충동을 잠깐 느꼈으나, 이내 호흡을 가다듬고 참았다. 겨우 밥 한 끼 해준 것을 잊지 않고 찾아준 것만 해도 황송하기 짝이 없는 일이었다. 그런 어른에게 부담스런 개인사를 꺼내려고 마음먹은 것만 해도 무례라는 사실을 금방 깨달았다. 어쨌거나 몰래 뇌물을 쓰려고 한 그 자신에게 죄가 있는 것이기도 했다.

"그랬군. 참, 자네, 밀양 어디라고 했나?"

"평촌입니더. 수산은 본가고에. 수산서 좀 더 들어가면 됩니더."

"여보게, 성 판관. 이 친구를 거기까지 데려다줄 수 있겠나?"

예원이 성수경에게 얼굴을 돌려 물었다.

"밀양이 아직 왜군 치하에 있습니다만 마음만 먹으면 못할 것도 없을 겁니다. 명하시면 사람을 구해는 보겠습니다. 그러나 본인이 옮기기 싫어하고 있는 것으로 알고 있습니다. 전투가 끝나고 얼마 있지 않아서 피난 가 있던 함안까지라도 원하면 옮겨주겠다고 제의했지만 그냥 여기 남겠다고 했습니다."

성수경의 답이 끝나자마자 억술이 황급히 끼어들었다.

"나으리, 맞습니더. 저는 여어가 편합니더. 함안에서 있기는 했지만 제 고향이 아니라 낯설기는 마찬가집니더. 고향에 가면 제일 좋은데 이런 모습을 어무이에게 보이고 싶지도 않고에. 우리 어무이는 아직 제가 다친 줄도 모르고 칠득이가 죽은 줄도 모르고 있습니더. 안전한 곳에서 겨울을 날 끼라고 벌써 소식

전해 놨습니다."

"그런가. 그러면 할 수 없겠군. 여기서 지내는 데 어려운 점은 없나?"

"모두들 신경을 써주 가지고 잘 지내고 있습니더."

예원이 다시 성수경에게 물었다.

"여보게, 이번 전투 때 부상당한 사람들에 대해서 관에서는 어떻게 처우하고 있는가?"

"아시다시피 다들 어려운 상황이라 의원을 보내는 것 말고는 특별히 대우하는 것이 없습니다. 이웃들이 땔감나무 보조해주는 정돕니다."

"식량 지원은?"

"부역이나 세금에서 혜택을 주는 것 외에 따로 하는 것은 없습니다. 외지 사람들은 다들 돌아가서 알아서 해결하고 있고, 성내에서는 몇 군데 무료 급식소에서 매일 아침, 저녁 두 끼 죽을 공급하고 있는데, 부상자 가족들이 있으면 먼저 탈 수 있도록 배려는 하고 있습니다."

"이 친구 큰 아들을 불러들이게."

예원의 명을 받은 성수경이 개동이 방에 잠깐 가 있는 재식이를 억술의 방으로 불러들였다.

"네가 올해 몇 살이냐?"

"인자 열다섯 살 됐습니더."

"벌써 장가 갈 때가 됐구나. 아주 숙성하네. 너는 내일부터 관에 나와서 일을 하도록 하라."

무슨 뜻인지 몰라 어리둥절한 표정을 짓고 있는 재식에게서 눈을 돌려 예원은 다시 성수경을 바라보면서 말을 이었다. 성수경과 억술 역시 어리둥절한 표정이었다.

"이 아이를 관에 나오게 해서 이것저것 일거리를 시키게. 그 품값으로 제 아버지 식량을 제공해주는 것으로 하고 말이야. 그 정도는 할 수 있지 않겠나?"

성수경이 답하기 전에 억술이 또 끼어들었다.

"사또 나으리, 괜찮습니더. 제가 양식 걱정은 안할 만큼 여유가 있으이 분부를 거두어 주이소."

"아니네. 이 아이를 관에 두고 가끔 자네 상황을 직접 듣고 싶네. 그리고 얘는 장남이고 장가들 나이야. 이제는 조금씩 집 안일을 책임질 때도 됐잖은가?"

억술이 머뭇거리며 답을 못하고 있을 때, 예원은 다시 성수경에게 말을 건넸다.

"성 판관. 나라를 위해 싸우다 한 사람은 죽고 또 한 사람은 지금 거의 불구가 되다시피 해서 누워 있지 않는가. 당연히 양식을 그냥 대어줘야 하는데도 그 장남을 부려먹는 대가로 지원하고자 하네만. 이것도 특혜라고 할 수 있겠나?"

"그렇게 조처하도록 하겠습니다."

억술과 이런저런 이야기를 좀 더 나누고 난 뒤 예원은 자리에서 일어섰다.

"자네 사위 소식은 들었는가?"

방을 나가기 전에 지금까지 궁금했지만 차마 물을 수 없었던 말을 예원은 지나가는 투로 끄집어냈다.

"죽었습니더. 어무이가 그렇게 들었다고 편지에 써놓았습디더."

"안 됐구먼. 미안하게 됐네."

"아입니더. 그런 말씀 마시이소. 다 운명일 뿐입니더."

새 사또가 개전 초 김해 부사였으나 전투 중에 도망친 죄로 삭탈관직 당했다가 이번에 복직했다는 소문은 성중에 벌써 퍼져 있었다. 억술도 떠도는 소문을 들어 알고 있었고 또 그러려니 하고 있었다. 그런데 오늘 낮에 작년 냇가서 밥 해준 장군이 틀림없는 새 사또라는 말을 재식과 영식에게 듣는 순간, 바로 알아챘다. 그가 바로 김해성 성주였고, 그때 김해성에서 빠져나오는 길이었다는 것을.

예원은 그때 그가 김해 사또였으며 백성들을 두고 달아나는 길이었다는, 그 치욕스러웠던 사실을 공개적으로 밝히기가 아무래도 쉽지 않았다. 그래서 대화 도중에는 김해성에서 그와 함께 싸우다가 죽었을 것인 억술 사위의 안부를 묻지 못하다가, 떠나기 직전 건너가는 투로 물어보며 사위의 죽음에 대해 당시 최고 책임자로서 넌지시 사과했다. 그의 신상에 관한 소문이 퍼져 있다는 것쯤은 충분히 짐작하고 있었고, 억술 역시 그 소문을 들어 그가 누구인 줄 이미 다 알고 있으리라 헤아리고서.

관아에 돌아온 예원은 일찍 자리에 누웠으나 잠이 오지 않았다. 김해 부사였으면서도, 김해 부사였다는 것을 다들 알고 있는 줄 알면서도, 김해 부사였노라고 떳떳이 밝히지 못하는 현실이 괴로웠다. 자격지심이랄까, 성내 모든 사람들이 "한 번 성을 버린 사람이라 또 성을 버릴지도 모른다."고 쑥덕거리며 그에게 손가락질 해대고 있을 거라는 자괴감이 불쑥 떠올라 가슴이 쓰라렸다. 마음씨 착한 밀양의 농부에게도 김해 부사였노라고 떳떳이 밝히지 못하고 돌아온 처지이다 보니 더더욱 씁쓸했다.

문득 두려움이 들었다. 성내 백성들과 군사들은 겉으로만 그를 사또나 장군이라 부르며 따르는 체하는 것이지 속으론 비겁자라며 무시하고 있을 거라는. 그는 진정 진주인이 되고 싶은데 이방인으로 여기고 있을 거라는. 삭탈관직 당한 후 혼신의 힘을 기울여 왜적과 싸워 그 공이 참작되어 이 자리까지 올랐지만 감사와 같은 당파의 사람이라 그 연줄로 성주가 되었을 것이라며 비웃을 거라는. 이런저런 두려움들…

예원은 벌떡 자리에서 일어났다. 호롱불을 밝히고 지필묵을 꺼냈다. 붓을 들어 천천히 써 나갔다. 북쪽으로 피난 가 있는 그의 아내에게 보내는 편지였다. 관리의 가족을 임지에 딸려 보내지 않는 것이 조선의 관례였지만 예원은 그 관례를 따르지 않기로 작심했다. 온 가족을 데리고 진주에서 뼈를 묻겠다는 각오를 보여주지 않으면 결코 진주인으로 받아들여지지 않을지 모른다는 두려움에까지 그의 사고가 이르자 더 이상 망설일 수 없었다.

아내뿐 아니라 장남(계성)과 며느리, 둘째 아들(계철)과 막내딸까지 모두 진주성으로 내려오라고 편지에 썼다. 왜군이 지난번 패배로 절치부심하며 잔뜩 노리고 있을 진주성! 그리로 내려오라 함은 어찌 보면 사지로 가족을 불러들이는 일이었다. 그러나 설령 전 가족이 죽는 한이 있더라도 진주인으로 받아들여지는 길이라면, 그 길을 가야 한다고 예원은 판단했다. 그것이 그를 믿고 임명해준 감사 김성일에게, 더 나아가 임금과 나라에게 보답하는 길이기도 했다.

예원이 진주 목사로 임명된 이상 그에게 닥친 지상 명령은 진주성을 왜군으로부터 지켜내는 일이었다. 그러기 위해서는 백성과 군사들이 진정으로 그를 믿고 따라야 했다. 즉 그가 진정한 진주인이 되어야 가능한 일이었다. 결국 그는 진주성을 지켜내기 위해 먼저 진정한 진주인이 되리라 작정하고서, 죽을 자리가 될 수도 있는 진주성으로 전 가족을 불러들이고자 결심했다. 이는 그가 살 길이기도 하고 죽는 길이기도 하되 비겁자로는 죽지 않는 길이었다. 곧 살 자리가 죽을 자리였고 죽을 자리가 살 자리였으니, 그의 삶과 죽음은 서로 상통하고 있었다.

뜸을 들여가며 느릿느릿 편지를 다 쓰고 곱게 접어놓은 뒤 예원은 달게 잤다.

왜군의 평양성 패배와 한양 집결

계사년 1월 9일, 이여송이 이끄는 명군과 김명원이 이끄는 조선군이 연합작전을 펼쳐 드디어 평양성 탈환에 성공했다. 6일부터 조명 연합군의 공격을 받은 고니시군은 수세에 몰린 끝에 외성을 내주고 내성의 여러 토굴 속으로 들어가 결사 항전을 벌이면서도, 한양으로 물러갈 테니 길을 터 달라는 협상책을 제시했다. 악착같은 왜군의 저항으로 계속 사상자가 발생하자 이여송은 고니시의 협상에 동의해 1월 9일 새벽부터 왜군의 철군이 이루어졌다. 협상 하에 퇴군을 하기는 했지만 일부 명군과 조선군의 추격을 받아 고니시의 군은 곤욕을 치르기도 했다.

고니시의 군이 한양으로 퇴각하자 강원도, 평안도, 황해도, 그리고 함경도에 진출해 있던 왜군들도 동요할 수밖에 없었다. 결국 한양의 왜군 수뇌부는 한양 이북 지역들에 주둔해 있는 왜군의 전면적인 철수를 결정하고, 그 명령을 각 지역에 하달했다. 이에 각 지역의 왜군들은 서둘러 한양으로 몰려들었다. 다만 함경도의 가토가 이끄는 약 2만 명은 곧바로 철수하지 않고 머뭇거리다가 다른 부대들보다 뒤늦게 한양에 합류했다.

하기 좋은 말로 철수였지, 북방에서 한양으로 물러날 때 왜병들이 조선의 혹독한 추위로 겪은 참상은 상상을 초월했다. 제대로 겨울 군복과 신발을 보급 받지 못한 상태에서 난생 처음 겪어보는 조선의 추위는 어떤 말로도 묘사할 수 없는 무서운 존재였다.

굶주림과 추위로 쓰러져간 무수한 영혼들이 얼어붙은 조선의 산야를 떠돌아다녔다. 성한 사람들도 겨우 발걸음을 내딛는 판에 부상자는 아예 데리고 갈 생각도 못했다. 운신하는 것 자체가 극한의 몸부림이나 마찬가지인 얼고 굶주린 몸들이었다. 그것도 매섭기로 유명한 북쪽 추위 속에 그랬으니 그 고통이 극에 달했다.

눈이 무릎까지 차오르는 험한 산 속을 헤쳐 나가다 중도에 얼어 죽은 병사와 말도 부지기수였다. 거기다가 추위에 단련된 북방 조선군의 기습 공격까지 수시로 받아야 했다. 그야말로 지옥이 따로 없었다. 오히려 행운이랄 병사들도 있었다. 허기와 추위에 지쳐 대오에서 처지거나 이탈해 아무 농가에 뛰어들었을 때, 마침 마음씨 좋은 조선의 주인이 먹여주고 재워주고 난 뒤 그 집 하인으로 받아들인 그런 병사들 말이었다.

　한양에서 머물며 지휘하던 왜군 총사령관 우키다 히데이에는 초봄에 한양에 집결해 있는 모든 군사들의 수를 세어보고 경악했다. 북진 초기 군사들 중 거의 절반이 사라져버렸으니 당연한 반응이었다. 가장 피해가 큰 부대는 고니시가 이끄는 제1군으로 부산 상륙 때 18,700명이었던 군사가 점호 결과 겨우 6,629명이었다. 무려 삼분의 이 가까이가 죽거나 실종되었다. 그 다음으로 피해가 큰 부대는 사령관인 우키다 그 자신이 지휘하던 제8군으로 10,000명 상륙군 중 5,352명이 살아남아 그 손실이 절반에 가까웠다.

　이 외에 북쪽뿐 아니라 남쪽까지 다 합친 왜군 총병력의 손실률이 평균 열 명 중 네 명 언저리였다. 물론 다 죽은 것만은 아니었다. 실종되었거나 조선군에게 자발적으로 항복해서 조선군이 된 왜병들을 포함한 전 병력의 손실률이 그랬다. 왜 입장에서 보면 항왜(왜군에 반기를 들고 조선군을 위해 싸우는 왜군)는 오히려 죽은 것보다 더 못했다.

　가랑비에 옷 젖는 줄 모른다는 말처럼 조선군, 의병, 명군, 풍토병, 추위, 항왜 따위에 야금야금 갉아 먹힌 손실이 누적되어 나중에는 눈덩이같이 불어났다. 1년 전 부산에 상륙해 기세 좋게 북쪽 끝까지 밀고 올라갔지만 실상은 허울뿐이었다. 겨우 1년 만에 전 병력의 절반 가까이를 잃어버렸다. 만약 획기적인 전환점을 마련하지 않고 이런 방식으로 계속 전투를 수행하게 되면, 그것은 미친 짓이나 마찬가지임을 뜻했다. 쉽게 말해 이런 식으로 일 년만 더 지나게 되면 왜군은 거의 전멸 지경에 이른다는 계산이었다.

조선을 발판으로 삼아 명국을 지배하겠다는 히데요시의 대륙 진출의 꿈은 허상이었다. 대륙 진출은커녕 금방 점령해버리리라 장담했던 조선에서 그만 발이 묶여 허우적거리고 있었다. 초반에는 승승장구하면서 거침없이 북으로 치달았지만 어느 순간부터 남과 북의 일렬 통로 유지조차 버거워졌다.

결국 급기야는 북쪽에서 퇴각해 한양에 모여들어 이리저리 눈치를 살피는 신세가 되어 버렸다. 용산 창고에 쌀이 좀 남아 있어 한양서 아직 버틸 여력은 있었지만, 이미 대륙 진출은 글렀다고 체념한 상황에서 왜군이 할 수 있는 최선의 선택은 명과의 강화교섭이었다.

명 역시 강화교섭이 반갑기는 마찬가지였다. 평양성 함락 후

기고만장한 명군은 왜군을 깔보고 덤벼들었다가 1월 27일, 벽제관(경기도 고양시 소재)에서 참패하고 말았다. 부하의 희생으로 겨우 살아서 탈출한 이여송은 부총병 왕필적을 개성에 남기고 조선군들도 임진강 이북으로만 포진할 것을 명하고는 평양으로 회군해버렸다.

유성룡 등 조선의 책임자들이 이여송에게 다시 붙으면 충분히 이길 수 있다고 공격을 부추겼으나 그는 겁을 먹고 듣지 않았다. 왜군의 강한 전투력에 깜짝 놀라 전의를 상실해 버렸다. 이후 명은 아예 싸울 생각은 않고 왜군과의 협상에만 매달렸다.

한양에서 눈치를 살펴가며 조심스럽게 머물던 왜군에게 결정적인 타격을 가하는 사건이 터졌다. 조선군 결사대가 용산 쌀 창고에 잠입해 왜군의 두 달 치에 해당하는 식량을 몽땅 불태워버렸다. 더 이상 한양서 버틸 의욕을 잃어버린 왜군은 명과 본격적인 협상에 들어가게 되었고 마침내 4월 8일, 고니시와 심유경 사이에 협상이 타결되었다.

그 과정에서 조선은 철저히 제외되어 명·왜 양국 사이에 어떤 내밀한 말이 오갔는지는 전혀 알 수 없었다. 결과만 알 뿐 세세한 사항은 귀동냥이나 추측에 의존했다. 드디어 4월 18일, 왜군의 한양 철수가 시작되었다. 왜군이 더 버티지 못하고 퇴군하는 것이니 후퇴가 분명했다. 그렇다면 가만 내려갈 일이었건만 왜군은 후퇴하면서 기가 막힐 소문을 퍼뜨렸으며, 그 내려가는 꼴 또한 참 가관이었다.

관사의 봄

새하얀 송이로 몸단장하기 바쁘던 겨울나무들이 언제부턴가 제 무게가 버거운지 부르르 눈꽃을 떨어내다 어느새 맨 몸을 드러냈고, 얼어붙어 꼼짝 않던 시내도 어느덧 졸졸 소리를 냈다. 시나브로 봄이 찾아왔다. 2월 초, 이른 봄이었다. 매화 향기 가득한 관사에 사람들의 향기가 더해져 남쪽 봄을 더욱 앞당기고 있었다.

적막한 관사에 사람들이 넘쳐나자 생기도 넘쳐났다. 얼마 만에 맛보는 가족들과의 오붓한 시간인지 예원은 가늠하기 어려웠다. 적이 호시탐탐 노리고 있어 마냥 좋아할 수만은 없었지만 그래도 다들 모이니까 흐뭇했다. 아내, 큰 아들, 며느리, 작은 아들, 막내딸, 그리고 충실한 종 성길 부부까지 모두 일곱 식구가 추가되었다.

"미안하오." 재회 때 예원이 아내에게 건넨 첫 마디였다. 그 말밖에 떠오르지 않았고 그 말 외에 할 수 있는 말도 없었다. 아내 이씨 부인은 환한 미소를 지으며 미안하다는 말은 딩치않으니 거두어 달라고 먼저 말하고는, 그렇잖아도 그가 임시 목사로 임명되었다는 소식을 듣고부터 온 가족이 불러주기를 줄곧 고대하고 있었노라 하면서 오히려 예원을 위로했다.

안방마님이 안방에 터를 잡자 관사뿐 아니라 성내에도 훈기가 감돌기 시작했다. 안방마님의 손길이 성내 곳곳에 스며들자 감사 잘 만나서 사또 됐다는 둥 남 말하기 좋아하는 사람들이 나불대던 입방아들이 금방 잦아들었다.

이씨 부인은 장교 부인들과 상견례를 마치기가 무섭게 성내에서 그녀가 할 수 있는 일들을 찾아내기에 바빴다. 남루한 병사들의 복장으로 어찌 강군 소리를 들으랴 싶어 장교 부인들과 아낙들, 그리고 며느리를 데리고 병사들의 군복부터 챙겼다. 성내 유지들의 도움으로 옷감을 마련해 부지런히 군복을 지었다. 아직 군복을 제대로 갖추지 못한 병사들을 입혔으며 아예 닳아버려 군복이라고 말하기가 부끄러운 복장의 병사들도 새 군복으로 갈아입혔다. 해진 군복들은 빠짐없이 수거해 꼼꼼하게 수선하고 나서 깨끗이 빨아 돌려줬다.

옷을 지으면서도 두루 할 일을 찾아다녔다. 병사들의 가족 중

굶는 사람이 있으면 사정이 허락하는 한 최대한 구호미를 관에 요청해 그들을 먹였고, 성내 급식소를 일일이 찾아다니며 직접 배급도 함으로써 백성들과도 부지런히 얼굴을 익혔다. 고충이 있어도 말할 곳이 없어 냉가슴 앓고 있는 백성들의 편안한 귀가 되어주었다. 비록 다 들어줄 수는 없는 고충일망정 두 귀로 빠짐없이 몽땅 듣는 일에는 게으름을 피우지 않았다. 이씨 부인이 백성들과 친숙해지는데 걸리는 시간은 그리 오래지 않았다.

아버지를 위해 마지못해 관아에 나오던 재식은 이제 관아에 나오는 일이 제일 신이 났다. 쉬는 날이 오히려 더 지겨워졌다. 사또 마님이 잘 대해주기도 하고, 사또의 둘째 아들 계철이 비슷한 연배라 잡일을 하는 틈틈이 함께 노는 재미도 있었지만, 사또의 막내딸을 가끔씩 스쳐보거나 훔쳐보는 흥분과 설렘에서 나오는 즐거움은 어디에 비견할 바가 아니었다.

이씨 부인이 들어오고부터 순식간에 성내 민심이 안정되자 예원은 더욱 힘을 냈다. 의욕적으로 일을 추진해나갔다. 이종인과 성수경이 군사 조련에 온갖 노력을 다해주었다. 예원은 성곽 보수 및 군량, 화약, 무기를 보충하는 데 심혈을 기울였다. 모두가 돈 드는 일이라 세미로서는 다 충당할 수 없어 부자들에게 기댈 수밖에 없었다. 감사 김성일과 함께 부자들을 부르기도 하고 찾아다니기도 하면서 가진 자의 의무를 누누이 되뇌었다. 그러면서 나라가 살고 백성이 살아야 부자도 사는 법이니 살기 위해서라도 좀 내어달라고 부탁하기도 하고, 어르기도 하고, 떼쓰기도 하고, 반 협박하기도 했다.

한 번은 어느 부잣집에서 얼마나 진을 뺐는지 김성일이 그 집을 빠져 나올 때 다시는 이 짓 못 해먹겠다며 혀를 내두르고는 '나라가 부자들에게 그럴 듯한 직으로 겉발림해서 일단 돈부터 내게 하고 나중에는 미적대다 신뢰를 잃어버려, 이젠 부자들이 웬만하면 끄덕도 않으니 알고 보면 자업자득인데 누구를 원망하랴!' 혼자말로 넋두리 하는 소리를 예원이 듣기도 했다. 부자들의 도움을 끌어내기가 쉽지는 않았지만 그래도 필사적으로 매달려 악착같이 모아 나갔다. 그러나 최선을 다해 열심히 해나갔는데도 세월이 편들어주지 않아 예원을 당혹케 했다. 날씨가 따뜻하면 따뜻해질수록 흉흉한 소문만 무성하게 퍼져 나갔고, 살을 도려내는 것 같은 아픈 일들만 생겨났다.

절단

"에이, 함안 조가가 아이라 카이 끼네요. 함안에 사는 조가라고 전부 함안 조가라 카면 밀양에 가면 박가들은 전부 밀양 박가들뿐이겠네요. 에에, 그라니까 옛날에 박가들이 우째 좀 모이가지고 밀양에서 살다보이 밀양 박가라고 말하게 됐을 거지, 밀양에는 박가들만 사는 것이 아닐 거라요. 함안도 마찬가지라니까요. 조가들 중 일부가 옛날에 함안에 우째 모여 살다보이 함안 조가라 카는 거지, 에에, 그런데 내 말이 맞는 기가. 나도 헷갈리네. 하여튼 우쨌기나 간에, 밀양에 밀양 박가만 있는 것이 아닌 것처럼 함안에도 함안 조가만 있는 것이 아닌 거라요."

말을 마치고 천판수는 탁주를 한 잔 쭉 들이켰다. 오랜만에 천판수가 탁주를 마련해서 억술을 찾았다. 억술은 벽에 기대어 앉아 있었고 개동 아버지와 이웃 사내 둘도 합세해 있었다. 대화 도중 우연히 성씨 이야기가 나왔을 때, 피신해 있던 집 주인이 함안 조가라서 과연 함안에는 함안 조가들이 많구나 하는 생

각이 들더라고, 억술이 일행들에게 말하자 천판수가 그런 것이
아니라면서 막 반박했다. 즉 조맹칠이 함안 조가가 아니었다.

"이야, 나는 지금까지 함안 조가라고 알고 있었네. 그라면,
그 사람한테 무슨 조간지 물어봤다는 말이요?"

억술이 천판수의 말에 반문했다.

"옛날에 그 사람 편지 심부름을 한 적이 있었소. 내가 글은
못 배웠지만 장사를 하다 보이 성씨 정도는 웬만큼 구별할 줄
아는 기라요. 내가 함안 조짜도 본 적이 있는데 그 사람 조짜하
고는 서로가 모양이 완전히 다른 거라요."

"함안 조가가 아니라 카면 풍양 조가나 창녕 조가쯤 되겠네
에."

개동 아버지가 아는 체하면서 끼어들었다.

"글쎄, 무슨 조간지는 모르겠지만 내가 글자 모양은 대충 아
는데 여기에 글 배운 사람 없소?"

천판수가 일행을 둘러보면서 물었을 때 개동 아버지가 또 나
섰다.

"병직이 형님 뭐하는교? 어렸을 때 서당도 다니고 천자문도
몇 번 띳다꼬 맨날 자랑했다 아인교?"

"어어, 그래. 보기는 봤는데… 흐흠."

병직이라고 하는, 억술의 왼쪽 옆에 앉아 있는 사십대쯤 사내의 얼굴빛이 갑자기 흙빛으로 변했다. 괜히 헛기침만 해댔다. 천판수가 잘 되었다고 말하며 그에게 말을 걸었다.

"형씨 보소. 이기 무슨 조짠지 아는교? 잘은 모르겠지만 대충 이렇게 생긴 거라요."

이어 천판수는 술상 위에 손가락으로 글씨를 쓰는 시늉을 하면서 글자 설명을 했다.

"그라이끼네, 밭 전자가 아래위로 두 개 놓여 있고 그 위에서부터 아래로 작대기 하나 쫙 내려놓은 거라요. 무슨 조짠지 알겠소?"

"어흐흠. 그래 말해가지고는 글자가 안 보이끼네 내가 알 수 없지요. 아참. 내가 집에 급히 가야 할 일이 있는데 그만 깜빡하고 여어 앉아 있었네. 저녁 묵을 때도 됐고."

말을 마치기가 바쁘게 일어서려는 병직을 천판수가 도로 주저앉혔다.

"잠깐 기다리 보소. 요기 무슨 글잔지만 말해주고 가소. 내가 직접 써볼 테이 잘 보소."

천판수가 집게손가락 끄트머리에다 탁주를 묻혀가지고는 상위에 쓰는 건지 그리는 건지 '조'자를 만들어냈다. 먼저 밭

'전' 자 두 개를 위아래에 쓰고 글자 제법 위에서부터 아래로 중간에다가 길게 획을 죽 그었는데 밑 '전' 자 세로획이 있는 부분은 서로 겹쳤다. 탁주 자국이 부연 글자 모양을 만들어냈다. 탁주를 몇 번이나 손가락으로 묻혀가면서 완성해낸 글자였다. 글자를 다 만들고 난 뒤 내려다보면서 천판수는 고개를 갸우뚱 기울이다 말고 미심쩍은 듯 혼자 말했다.

"밑에까지는 작대기가 안 내려온 것 같기도 하고, 그냥 입 구 자만 있었나, 그것도 아인데… 맞다! 여어 위에도 오른쪽으로 작대기가 하나 더 있었다."

그리고 또 탁주를 손가락에 묻혀서 위에다가 우측 획을 하나 더 긋고 나서는 병직을 다시 쳐다봤다.

"형씨. 밑에 거는 좀 헷갈리지만 전체적으로 대충 이렇게 생긴 글자가 무슨 조짜요?"

"흐흠. 흠. 가만 보자. 천자문에 이런 글자가 없었던 것 같은데… 아이고 내가 이러고 있으면 안 되는데. 빨리 가야 되는데."

"아니, 형님. 천자문을 달달 외웃다 캔 사람이 이런 것도 헷갈리요?"

다시 일어서려는 병직에게 개동아버지가 재차 물었다.

"그기 아이라. 글자를 제대로 못 쓰이끼네 헷갈리는 거지 뭐. 어, 가만 보이 조조 조짜 같기도 하네."

머리를 긁적이며 병직이라는 사내가 조조 조짜라고 말하자 천판수가 오른쪽 손바닥으로 상을 탁 치며 환호성을 올렸다.

"맞다 카이 끼네! 조조 조짜가 맞는 기라. 이야, 그 인간이 우째 그래 조조를 닮았노. 이거는 틀림없는 조조 조짠 기라. 그래 생각 안하요? 눈까리가 쭉 찢어진 게 영판 아인교?"

천판수가 억술을 쳐다보며 동의를 구했다.

"조조를 본 적이 없으이 나는 잘 모르겠소."

"내 참. 죽이 안 맞네. 눈까리 쫙 찢어지고 몬 되께 생겼으면 다 조조 닮은 거라요. 그 인간은 완전히 쫙 찢어진 기 조조보다도 더 간사하게 생긴 거라 카이 끼네요. 내 눈은 쪼끔 가늘면서 긴 기고."

조맹칠을 씹어대자 신이 났는지 천판수는 또 한 잔 걸치고는 개동 아버지에게 물었다.

"참, 아까 함안 조가가 아이면 어디 조가라 캤는교?"

"풍양 조가나 창녕 조가요."

"틀림없이 그 두 집안 중 하나는 조조 후손인 기라."

성씨 이야기 도중 엄연히 조상이 따로 있는 집안이 생뚱맞게 조조 후손으로 바뀌어버린 참극이자 희극이 발생해 당사자들이 들으면 기가 찰 일이겠지만 이 방에서 지금 떠들어대는 사람들이 신경 쓸 바는 아니었다. 잘은 모르지만 조조 조짜라는 것은 조조하고 같은 성씨라서 그렇게 말하는 것이려니 생각하고 억술은 넘어갔다. 병직이란 사내는 그새 떠나버렸다. 억술은 지금까지 조맹칠을 함안 조가로만 알고 있었는데 그렇지 않다는 말을 듣자 갑자기 그가 생경하게 느껴졌다. 의원이 술을 먹으면 안 된다고 누누이 말했지만 오늘만큼은 마음을 비워버리고 억술은 마셨다.

낫지 않는 다리 때문에 하루 이틀도 아니고 매일 누워 있거나 앉아 있으려니 어떤 때는 갑갑해서 죽을 지경이었다. 거기다가 욕창마저 생겨나 억술을 괴롭혔다. 욕창을 예방하기 위해 개동 아버지가 자주 자세를 바꾸어줘 오랫동안 잘 견뎌냈지만 얼마 전에 왼쪽 엉덩이 쪽에 생겨나고 말았다. 그리 심한 것은 아닐지라도 쉽사리 없어지지 않고 있어 신경이 겹쳐서 쓰였다. 다리 상처와 욕창이 덧날 수 있으므로 술을 마시지 말아야 한다는 것은 상식이었다.

처음 치료를 할 때부터 의원은 술을 마시면 안 된다고 했고 억술도 일절 입에 대지 않고 있다가 오늘은 참지 못하고 마셨다. 이렇게라도 마시지 않으면 더 이상 견딜 수 없을 것 같아서 개동 아버지가 욕창 때문에라도 안 된다고 극구 말렸음에도 불구하고 몇 잔 연거푸 들이켰다. 술이 들어가자 좀 살 것 같았다.

오늘 마신 술로 병이 더 악화되어 내일 죽는 한이 있어도 오늘을 포기하고 싶지 않았다. 끔찍스러울 정도로 길기만 한 하루를 오늘 단 하루만큼이라도 짧은 하루로 만들고 싶었다. 억술의 머리가 얼얼해졌다. 금방이라도 일어설 수 있을 것 같아 오른쪽 다리를 살짝 움직여 봤지만 극심한 통증이 현실을 일깨웠다. 현실을 잊으려 다시 한 잔 들이켜려는 순간 바깥에서 억술을 부르는 소리가 들렸다.

"아니, 이게 무슨 짓이고. 도대체 나으려고 하나 안 나으려고 하나. 술 먹으면 안 된다고 그래 말했건만 못 알아듣네."

오늘은 의원이 오는 날이 아닌데도 찾아왔다. 억술이 술 마시는 모습을 보고 깜짝 놀라 야단을 쳤다.

"죽더라도 차라리 이기 낫네요. 그건 그렇고 오늘 오는 날도 아인데 우째 왔는교?"

"이보시게 억술이. 내 말을 잘 듣게. 지금 내가 관에 보고하고 오는 길이네."

"보고요?"

"나도 고민을 많이 했네. 그렇지만 더 늦추면 안 될 것 같아 결단을 내린 거니 이해해 주시게."

"도대체 무슨 말씀인지."

"아무래도 자네 우측 다리를 잘라내야 할 것 같아. 안 그러면 목숨이 위험해질 수도 있어."

"예에?"

억술은 갑자기 술이 확 깨고 정신이 번쩍 드는 걸 느꼈다. 개동 아버지, 천판수, 또 한 명의 이웃 모두 놀라기는 마찬가지였다.

"멀쩡한 사람 다리를 와 자른다는 말입니꺼?"

개동 아버지가 어이없다는 투로 의원에게 물었다.

"만약에 나을 다리 같았으면 벌써 나았을 걸세. 다친 지 넉 달이 지났는데도 안 낫는 것을 보니 뼈 속에 이상이 생긴 것이 틀림없어. 그것은 지금 의술로는 치료할 수 없네. 그런데 염증이 다른 장기 쪽으로도 퍼져버렸으면 잘라내도 문제가 되는 거라. 그래도 일단 잘라내고 보세. 내가 진즉에 말하려고 하다가 억술이 자네가 반대할 것도 같고 날씨가 풀리면 좀 나아지려나 싶어서 기다려 본 건데 이제는 더 이상 미루면 안 될 것 같아."

"그렇게까지 해서 살고 싶지 않습니더. 신경 쓰지 마이소. 그 냥 이래 버틸랍니더."

억술은 그가 처한 현실을 도저히 받아들일 수 없어 단호하게 잘랐다. 차라리 죽을지언정 평생 불구로 살고 싶지는 않았다.

"자네 심정을 내 충분히 짐작하네. 그러나 목숨보다 중한 것 은 없네. 한 쪽 다리 없다고 못 살게 뭐 있나? 가족들 생각도 해 야지. 아무튼 오늘은 이만하고 가네. 잘 판단해서 결정을 내리 게. 되도록 서둘러야 되네. 사또께서 자네를 각별히 부탁하는 바람에 나도 신경이 쓰이네."

저녁을 먹는 둥 마는 둥 하고 억술은 일찍 자리에 누웠다. 누 웠지만 잠이 올 리 없었다. '차라리 어머니와 함께 고향 산 속에 숨었더라면. 밀양을 떠날 엄두도 못 내도록 아예 재산이 없었더 라면. 벌어놓은 것 좀 있다고 신중히 생각지도 않고 고향을 떠 났으니 그 벌인가. 함안의 많고 많은 집들 중에 하필이면 조 노 인 집에 들어갔을까. 그 집만 피했더라도. 진주에 도착하자마자 무조건 전라도 쪽으로 빠졌어야 했는데. 아니 그때는 그 작자들 을 믿고 있었으니 어쩔 수 없었구나.' 온갖 회한이 몰려들어 억술의 마음을 더욱 뒤숭숭하게 했다.

조금 전 개동이네서 저녁을 얻어먹고 떠나기 전 다리를 자르라고 간곡하게 부탁하던 천판수의 모습이 떠올랐다. 그와 합세해서 억술을 설득시키려 든 개동 아버지의 얼굴까지 겹쳤을 때, 필경 다리를 잘라내고야 말리라는 불길하면서도 영락없을 것같은 예감이 억술의 머리를 언뜻 스쳤다.

왜군, 부산으로 철군

4월 8일에 고니시와 심유경의 철수 협상이 타결되어 4월 18일부터 58,000여 명쯤 되는 왜군의 한양 철수가 시작되었다. 함경도에서 사로잡은 두 왕자는 부산으로 철군을 완료한 뒤 돌려보내기로 약속하고 데리고 내려갔다. 버티기가 버거운 왜군 측에서나 남의 나라 싸움에 끼어들어 피 흘리고 싶지 않은 명 측에서나 협상 타결은 누이 좋고 매부 좋은 격이었다. 겉으론 드러내지 않았지만 속으론 서로가 간절히 바라던 바이기도 했다. 조선의 의도 따위는 양국의 협상 타결과 아무 상관이 없었고 거기에 어떠한 영향도 끼치지 못했다. 애오라지 명·일만의 대화였다.

어쨌거나 한양에서 더 버티지 못하고 물러가는 것이므로 조선 측에서 보면 왜군의 후퇴가 분명했건만 왜군은 그렇게 생각하지 않는 모양이었고 실상도 그렇지 않았다. 조선의 우방인 명군이 오히려 조선군의 추격을 가로막아주는 사이에 왜군은 하루 30~40리씩 희희낙락 하면서 내려갔다. 행군 도중 휴식하거나 야영할 때는 포로로 끌고 가는 조선인들로 하여금 풍악을 울리게 하는 등 오락회를 열어가면서. 그런 행군을 어찌 후퇴라고 생각했으랴. 한 달 가까이나 그것도 적진에서 철수 작전을 벌였음에도 적으로부터 어떤 습격도 받지 않고 전 병력을 온전히 철수시킨, 그 어느 전쟁사에도 찾아볼 수 없는 희한한 패주 행렬이었다. 하기야 왜군 입장에서는 패주가 아니라 그냥 작전상 철군이었겠지만.

4월 21일, 이여송이 한양에 도착하자 유성룡이 찾아가 퇴각 중인 왜군을 추격해야 한다고 주장했다. 하지만 그는 두 왕자의 안전이 문제된다느니, 배가 부족해서 한강을 건너기가 어렵다느니, 이 핑계 저 핑계를 대며 한양서 머뭇거렸다. 머뭇거린 것만 아니라 만약 왜군을 공격하는 조선군이 있으면 바로 참해버리겠다고 명령을 내림으로써 조선군의 추격 의지를 원천적으로 봉쇄해버렸다. 평양성에서 잠깐 반짝 빛을 발휘하고 벽제관에서 금방 저문 뒤 명은 싸울 생각을 접었다. 이후 명의 조선 출병 목적이 전투인지 강화회담인지 구별되지 않았다.

왜군은 5월 13일 경, 밀양과 그 이남 지역으로 완전히 철수했고, 명은 그 이전부터 전쟁을 끝내고자 왜군과 지루한 강화협상에 들어간 상태였다. 그리고 약 4년 뒤 협상이 깨질 때까지, 즉 벽제관 전투 이후 정유재란(1597) 때까지 명은 단 한 번도 싸우지 않았다.

아무튼 한양에서 철수한 왜군 선두가 문경새재를 넘어 경상도 지역으로 들어섰을 때쯤 이여송은 추격 명령을 내렸고 명군은 조선군과 함께 대대적인 추격을 개시했다. 듬직하게도 명군은 왜군을 남쪽 구석으로 몰아붙여 한때 왜군 치하에 있던 조선의 땅 대부분을 되찾는데 성공했다. 낯간지럽게도 왜군이 철수하고 난 빈 지역을 어슬렁거리며 접수할 따름이었지만. 그런 식으로 명군은 커다란 솜방망이를 휘두르며 왜군을 압박해 내려가서는 영남과 호남의 전략적 요충지를 차지했다.

계사년의 따뜻한 봄 날씨가 진해져 갈 때, 왜군은 밀양, 김해, 부산, 서생포 등 조선 팔도 중 겨우 남쪽 일부만 차지하고 명과 강화협상에 매달렸다. 이 무렵 왜국 본토 쪽의 사정은 다급했다. 임진년 개전 시 조선 땅을 밟은 왜군의 병력수가 158,700명이었는데 겨우 1년 사이 절반에 가까운 75,000여 명이 사라져 버렸다. 1년 동안 충원된 병력이 약 43,000명이었고, 여기서 6년 뒤 전쟁이 끝날 때까지 더 충원된 병력은 고작 4천명 정도였다. 왜국 본토의 딱한 병력 사정을 상징적이면서도 고스란히 드러낸 것은 6년간 충원된 병력의 수였다. 본토에서 전쟁을 총괄 지휘하던 도요토미 히데요시는 교토 경비와 나고야 주둔 병력 외에 더 이상의 징병이 어려워지자 "불행하게 작은 섬나라에 태어나 병력이 부족하구나. 장차 일을 어찌하랴." 탄식했다.

히데요시는 인정하기 싫었겠지만 대륙 정벌은 씨알도 먹히지 않는 헛소리가 되어버린 지 오래였다. 결국 그는 강화협상에 나서지 않으면 안 될 처지였다. 그래서 조선에 있는 전 왜군을 부산 쪽으로 철군시켰다. 그런데 병력을 물리려면 곱게 물릴 일이지 협상을 해 가면서도 그는 끝까지 조선에 패악을 부렸다. 진주성 복수전이 그것이었다.

기가 찰 노릇이었다. 왜군은 남쪽으로 후퇴하면서도 또 협상을 하면서도 진주성을 재차 공격하겠다고 공언했다. 히데요시는 계사년 이월 말부터 무려 다섯 차례나 조선 주둔 왜군에게 진주성 공격을 명령했다. 그것도 비밀 작전이 아니라 공개적으로 떠들어댔다. 전 조선 사람들이나 군사들, 그리고 명나라 군사들 모두 다 들으라고.

전 병력을 동원해서 진주성을 함락시키고 거기에 있는 조선 사람은 한 사람도 남기지 말고 죽이라는 끔찍스러운 명령이었다.

모자 상봉

"득금이도 성에 들어갔다가 죽어 뿐 모양이네요."

"그래. 괜히 성 지킨다고 죄 없는 사람들 불러내 가지고 전부 왜놈들 손에 죽게 만들었다 아이가. 사또 지는 도망쳐 뿌렸으면서."

"우쨌기나 득금이 애들 구박하지 마소. 우째 그래 찾아 왔습디꺼?"

"내 말이 그 말 아이가. 저그 아버지는 죽어뿌고 어마이하고 막내 여동생은 왜놈들한테 포로로 끌려갔다 카면서 질질 울면서들 찾아왔데. 저그 큰 집도 있으면서 와 내한테 오노 이 말이다. 그렇다고 캐서 먼 길 찾아온 놈들을 쫓아낼 수도 없고. 우쨌기나 난리가 끝날 때 까지는 내가 봐줄란다."

"잘 했습니더. 난리가 끝나더라도 계속 거다 주입시더. 불쌍한 놈들 아입니꺼."

"가아들(개들) 걱정 말고 니 걱정이나 해라. 도대체 이게 무슨 꼴이고. 아이고오 하늘도 무심하지. 흑흑."

순분이 또 훌쩍거리며 눈물을 흘렸다.

사실은 억술과 칠득이가 함께 진주성 전투에 참전했으며, 칠득은 전투 중에 그만 죽어버렸고, 억술은 다리에 총을 맞아 그 다리를 잘라냈지만 계속 낫지 않고 있는데, 그 사실을 어머니에게 알리지 않으려고 해서 내가 몰래 왔노라, 하고 천판수가 삼월 하순 경 밀양에 가서 순분에게 소식을 전했다. 다리를 잘라내고도 억술의 몸 상태가 호전되지 않아 혹시라도 변이 생기면 낭패라고 판단하고서 억술 몰래 내린 결단이었다. 두 모자가 마지막도 나누지 못해 서로 평생의 한이 되는 일이 생기지 않도록 해주고 싶었고, 순분으로 하여금 억술을 설득시켜 밀양으로 데려가게 하려는 의도도 내포하고 있었다.

깜짝 놀란 순분은 집안일을 모두 무길 부부에게 맡겨놓고 4월 초하룻날 아침 일찍 쌀 한 가마니, 포 여섯 필, 그 외의 생필품 따위를 짐꾼들에게 지워서 집을 나섰다. 하루 60리씩 잡으면 평촌서 진주까지 나흘 길이지만 수산서 강을 건널 때 왜군의 눈을 피하느라 시간이 좀 걸려 닷새째 오후에 도착했다. 진주성 내에 들어서서 천판수가 설명해 준대로 길을 더듬어 별 어려움 없이 개동이네까지 찾아온 것이 지금부터 약 세 식경 전이었다.

근 1년 만에 억술을 처음 본 순간 순분은 억장이 무너지는 듯했다. 함안이나 의령 등지에서 잘 지내고 있는 줄 알았던 둘째 아들이 진주성에서 한쪽 다리가 잘린 채 누워 있었으니. 몸은 수척해 있었고 수염은 제대로 관리가 되지 않아 온 얼굴이 덥수룩한 것이 마치 도적놈 같았다. 깜짝 놀라는 아들의 양손을 오른손으로 잡고 동시에 둘째 손자를 왼손으로 껴안고 순분은 한참 동안 오열했다. 이어 소식을 듣고 관아에서 달려온 큰 손자와도 만난 것이었고. 한편으론 웃고 또 한편으론 울기도 하면서 네 식구는 그동안 쌓였던 회포를 풀었다.

득금의 죽음에 대해 이야기가 나온 것은 순분과 억술의 이런저런 대화 속에 억술의 사위인 강서방의 죽음이 화제로 떠오른 다음이었다.

"인자 그만 우소. 다리 없는 사람이 어디 내 뿐이요. 이래라도 잘 살면 되지."

개들 걱정 말고 니 걱정이나 해라, 말해놓고 훌쩍이는 순분을 억술이 달랬다.

"그래, 알았다. 운다고 되는 기 아이다. 빨리 정리해서 밀양에 돌아갈 생각을 하자."

"그런데 지금은 가기가 어려우이 좀 쉬었다가 어무이만 우선 영식이를 데리고 가소."

"그기 무슨 소리고? 가면 다 같이 가는 거지 니는 와 못 간다는 기고?"

"사실 저는 이제 함부로 움직일 수 없습니더."

역질 때문이었다. 날씨가 따뜻해지자 역질(전염병)이 돌기 시작했는데, 전쟁 중에 보릿고개마저 겹쳐 어느 한 곳에서 발생하게 되면 걷잡을 수 없이 퍼져나갔고, 사람들은 맥없이 쓰러졌다. 지칠 대로 지쳐 고달픈 삶을 겨우 추슬러 나가는 백성들의 쇠약한 육신에서 병의 저항력이 생길 여지가 없었다. 해마다 찾아오는 역질이었지만 올해는 여느 때보다 피해가 더 컸다. 총이나 칼 맞아 죽는 사람이 하나라면, 굶어 죽는 경우는 열이요, 역질로는 백에 이른다는 말이 나돌 정도였으니 그 피해가 얼마나 극심했겠는가. 지난달에는 경상 우병사 김면(의병장에서 김시민의 후임으로 승진)도 역질에 희생되고 말았다.

억술의 경우는 애매했다. 삼월 초에 다리를 잘라냈을 때 처음에는 앓던 이가 빠지는 느낌도 이만큼은 못하리라 할 만큼 속이 후련했다. 잘라냈던 자리가 좀 아문 뒤 목발을 짚고 개동 아버지의 부축을 받으며 몇 달 만에 마당에다 한쪽 발을 처음 내딛는 순간, 억술은 정말이지 하늘을 나는 것 같은 희열을 맛보았다. 그러나 그것도 잠시, 얼마 있지 않아 몸에 열이 나고 정신이 혼미해지는 등 다리를 자르지 않았을 때의 병증이 다시 도졌다.

의원은 다리 때문에 생긴 염증이 몸의 다른 기관으로 전이된 것 같다는 진단을 내렸다. 그러면서도 유행하고 있는 역질도 의심해봐야 한다고 말하고서는 억술에게 특별 조치를 내렸다. 일반 역질 환자처럼 격리 수용소에 보내지는 않되 장소를 이탈할 수 없고 동네 사람들과도 접촉할 수 없다는 명령이었다. 즉 역질이 전체적으로 사그라지거나 억술이 완쾌되거나 둘 중 하나가 이루어질 때까지는 개동이네서만 머물러야 하고, 방도 혼자만 사용해야 하고, 식사도 혼자 따로 해야 하고, 이불이나 밥그릇, 수저 따위도 따로 관리해야 한다고 지시를 내렸다.

"그런기 어디 있노? 그냥 밀양에 가서 치료하면 되지. 그라고 천판순가 하는 그 사람은 그런 말 안 하던데. 빨리 밀양으로 데리고 가는 기 좋을 거라고만 말하던데."

함부로 움직일 수 없다는 억술의 설명을 듣고 순분이 반박했다.

"내가 다리 잘라내고 언젠가 몸이 피곤해 누워 있을 때 장삿길에 잠깐 들렀다가 갔기 때문에 그 사람도 이런 내막은 모르고 있습니더. 아무튼 법을 어길 수 없으이 어무이가 우선 영식이만 데리고 먼저 가시이소. 그라고 법이 문제가 아이라 내가 혹시라도 역질이 맞으면 밀양에 절대로 가면 안 됩니더. 재식이는 내 시중들게 놔두고 어무이가 먼저 떠나란 말이요."

"그라면 나도 여기 있을란다. 니가 나을 때까지 내가 보살펴 줄 테이 걱정 말거라."

"참, 어무이도 고집 피우네. 지금 한양에 모여 있는 왜놈들이 내려오면 여기를 다시 공격할 끼라고 소문이 쫙 퍼져 있는데 그 냥 있다가 무슨 변이라도 당하면 우짤라꼬 그라는교?"

"내가 영식이하고 가뿌리고 나면 니하고 재식이는 죽어도 된 다는 말이가? 그런 소리 말거래이."

"내가 저번 싸움에 여기 있어봐서 여기에 대해서는 잘 알고 있으이 걱정 마소. 어무이가 있으면 내가 불안하다 아인교?"

"니가 안 가면 나도 안 갈 테이 내 설득시킬라 카지 마라. 우 리 네 식구가 다 같이 못 간다 카면 나는 여기서 한 발자국도 안 움직일 기다."

"좋소. 일단은 여기서 좀 지내면서 생각합시더."

따로는 가지 않겠다는 순분의 완강한 기세에 눌려 억술이 한 발짝 물러나고 말았다. 이어 순분은 억술이 전라도로 피신하지 않았다고 원망 섞인 푸념을 했다.

"그라고 처음부터 전라도로 갔으면 이런 꼴은 안 당했을 거
아이가. 분명히 대추나무집에서 전라도로 가라 캤는데. 우쨌기
나 그 집 점은 틀림없다 카이."

"아니, 서쪽으로 가라 했지 언제 전라도로 가라 했소? 엉터리
같은 점은 인자 믿지 마소."

"머라 카노? 내가 남원으로 가라 안 카더나?"

"어무이가 남원이라고 말하기는 했지만 대추나무집에서는
서쪽으로 가라는 말밖에 안 했다 카이 끼네요."

"시끄럽다 마. 서쪽이라 카면 전라도라고 딱 알아 무야지. 니
가 모르고 그래 된 기라. 내가 이때까지 그 집에서 점 보가지고
틀린 적이 없었는 기라."

"아이고. 그만 됐소. 하여튼 여기서 좀 지내고나서 어서 빨리
밀양으로 돌아갈 생각이나 해야 됩니더."

순분이 잠 잘 방은 옆집에 마련되었다. 억술이 독방을 쓰면서
부터 개동이의 막내 여동생은 개동이 엄마, 아버지가 데리고 있
었고, 남은 방 하나에 개동이, 개동이 동생, 재식, 영식이까지
네 명이 한 방을 쓰고 있었기 때문에 순분이 함께 지낼 방이 없
었다. 마침 옆집 주인의 노모가 방 하나를 쓰고 있어 사례를 하

고 거기에서 함께 지내기로 했다.

순분은 돈을 아끼지 않고 억술을 돌보았다. 준비해온 포와 쌀이 떨어지면 밀양에 사람을 보내 더 가져오기로 마음먹고 아들의 치료에 온 정성을 쏟았다. 관에서 배정해준 의원 말고도 곳곳에 수소문해 잘 한다는 의원을 찾아 불러들여, 진맥케 하고 치료케 하고 그들이 권하는 좋다는 약은 모두 다 구입해 달여 먹였다. 용하다는 무당을 불러 굿판을 벌인 것도 수 차례. 그러나 순분이 돈과 정성을 쏟아 부으면 부을수록 억술의 몸은 오히려 더 악화되어 순분의 애가 탔다.

순분이 아들을 보살피면서도 손자에게 일렀다. 이제 양식 따위는 걱정하지 않아도 되니 일하러 관에 나가는 것을 관두라고. 하지만 재식은 아랑곳 않고 아침만 되면 관아로 출발했다.

순분이 새 옷을 마련해 입혔더니 헌헌장부 같아서 흐뭇했지만 한편으론 장가를 보내지 못하는 것이 안타까웠다. 난리만 터지지 않았더라도 지금쯤 손자며느릿감을 구하러 돌아다닐 터인데, 아니면 당장 밀양에 데리고 가더라도 얼마든지 좋은 색싯감을 구할 수 있을 터인데, 제 아버지 때문에 저러고 있나 싶어 순분의 마음이 더욱 아렸다.

할머니가 와서 너무나 반갑고 신이 났지만 재식에게 고민거리가 생겼다. 지난달 사또의 둘째 아들 계철이 함양으로 장가를 가버려 재식이 첨에 느꼈던 허전함은 이루 말할 수 없었다. 하지만 날씨가 더워질수록 할 일이 많아져 일에 파묻히다 보니 곧 허전함을 느낄 사이가 없게 되었다. 성내로 몰려드는 병자들과 굶주리는 사람들을 보살피기 위해 눈코 뜰 새 없이 바쁜 사또마님을 따라다니며 일을 돕다보면 하루가 어떻게 가는지 모를 지경이었다. 그러나 무엇보다 계철이 떠난 허전함을 채워준 것은, 아니 어쩌면 그 허전함을 채우고도 포만감을 느끼게 한 것은, 사또의 막내 아씨였다.

막내 아씨 역시 사또 마님을 돕는 횟수가 많아져 자연스레 재식과의 접촉도 많아지게 되었다. 그런데 언제부턴가 아씨가 달리 가는 길이 있는데도 그가 일하고 있는 길을 꼭 지나치면서 일부러 얼굴을 마주치려 한다는 것을 재식은 어렴풋 느꼈다. 지나칠 때 입을 약간 벌릴듯 말듯 수줍은 미소를 살짝 내비치며 고개를 숙이는 그 모습이란! 양 볼이 발갛게 물든 그 아리따움은 또 어떻고! 어떤 때는 식혜 그릇을 쟁반에 담아와 건네주는데, 그것을 받을 때 서로 닿는 손에서 나오는 짜릿함이란! 또 어떤 때는 아씨와 같은 장소에서 병자들을 돌보며 머물러야 하는

데, 비록 말 한 마디 나누지 못할망정 함께 있을 수 있다는 그 황홀감이란!

그런데 만약 아버지가 낫게 되어 할머니 따라 모든 식구들이 고향으로 돌아가게 될 경우 아씨에 대한 그리움을 감당할 자신이 없다는 생각이 문득 들었다. 막내 아씨의 따뜻한 눈길과 손길이 있기에 계철이 떠나버린 허전함이 그리 벅차지 않았고, 어려운 사람들을 보살피느라 정신없이 보내는 하루하루가 힘들지 않았다. 오히려 아씨를 더 자주 볼 수 있다는 짜릿함이 더해져 재식이 살아있다는 행복감만 더 느낄 뿐이었다.

이제 그러한 나날들을 뒤로 하고 밀양으로 돌아가 사무친 고적감과 공허감에 빠져 허우적거려야 할 쓰라림을 상상하면 도무지 감내해낼 엄두가 생기지 않았다. 감히 사또의 막내딸에게 장가보내 달라고 아픈 아버지에게 말할 수도 없고, 할머니에게 말해봐야 뾰족한 수가 나올 리 없고, 그렇다고 해서 계속 진주에 머무르면서 아씨의 얼굴이나마 보려고 아픈 아버지가 낫지 않도록 빌 수도 없고, 이래저래 재식 혼자만의 고민이 깊어갔다.

진주성에 또다시 닥친 위기

마치 살얼음판을 걷는 듯했다. 날씨가 따뜻해질수록 예원은 오히려 냉가슴을 앓았다. 하루하루가 그의 심장을 옥죄며 다가 왔다. 지난달(3월 11일)에 김면을 잃은 슬픔이 아직 채 가시지 도 않았는데 며칠 전(4월 19일)에는 감사 김성일마저 역질에 걸 려 자리에 눕고 말았다. 가장 어려웠던 시기에 가장 크게 의지 했던 두 사람 중 한 사람은 죽어버렸고 또 한 사람은 인사불성 이 되어 누워 있었으니 그 충격과 애통함이란. 그것도 그가 그 들을 가장 필요로 하는 가장 결정적인 시기에.

철수가 완료되는 대로 왜군이 전군을 몰아 진주성을 칠 것이 라는 소문과 소식은 온 사방에 쫙 퍼져 있었다. 성내 사람들의 가슴속에 불안과 공포의 그림자가 드리워져 있었다. 슬금슬금 빠져 나가는 사람들도 생겨났다. 그 와중에 정신적인 지주인 감 사 김성일마저 병마에 쓰러져 버렸으니…

예원의 가슴은 미어질 것 같았다. 그렇다고 해서 절망에만 빠져있을 순 없는 일. 어려운 가운데도 성곽 상태 점검, 보수공사, 군사훈련, 무기정비, 화살과 화약 마련 등 성 방어 준비에 혼신의 힘을 다 쏟았다.

성 방어 준비만으로 다 되는 일이 아니었다. 김성일이 성내에서 구호에 힘을 기울여왔기 때문에 매일같이 굶주리고 병든 사람들이 꾸역꾸역 몰려들었다. 그들을 먹이고 치료하는데도 많은 식량, 물자, 시간이 소요되어 모든 것이 다 부족할 판인데, 곧 내려오게 될 명군을 먹이고 접대하는 데도 만전을 기해야 할 것이라는 공문이 내려와 걱정거리를 하나 더 얹혔다. 예원의 속이 다 타들어가는 듯 했다. 피가 마르는 심정이었지만 그래도 최선을 다해나갔다. 버거운 가운데도 명군을 위한 식량 준비에 들어갔고 그들을 접대하는데 필수적이라는 육류 마련에도 신경을 썼다. 조선 군사들과 백성들을 못 먹이는 한이 있더라도 명군을 궁핍하게 하는 일은 상상할 수 없었고 또 용납되지도 않을 일이었다.

아! 그런데 하늘이 무심하다고 해야 할까. 4월 29일, 김성일이 숨을 거두었다. 역질로 자리에 누운 지 겨우 열흘만이었다.

전쟁이 터지고부터 1년간, 국가와 백성을 위해 몸 사리지 않는 몸부림으로 이미 만신창이가 된 그의 몸뚱이에 전염병에 대한 저항력이 남아 있지 않은 탓이었다. 그런 육신을 스스로 돌볼 생각 없이 억지로 끌고 나가 역질에 걸린 사람들과 접촉하고 그들을 구제하고자 했으니 어찌 쓰러지지 않았겠는가! 어찌 보면 자초한 병이었고 자초한 죽음이었다. 참으로 안타깝고도 파란만장한 일생의 마감이었다. 그가 누워 있을 때 그의 아들 역시 함께 병에 걸려 옆방에 누워서 사경을 헤매고 있었다. 그러나 한 번도 아들의 차도에 관해 묻지 않고 오직 국사만 염려한 그의 의열한 태도에 감동하지 않은 이가 없었다. 그가 죽은 뒤 그의 아들도 얼마 버티지 못하고 죽었다.

전쟁이 터지기 전 그가 통신사로서 왜국에 다녀왔을 때, 수길의 위인 됨이 보잘 것이 없어 침입해오지 못할 것이라는 의견을 임금에게 내놓은 적이 있었다. 그 속내야 어쨌든, 그가 왜군이 오지 않을 거라고 말한 것은 사실이었다. 때문에 그의 실언이 임진왜란을 불러들인 책임 소재로부터 비켜 나갈 수는 없는 문제였다. 그러나 그의 한 마디 말 때문에 임진왜란을 당했다는 논리는 반대파들의 지어낸 교묘한 말장난일 뿐이었다. 그의 말과는 상관없이 조선은 막판까지 난리 대비를 했다. 또한 무엇보다도 임진왜란은 국가와 국가끼리 벌인 전쟁이었다. 따라서 그 근본 책임은 국가 최고 통수권자, 즉 임금인 선조에게 돌아가야 했다. 그럼에도 불구하고 반대 당파인 서인들이 김성일이 남긴 말을 교묘히 이용해 그에게 덤터기를 씌워버렸다. 마치 임금보다 그의 책임이 더 큰 것처럼.

하지만 전쟁 발발의 책임 문제는 제쳐 두고서라도 전쟁 중에 김면과 더불어 그가 몸소 실천한 '고귀한 자의 도덕적 책무'는 분명 모든 사람의 귀감이라 할만 했다. 그것만큼은 어느 누구도 부정할 수 없는 확고한 사실이었다.

예원은 마냥 슬퍼하고 있을 수만 없었다. 김성일이 떠난 진주. 이젠 기댈 곳도 사라져 홀로서기 할 뿐이었다. 진주성과 진주성 주변에 있는 모든 백성들의 운명이, 나아가서는 전라도와 국가의 운명이, 오직 그의 두 어깨에 달려 있다는 중압감으로 몸을 제대로 가눌 수 없을 것 같은 느낌이 들기도 했다. 하지만 피할 수도 없는 상황. 당당히 맞서기로 했다. 불철주야로 진주성 방어 준비에 진력했다. 그런데 언뜻언뜻 떠오르는 의구심이 예원을 혼란스럽게 했다.

명군의 개입으로 북쪽에서 더 버티지 못하고 남쪽으로 후퇴 중인 왜군이었고, 현재 명군과 강화협상 중인 왜군이었다. 어쨌거나 도망치는 놈들이었다. 그럼 그냥 내려가서 남쪽에 진이나 쳐놓고 협상에만 전념하면 될 일이었다.

그런데 조그마한 성 하나를 못 잡아먹어서 마치 안날이라도 난 것 같이 굴고 있었다. 그것도 전 병력을 다 몰아 진주성을 깡그리 뭉개버리겠다는 무시무시한 으름장을 만천하에 떠벌리면서.

오직 작년의 패배에 대한 복수전인지, 아니면 전라도로 들어가는 교두보를 확보해서 다시 전선을 확대하고자 하는 의도인지, 그렇다면 강화협상은 뭣 때문에 진행하고 있는지, 예원은 헷갈렸다.

노심초사했지만 적의 의도, 아니 풍신수길의 의도가 도무지 짐작되지 않았다. 예원은 왜와 명의 의도와 동태를 파악하려 가능한 모든 정보망을 가동시켰다. 남쪽으로도 북쪽으로도 간자와 믿을 만한 사람들을 보내 수단과 방법을 가리지 말고 그들이 끌어 모을 수 있는 모든 정보를 수집하라고 명령했다.

시시각각 다가오는 흉흉한 소문 가운데 좋은 소식도 예원에게 전해졌다. 지난달(4월) 15일자로 임금으로부터 정식 진주 목사에 제수되었다는 임명장이 내려와 임시라는 딱지를 떼 주었다. 아울러 이종인과 곽재우도 각각 김해 부사와 성주 목사에 같은 날에 정식으로 제수되었다는 소식이 내려왔다.

임금의 계책

임금은 분노했다. 후퇴하는 적도들을 섬멸해달라고 그렇게도 애원했건만 들은 체 만 체한 명군으로 인해, 간악한 적도들이 온전히 남쪽으로 내려가는 것을 보고도 발만 동동 굴려야 한다는 서글픈 현실로 인해, 그렇잖아도 속이 부글부글 끓고 있는 판에, 이젠 적도들이 물러가다 못해 전부 작당해서 진주성을 칠 것이라고 하니 온 몸의 피가 거꾸로 솟구치는 듯했다. 임금은 비장한 결심을 하고 전교를 내렸다.

「적의 무리가 모두 진주로 몰려가게 되면 그 소굴인 부산 등지에는 틀림없이 그 무리가 많지 않을 것이니 아군들은 인근에 이미 수복한 고을로 진격해서 적의 본부를 급습하도록 하라. 그리하여 적의 영채와 양곡을 불태워버리고 양산 쪽에 있는 적을 격퇴하여 우리 수군의 길을 개통시켜 해상마저 제압해버리면 소굴을 잃은 적은 반드시 뒤를 두려워해 깊이 들어가지 못할 것이어서 우리가 뜻을 이룰 수 있을 것이다. 오늘날 적을 섬멸할 계책으로 이보다 나은 것이 없을 것이나, 다만 우리의 병력으로만 어찌 이 일을 해낼 수 있으랴. 명군과 의논하여 시행하도록 하라.」

놀라운 착상이었다. 어떤 영민한 군주가 있어서 이 보다 더 뛰어난 발상을 할 수 있었으랴! 그는 일국의 책임자인 동시에 참으로 탁월한 전략가였다. 백척간두의 상황에서 조금도 굴하거나 당황하지 않고 오히려 그 위기를 기회로 반전시킬 수 있는 기막힌 책략을 끄집어냈다. 진주성을 미끼로 삼아 적의 주력을 거기에 묶어놓고 전 육군과 수군, 그리고 명군까지 연합해 적의 본거지인 부산을 쳐서 일거에 점령해버리면, 그리고 수군은 곧바로 바닷길을 끊어버리면, 적은 말 그대로 '독안의 쥐' 신세가 될 것이었다.

아! 그렇게만 된다면 진주성을 포위 공격하는 적의 주력부대는 오갈 곳 없는 미아 신세가 될 것이고, 아! 그렇게만 된다면 포위를 풀고 우왕좌왕하며 부산 쪽으로 철수하려는 적을 요소요소에서 기습해 야금야금 갉아먹어 종당에는 적도들을 한 놈도 살려두지 않고 박멸할 수 있을 것이고, 아! 그렇게만 된다면 종묘사직을 유린당한 천추의 치욕을 한꺼번에 되갚아 떳떳이 선대의 영정 앞에 다시 설 수 있으리라는 짜릿한 상상이 들어 임금은 저도 모르게 몸을 부르르 떨며 두 주먹을 불끈 쥐었다.

아! 아! 그런데, 오호통재라. 임금이 모르고 있었던 것이 있었으니… 임금이 저만 잘난 줄 알고 있었으니…

당시 세상 물정을 좀 아는 사람이라면 그 정도의 책략은 생각해낼 수 있었고, 당시 세상 물정을 좀 아는 사람이라면 어느 누구도 그런 책략을 들어줄 리 없다는 것을 잘 알고 있었는데, 임금 혼자 방방 뛰고 있었을 뿐인 것이었다. 성리학에 젖어 임금에 대한 충성만 알고 진정한 애민이 뭔지 모르는 일부 고루한 중신들은 차치하고.

당시 조선 육군에게는 그런 막중하고도 담대한 작전을 수행할 능력이 없었고, '전투란 승리를 확인하는 작업'으로 작전을 수행하는 형인 이순신에게 가능성 없는 명령을 내려봤자 씨알도 먹히지 않을 것임을 임금은 모르고 있었다.

또한 명군이 남의 나라에서 제 목숨을 버려가며 위험한 작전에 참여할 가능성도 전혀 없었다. 강화 협상중인 명군이 뭐가 아쉬워서 싸우려 들고자 했겠는가? 협상만 끝내면 편안히 돌아가게 되어 있었는데.

그리고 무엇보다도 임금이 모르고 있었던 것은 작년의 진주성은 목숨을 걸고서라도 무조건 지켜야 할 혈의 자리였지만 지금의 진주성은 조, 명, 왜 3국 모두에게 계륵 같은 존재가 되어 버린 사실이었다.

입 속에서 잘 씹히기에 버리기는 아깝고, 계속 씹어봤댔자 몸에 덕 될 것이 없는 닭갈비. 그러나 전략을 아는 사람이라면 냉정하게 버려야 할 계륵이 되어 버렸음을 임금은 까마득히 모르고 있었다.

계륵(수성이냐 공성이냐)

5월 17일 이슥한 밤, 진주성 관아의 안채 사랑방에서 예원은 이종인, 성수경과 함께 차를 마시며 앉아 있었다. 바깥에는 추적추적 비가 내리고 있었다. 장마가 시작됨을 알리는 비였다. 모두들 심각한 표정이었다.

고니시는 본격적 강화회담을 위해 명의 사신 서일관 일행과 함께 5월 초, 중순에 바다를 건너가 왜국 본토에서 머무르며 도요토미를 만나는 중이었고, 조선에 있는 명의 강화회담 대표 심유경은 협상 중이므로 진주성을 잠깐만 비우면 아무 문제없을 것이라며 공성(성을 비우는 것)을 종용하고 있었다. 주변 대부분의 식자들 역시 무모한 싸움은 피하는 게 상책이라고 말하고 있는데 반해, 임금은 성의 사수를 명령하고 있는 혼란한 와중이기도 했다. 그런데 이 중요한 시점에 느닷없이 서예원과 성수경으로 하여금 함창(상주 소재)에 있는 명의 부총병 왕필적을 접대하는 지대 차사원 임무를 맡으라는 명령이 내려왔다. 그야말로 혼돈의 연속이었다.

도무지 이해할 수 없는 너무나도 가당찮은 명령이었다. 언제

터질지 모르는 일촉즉발의 위기 상황에서 성의 주장과 부주장을 한꺼번에 빼내 5백 리 가까이나 떨어져 있는 곳으로 이동시키려는 얼토당토 않는 명령이었다. 아무리 머리를 쥐어짜도 납득이 되지 않았다. '무시해야 하나 따라야 하나? 무시해서 얻을 이익과 당할 손해는 무엇이며, 따름으로 해서 얻을 이익과 손해는 또 무엇인가?' 지대 차사원 문제뿐 아니라 풍전등화의 위기에 처한 이 진주성을 어떻게 지켜낼지에 대해서도 예원은 고민과 숙고를 거듭했다. 그리고 웬만큼 마음의 정리를 끝낸 뒤 최종적인 대책을 숙의하려 가장 믿을 수 있는 두 사람을 불러들였다. 예원이 천천히 입을 열었다.

"성 판관, 곽 장군의 의견은 어떻던가?"

"깊은 이야기를 나누고 왔는데 결론은 이번 싸움은 백해무익하니 피해야 한다는 것입니다."

같이 싸워달라고 예원이 성수경을 곽재우에게 보냈던 것인데 곽재우는 끼어들지 않겠다는 답변을 돌려보냈다.

"아니, 곽 장군 같은 분이 피한다면 도대체 누가 나선다는 말이오?"

이종인이 순간적으로 흥분해서 언성을 약간 높였다.

"저도 처음엔 흥분했지만 가만 이야기를 나누다보니 일리가 있었습니다. 강화회담 하고 있는 명군이 싸움에 뛰어들 리 없는 마당에 우리 군사만으로는 그 많은 왜놈들을 도저히 당해낼 수도 없고, 또 왜놈들이 이 성을 차지해봤자 그들에게도 더 이상은 별 수가 없는데, 왜 죄 없는 백성들까지 죽여가며 이 싸움에 집착하느냐 하는 것입니다."

"으음. 왜놈들이 이 성을 차지해봐야 별 수가 없다고…?"

예원은 나지막이 혼잣말 내뱉듯 중얼거렸다. 정곡을 찌르는 말이었다.

"그렇습니다. 그 많은 왜놈들이 이 성을 차지하고 난 다음에 어떻게 하겠느냐는 말입니다. 모르긴 몰라도 10만 명이나 된다는데, 그 많은 놈들이 이 성 안에서 뭐를 어떻게 하겠느냐는 것이지요."

"그거야 그 다음에는 전라도로 진출할 심산 아니요? 다들 그렇게 생각하고 있는데."

이종인이 끼어들었다.

"전라도로 들어오면 전라도 곳곳에서 막으면 되고 만약 놈들이 전라도를 차지하면 또 그 윗선에서 방어선을 형성하면 됩니다. 그리고 또 올라오면 요소요소서 싸우다가 사정이 여의치 않으면 또 조금 물러서면 되는 것이고."

"아니 도대체 곽 장군이 그런 말도 안 되는 작전을 이야기합디까?"

이종인이 또 흥분했다.

"말도 안 되는 소리 같지만 대국적으로 생각해보니 그 말이 맞습디다. 또 우리가 그런 식으로 나가면 왜놈들이 못 버팁니다. 생각해보십시오. 놈들이 북쪽 끝까지 기세 좋게 올라갔지만 1년 동안 알게 모르게 당한 병력 손실이 엄청나답니다. 그동안 우리 쪽으로 넘어온 왜군만 해도 잘은 모르지만 1만 명에 가깝다고 하지 않습니까? 북쪽에서 남쪽까지 길게 늘어지는 보급선 때문에 계속 시달리며 시나브로 손실을 보다가 명군이 넘어오니까 바로 남쪽으로 모두 물러가버린 왜놈들입니다. 그런 판에 또 동서로 보급선을 늘린다는 말입니까? 그러다가 1년쯤 더 우리에게 시달리면, 아마 조선에서 왜놈들 얼마 살아남지 못할 겁니다. 인구가 얼마나 되는지 모르겠지만 부산 쪽에서 오는 장사꾼들하고 간자들 말을 종합해보면 왜놈들 본토 사정이 어려운건 확실합니다. 협상을 하고 있는 것도 그 때문이지요. 명군도 지금은 수수방관하고 있지만 놈들이 전라도 쪽으로 들어오고 또 계속 북상할 것 같으면 어쨌든 개입할 겁니다. 또한 전라도를 치고 다시 북상할 놈들이 뭣 때문에 한양에서 저 남쪽 끝까지 후퇴했겠습니까? 말도 안 되는 소리지요. 그리고 무엇보다 그 놈들 대군이 전라도 쪽으로 치고 들어오면 들어올수록 부산과의 거리는 멀어지고 그런 만큼 본거지와 서로 보급선을 유지하기 위해서는 병력을 분산해야 될 거 아닙니까? 10만 명이나 되는 놈들이 계속 떼거리로 몰려다니지는 못합니다. 분산될 때 명군과 연합해서 기습전을 펼치면 그 놈들 못 견딥니다. 더군다나 우리 수군 때문에 바닷길도 막혀 있지 않습니까? 결국 왜놈들은 전선을 더 확대시키지 못한다는 결론입니다. 조금 전에도 말했다시피 놈들은 지금 강화협상 하고 있습니다. 그런데 뭐 때문에 싸움판을 키우려 들겠습니까?"

"그 말은 이해가 가지만 놈들이 전라도로 들어오면 그 양곡을 차지하게 될 것이 아니오?"

예원은 말없이 가만 듣고 있는 가운데 이종인과 성수경의 문답이 계속되었다.

"그렇게 되겠죠. 그런데 그렇다 할지라도 전라도 지역에서 먹고 지내는 것 말고는 곡식이 아무 소용없습니다. 곡식을 지고 올라가면서 싸울 것도 아니고 또 부산으로 나를 것도 아닌데 말입니다. 지금 의주에 명 황제가 보내준 곡식이 산더미처럼 쌓여 있답니다. 그래봐야 운반을 못하니 현재 명군을 먹이느라 남쪽 사람들만 거덜 나고 있지 않습니까?"

사실이었다. 명나라에서는 의주까지 명군이 먹을 쌀을 운반해주었지만 그 다음부터는 조선의 책임이었다. 가장 손쉬운 방법은 배로 나르는 것이었는데 수군에 소속되어 있는 배를 제외하면 그 많은 곡식을 운반할 배가 턱없이 부족했다. 그렇다고해서 접전 지역에 있는 수군의 배를 빼돌릴 수 없는 문제였다. 쌀을 운반하면 대가를 주는 등 도체찰사(전시 사령관) 유성룡이 군량을 운반하기 위해 갖은 방법을 다 썼지만 사람이 지고 가는 것 외에 별 수가 없었던 당시의 사정으로는 어쩔 수가 없어 결국 포기하고 말았다. 수레가 있기는 했지만 비탈길과 고갯길이 많아 써먹기가 쉽지 않았고, 또한 많은 쌀을 운반하기에는 수레 역시 역부족이었다.

따라서 명군이 남쪽으로 내려갈수록 남쪽 지역, 특히 전라도와 충청도 지역의 백성들이 그렇잖아도 어려운 가운데 명군의 식량을 대느라 도탄에 빠졌다. 우리 백성들과 군사들은 굶어 죽어가는 데도 명군의 식량만큼은 꼬박 갖다 바치느라 격심한 고통을 겪었다. 의주의 쌀을 남쪽으로 옮길 수 없듯이 왜군 역시 바닷길이 막힌 이상 전라도의 곡식을 부산으로 옮기기 쉽지 않는 일이었다. 사람들이나 수레를 이용해 곡식을 나르려 억지 시도하다간 기습 공격 한 번으로 끝나게 되어 있었다.

"그렇다면 말마따나 전라도서 놈들이 먹고 지내면 어떻게 할 것이오. 즉 아예 전라도서 진을 치고 눌러앉아 버리면 어떻게 하느냐 이 말이오."

"좀 전의 말이 반복되는 겁니다. 바닷길로는 아예 보급이 안되고 육상으로도 보급이 거의 불가한 상태에서 동서로 보급선을 멀리 띄우면 놈들만 손햅니다. 경상도나 전라도 각 지역에 놈들을 노리는 조선 사람들이 바글댈 텐데 놈들이 맘 놓고 전라도와 부산을 오가겠습니까? 어림도 없는 말입니다. 결국 시간이 지날수록 놈들은 못 견디게 되어 있습니다. 전라도 어디에 눌러 있다가도 먹을 것이 떨어지면 약탈하러 나와야 할 것 아닙니까? 그때마다 기습 공격 하다보면 놈들은 거덜 나게 되어 있다는 것입니다. 놈들 역시 이런 사정을 내다보고 있을 테니 전라도에서 쉽게 눌러앉지도 못 한다는 것이지요. 다시 말해 이 상태서 놈들은 절대로 확전하지 못합니다."

"그렇다면 도대체 그 놈들이 이 성을 공격하고자 하는 진정한 의도가 무어란 말이요? 그것도 사방팔방 다 들으라고 떠벌리면서."

"겉으로 들어난 건 작년에 여기서 패배당한 것과 우리 측에서 풀 베는 왜놈들 죽인 것에 대한 복수라고 합니다만, 한 마디로 말하자면 풍신수길의 자존심이지요."

전쟁이 협상 분위기로 접어들자 왜군 측이 조선과 명 측에 양해를 구해놓고 자국의 군사들을 풀어 나무도 하고 말먹이 풀도 베게 했다. 이에 명의 경략 송응창은 조선군에게 공격 금지령을 내렸다. 하지만 조선 군사들이 번번이 약속을 깨고 풀 베는 왜군들을 습격해 죽였다. 이 사실을 보고받은 도요토미는 격분해서 진주성 공격에 대한 명분으로 그것에 대한 복수도 포함시켰다.

"자존심이라니요?"

이종인이 약간 의외라는 말투로 되물었고, 예원은 여전히 말이 없었다.

"명나라를 정벌하겠다고 호언장담 해놓고서 지금 꼬리 내리고 강화협상 하고 있는 풍신수길 아닙니까? 체면이 구겨지고 자존심 상했다는 것은 두 말 할 필요 없습니다. 그리고 바다에서는 우리 수군에게 힘 한 번 못 쓰고 당하기만 했고 자신만만하게 여겼던 육지에서도 작년에 여기서 우리에게 박살나지 않았습니까? 거기에 대한 풍신수길의 분노 역시 얼마나 클 것인지는 충분히 짐작할 수 있습니다. 그러니까 끝까지 한 번 본때를 보여주겠다는 심산인 것입니다. 이를테면, 우리가 이래 뵈도 아직 힘이 있다, 힘이 없어 협상하는 것이 아니니 오해하지 마라, 협상하더라도 너희들에게 당한 것만은 확실하게 되갚을 것이니 좋아하지 마라, 너희들 따위는 마음만 먹으면 언제든지 쳐부술 수 있으니 함부로 날뛰지도 마라, 뭐 이런 심산이지요. 어찌 보면 억지를 쓰는 것 같지만 풍신수길도 나름대로 계산을 한 것 같습니다. 작년에 당했던 치욕을 되갚고 나면 분도 풀리면서 자존심도 세울 수 있을 테고, 또한 그런 힘을 보여주고 나면 협상장에서도 큰소리칠 수 있을 테니까요. 그러면서도 우리 측에 심리적 압박감을 주려는 의도도 있는 것 같습니다. 무자비하게 복수하겠다고 공개적으로 떠벌리고 나면 우리 측에서 갈팡질팡할 것이라는 점도 노렸을 거라는 것이지요."

"그러니까 우리가 더더욱 물러설 수 없는 문제가 아니오? 우리가 성을 비우고 나면 놈들은 우리 보고 겁쟁이들이라고 놀리면서 협상장에서 더 큰 소리를 칠 것이란 말이오. 놈들 자존심은 자존심대로 살려주고 협상은 협상대로 손해 볼 수 있다는 말입니다."

"그건 피장파장입니다. 우리도 큰 소리 치면 되는 겁니다. 명군과 합쳐서 네깟 놈들 씨도 남기지 않고 요절낼 수 있지만 차마 불쌍해서 그렇게 하지 못하고 인도적인 차원에서 성을 잠깐 비운 것이다, 그러니 우리 주상 전하의 넓은 도량에 감사하라, 뭐 그럴 듯한 핑계를 갖다 붙이면 됩니다. 정치나 외교가 다 그런 것 아니겠습니까? 또한 아닌 말로, 놈들의 체면을 좀 살려준다고 해서, 그리고 우리 자존심이 좀 상한다고 해서, 그게 뭐 큰일입니까? 수만 명이나 되는 죄 없는 백성들 목숨 값만이야 하겠느냐 이 말입니다. 그리고 어차피 싸우지 말자고 협상하고 있는 것이고 우리는 낄 수도 없는 협상입니다. 너무 신경 쓰지 마십시오. 핵심은 우리가 슬쩍 비켜서고 나면 풍신수길의 그 다음 수가 마땅치 않다는 것입니다."

성수경의 조리 있는 대답에 이종인은 반박을 못하고 잠시 침묵을 지킨 뒤 천천히 입을 열었다.

"성 판관의 말이 일리가 없는 것도 아니나 소장 생각으론 우리가 지레 겁먹을 필요는 없을 것 같소. 주상 전하께서도 지켜내라 하셨고 우리가 싸우고 있는데 설마 명군이 끝까지 못 본 체하겠소? 또한 어쨌거나 여기 장군님께서 심유격(심유경을 지칭)의 공성 요청을 몇 차례 거절한 상태 아닙니까? 고견이 있으시면 말씀해주시지요."

이종인이 예원에게 말머리를 돌렸다.

"성 판관, 지금 우리 군사가 한 3,300 정도 되나?"

예원은 이종인의 질문에는 즉답을 피하고 성수경에게 다른 질문을 던졌다.

"네에. 우병사(김면)께서 돌아가시고 난 뒤 그쪽 군사 3백 명 정도를 편입시킨 결괍니다."

"그렇다면. 외원이 올 경우 얼마 정도를 더 예상할 수 있겠나? 일단 명군은 오지 않는다고 가정하고 말이야."

"장담할 수가 없습니다. 사천 현감 장윤, 거제 현령 김준민, 함창 현감 강덕룡 등은 얼마간의 군사를 이끌고 곧 입성하기로 약속했습니다. 그러나 그 외에는 기대할 게 없습니다. 곽 장군도 손을 뺀 마당에 사지로 들어오려고 할 사람들이 얼마나 되겠습니까? 이광악 장군이 그대로 경상 우병사로 있었으면 많은 힘이 될 텐데 지금은 우병사가 입성하더라도 기대할 것은 없습니다."

전임 경상 우병사 김면이 죽고 난 뒤 곤양(사천 소재) 군수 이광악이 그 자리를 물려받았으나 무슨 까닭에선지 조정에서 곧 의병장 최경회로 교체했다. 이광악은 무신, 최경회는 문신 출신이라 어쩌면 문신 우대 풍조에 이광악이 희생되었을 지도 몰랐다. 그런데 이광악은 1차전 때 김시민을 도와 크게 활약한 바 있었고, 진주와도 가까운 지역의 군수 출신이라 우병사 직을 계속 유지했을 경우 군사 동원 능력을 어느 정도 가질 수 있었다. 또한 1차전을 겪어 보았기 때문에 진주성에 대해서도 잘 파악하고 있었을 터, 분명 진주성에 도움이 되었을 것이었다. 하지만 최경회는 그렇지가 못했다.

이때는 식량이 곧 군사라는 말을 적용해도 무리가 아니었다. 임진년에 겪은 전쟁의 폐해와 흉년으로 계사년의 식량난은 극심했다. 군사들을 모아봐야 제대로 먹여줄 수 없으면 별무소용. 결국 군량을 조달할 능력이 되어야 군사들을 거느릴 수 있었다. 전라 순찰사 권율, 전라 병사 선거이, 진주 목사 서예원 등은 지역과 관아를 실질적으로 관할하는 장수로서 그 관할 지역에서 군량을 조달할 수 있기 때문에 휘하에 병력을 거느릴 수 있는 능력이 되는 장수들이었다.

그러나 충청 병사 황진, 경상 우병사 최경회, 김해 부사 이종인 등은 이름뿐인 장수였지 그 당시 실질적으로 관할할 지역과 관아가 없었다. 따라서 개인적인 능력으로 병력을 거느려야 하는데, 경제력이 없는 그들로서는 어림없는 일이었다. 그래서 이종인은 서예원 밑에서 일부 병사들을 데리고 기식하고 있었고, 황진은 권율과 선거이 밑에서 그의 부하들과 기식하고 있었다.

선거이는 전라 병사이니 충청 병사가 전라병사 밑에 있는 기현상까지 벌어졌다.

화순 출신의 전라도 지역 의병장으로서 진주 지역과는 연고가 없는, 아직 발령받은 지 얼마 되지도 않는, 그렇다고 해서 군량미를 조달할 능력이 있는 것도 아닌 최경회는 경상 우병사에 임명만 되었지 아예 경상도로 들어오지도 못하고 있었다. 군사를 먹일 능력이 못 되니 어쩔 수 없는 일이었다. 전임 우병사 김면이 죽고 나서 그 휘하의 군사들 중 일부는 진주 본군으로 편입되었지만 나머지는 다른 곳으로 옮겨가거나 아니면 뿔뿔이 흩어졌다. 그들을 먹여줄 장수가 없는데 남아있으려는 군사들이 있을 리 없었다. 김면은 일 년간 나라를 위해 군사들을 먹이느라 그의 전 재산을 탕진했다. 털어먹다 못해 나중에 그의 처자식들이 유리걸식을 해야 할 처지에까지 이르렀다. 경상 우병사 최경회가 입성해봐야 별 도움이 못 된다고 성수경이 예원에게 말한 이유는 이와 같은 사정 때문이었다.

"도체찰사 대감의 명령으로 지금 도원수 이하 여러 장수들과 의병장들이 우리를 도우러 의령으로 집결하고 있는데, 그것은 어떻게 생각하는가?"

"얼마나 되겠습니까? 기껏 모여 봐야 몇 천 명도 안 될 텐데,

그것 가지고 10만 명이나 된다는 왜놈들을 막겠다는 말입니까? 제 성격이 비관적인 것이 아닙니다. 그냥 냉정하게 말씀 드립니다. 아예 상대도 안 될 테니 기대하지 마십시오. 그리고 제가 장담하건데 그 중에서도 여기 진주성까지 들어올 사람은 몇 안 됩니다."

"으음… 그건 그렇고, 명군이 이 싸움에 끼어들 가능성은 없단 말이지?"

"없습니다. 벽제관에서 패배하고 전의를 완전히 상실한 것 같습니다."

"그렇지만 왜놈들은 명군이 우리를 도와주지 않을 거라는 사실을 모르지 않겠는가? 즉 명군이 우리를 돕는다고 생각하면 그놈들도 겁을 먹지 않겠느냔 말이지."

"그 점에 대해서도 심도 있게 판단해봤습니다. 풍신수길이 생각보다 똑똑합니다. 어찌 보면 막무가내식인데, 그런 만큼 여러 가지를 판단하고 덤벼들고 있는 것입니다."

성수경은 잠깐 뜸을 들이고 차를 한 모금 마신 뒤 계속 설명했다.

"제 아무리 풍신수길이라 할지라도 명군과 조선 육군, 그리고 수군까지 합세해서 연합작전을 펼친다면 아마 겁먹을 겁니다. 결국 그 때문에 풍신수길이 처음부터 전군을 몰아서 치겠다며 엄포를 놓은 것 같습니다. 작년처럼 2~3만명 보내봤자 우리 측에서도 겁먹지 않을 것이고 명군도 한 번 해볼 만하다고 생각할 수 있을 것 아닙니까? 그러니 처음부터 기를 꺾어 명군이나 주변의 조선 군사들은 아예 끼어들지 못하게 하려는 의도로서 떠벌렸을 수도 있다는 것이지요. 그런데 말입니다. 어찌 보면 노름판에서 막판에 죄다 걸기 하듯 풍신수길이 이번 싸움에 주력군을 다 걸고 있습니다. 달리 말해 만약 이번 싸움에서 패배하면 조선 땅에 있는 왜놈들은 그대로 끝장나는 겁니다. 노름꾼들도 쉽게 죄다 걸기를 못하는데 한 나라를 운영하는 인물이 이처럼 어처구니없이 죄다 걸기를 하고 있으니 얼핏 보면 미친 짓이나 마찬가지라는 것이지요. 그런~ ”

“그러니까 죽을 각오로 한 번 해보자는 것 아니요?”

성수경이 계속 설명을 하려는데 이종인이 중간에서 잘라 약간 열띤 어조로 되받았다.

“맞는 말씀입니다. 죽기로 싸워야지요. 제가 지금 죽음이 두려워서 장황하게 말씀드리는 게 아닙니다. 다만 사세를 냉정하게 파악하고 대응해야 한다는 것입니다. 저놈들이 끝장이 나는 만큼 우리도 이번 싸움에 명군과 더불어 죄다 걸었다가 지는 날이면 감당 못할 사태가 옵니다. 그러니까 확실하게 이길 수 있는 길을 마련해놓고 모든 것을 걸어야지 감정만 앞세워 덤벼들다간 우리도 다 잃을 수 있다는 것입니다. 왜놈들도 똑같이 생각할 것 아닙니까? 설사 풍신수길이 앞뒤 가리지 않고 개인적인 분노로 무모하게 이번 싸움을 일으킨다 할지라도 패배하는 순간 그냥 끝장이 나는데, 조선에 있는 왜놈 수뇌부들이 바보가 아닌 이상 아무 생각 없이 무턱대고 덤벼들지 않을 거라는 겁니다. 적어도 명군이 개입하지 않는다는 것쯤은 확신하고 덤벼들 거라는 것이지요. 저놈들도 명군이 허풍만 세다는 것을 이미 파악하고 있을 거고, 또 편히 살 길을 두고서, 그것도 남의 나라에서 목숨 바치려 들지 않을 거라는 것도 내다보고 처음부터 크게 떠벌이고 있다는 말입니다."

"결국은 저놈들도 확신만 하는 것이지 실제로 벌어지는 일까지 훤히 내다볼 수는 없는 일이지 않소? 가령 우리와 명군이 비밀 작전을 펼쳐서 가만히 있는 척하다가 기습적으로 협공을 한다든지 하면 놈들도 당황해 할 것이고, 그렇게 되면 우리도 승기를 잡을 수 있다는 말이외다."

이종인이 조금 전보다는 차분해진 어조로 말했다.

"그러니까 더욱 의심이 되는 것입니다."

느닷없는 대답에 예원과 이종인 모두 의아해하는 표정을 지었다. 성수경이 말을 이었다.

"제 말은 왜놈들 역시 잘났다는 놈들이 모여 회의를 하고 전략을 짜고 그럴 텐데, 그 중에 확신만 가지고는 안 된다, 만에 하나 조선과 명이 연합해서 역습하면 큰일 날 수 있다, 뭐 이와 같은 의견이 나왔을 수도 있다는 겁니다. 그렇다면 왜놈들이 명측과 모종의 협상을 시도했을 거라는 가정도 해볼 수 있다는 것이지요."

"진주성만 치고 끝낼 테니 이번 싸움에는 끼어들지 마라, 이런 식으로 말이요."

이종인이 성수경의 말뜻을 알아차리고 뒷말은 그가 연결했다.

"그렇습니다. 지금 우리는 왜놈들하고 명군의 협상에서 완전히 소외되어 있습니다. 서로 무슨 말을 어떻게 나누고 있는지 도무지 알 수 없습니다. 명군도 우리가 어여뻐서 이러고 있는 것은 아닐 테니 결국은 그들 이익이 되는 대로 행동할 것 아닙니까? 상식적인 판단으로도 명군이 개입하지 않을 터인데 만약 놈들과 모종의 약속이라도 했다면 절대로 이 싸움에 끼어들지 않는다는 것이지요. 그리고 저는 장군님과 저를 지대 차사원으로 뽑은 것도 그런 차원에서 의심이 됩니다. 아무리 생각해도 적을 코앞에 둔 상태에서 이해가 안 됩니다. 우리 손발을 묶어 두려는 의도가 아니라면 도대체 무슨 수작입니까?"

"으음, 알았네. 일단 그 문제는 조금 후에 상의하세."

예원이 둘 사이에 다시 끼어들었다. 그리고 차분하게 말을 이었다.

"성 판관, 지난 전투 때 싸웠던 경험을 토대로 생각해보게. 왜놈 수장들이 여기 공격작전을 짤 때 무엇부터 가장 중점을 두겠나?"

"지난 전투 때 놈들이 고전한 이유는 우리가 포위된 상태에서도 외부와 소통이 되었기 때문입니다. 특히 정암나루를 우리 측이 점거하고 있었던 것이 컸습니다. 틀림없이 정암나루뿐 아니라 우리가 외부와 소통될 수 있는 요소요소부터 먼저 점령하거나 차단하고 나서 포위할겁니다. 고립작전으로 나올 거라는 뜻입니다. 그 다음은 우리 군사들과 백성들이 성 위에서 내리퍼붓는 돌과 뜨거운 물 때문에 놈들이 엄청 당했으니까 거기에 대한 공성 장비도 개발해서 덤벼들겠지요."

"그렇다면 우리 측 입장에서 이 성을 방비할 수 있는 최선의 대책을 이야기 해보게."

"일단 가장 쉬운 방법은 성을 잠깐 비우는 것입니다. 제 목숨이 아까워서 비겁하게 피하려는 것이 아닙니다. 어차피 놈들이 확전하지는 못할 것인데, 괜히 죄 없는 백성들의 목숨을 담보로 해서 그 장단에 놀아날 필요가 없다는 겁니다. 그래도 꼭 수성하고자 한다면 왜놈들이 두려워하는 방법으로 나가야죠. 즉 명군을 끌어들이는 것입니다. 명군이 끼어들게 되면 외부에 있는 조선 군사들도 힘을 내어 우리와 소통하려 들 것이고, 우리는 우리대로 안에서 악착같이 버티면 아마 놈들도 어찌하지 못할 겁니다. 문제는 꼼짝도 하지 않을 명군을 무슨 수단으로 끌어들일 것이냐 하는 것이 되겠지만 말입니다."

"알았네. 일단 중요한 문제부터 먼저 해결하세. 좀 전에 언급된 지대 차사원 말이야. 그건 어떻게 해야 되겠나? 다시 말해 그냥 무시해도 상관이 없겠느냐는 것이지."

"안 됩니다."

"소장 생각도 똑같습니다. 명령을 거부했다가 장군님이 해임이라도 되는 날에는 정말 큰일이 납니다."

"해임이 아니라 잡아들이려 나올 수도 있습니다."

성수경과 이종인이 연속으로 반대하고 나섰다. 그럴 만한 이유가 있었다. 당시 명 장수들이 조선에서 부린 권위는 무소불

위여서 임금도 손댈 수 없었다. 유성룡이 강화를 반대해 임진강에 있는 배들을 모두 거둬들이는 바람에 왜영에 드나들지 못하고 있다고 이여송의 심복 심부름꾼이 허위 보고를 한 적이 있었다. 이 말을 들은 이여송이 유성룡을 잡아다가 곤장을 치려 했다. 다행히 거짓 보고임이 판명되어 곤장을 맞는 치욕까지는 당하지 않았다. 허나 명의 일개 장수가 조선의 최고 지휘관을 잡아다가 곤장을 치려는 사태까지 있었으니, 당시 명에 대한 조선의 처지와 약소국의 설움이 어떠했는지를 그대로 드러낸 사건이었다.

나중의 일로서 전 밀양 부사였던 박진이 황해도 병사로 있을 때, 남쪽으로 내려가라는 명령을 받았지만 병으로 사직하려 했다. 그러나 일부러 피하려 한다는 혐의를 받고 명나라 장수 누승선에게 맞아 갈비뼈가 부러지는 중상을 당하고 결국 죽었다. 참으로 어처구니없고 통탄스러운 죽음이었다.

그것뿐 아니었다. 어떤 조선 관리의 사소한 실수를 트집 잡아 명의 한 장수가 개 목줄 걸듯 그의 목에 줄을 묶고서 말을 몰아 피투성이가 되도록 끌고 다닌 적이 있었는데, 임금이 이 장면을 목격하고서도 아무 제지도 못했다. 이외에도 조선 장수나 관리들, 그리고 병사들이 명군에게 당한 수모는 일일이 열거할 수 없을 정도였다.

윗사람들도 이러했을 진데 약탈이나 강간 등 백성들이 명군에게 겪은 수모는 어떠했으랴. 그 폐해가 하도 심하다 보니 '왜군은 얼레빗, 명군은 참빗'이란 유행어까지 등장했다.

심지어 평양성 탈환 후 이여송이 그 전공으로 명 황제에 보낸 수많은 왜군의 목 중 절반 정도는 무고한 조선 백성들을 잡아다가 그렇게 한 것이라는 풍문까지 나돌았다. 정말이지 할 말을 잃게 만드는 소문이었다.

최고 지휘관인 유성룡도 끌려갈 수 있는 처지에, 겨우 목사가 뜻을 거스르다가는 어떤 변을 당할지 모르는 상황. 그냥 해임만 당하더라도 가뜩이나 어려운 처지에 처한 진주성이 더욱 혼란에 빠질 것은 자명한 이치였다. 이종인과 성수경이 일단 순응해야 한다고 예원에게 권한 것은 당연했고, 예원 또한 그저 물어봤을 뿐이지 충분히 파악하고 있는 일이었다. 잠시 침묵을 지키던 예원이 그의 머릿속을 정리하고 진중하게 말을 끄집어내기 시작했다.

"성 판관의 말을 내 귀담아 들었네. 잠시 비켜서자는 곽 장군의 심정도 충분히 이해할 수 있고."

잠깐 운을 떼어놓고 예원은 싸늘히 식어버린 차를 한 모금 마시면서 약간 뜸을 들인 후 계속했다.

"우선 지대 차사원 문제부터 말하겠네. 일단 따르기로 하세. 따르면서 그 다음 수를 생각해봐야지. 그러나 어떤 연유에서라도 성을 비울 수는 없네. 주상 전하께서 공성에 대해서는 언급이 없으시고 다만 지켜내라고 하명한 이상 신하된 도리로서 마땅히 따라야 하네. 물론 우리가 어려운 상황에 처한 것은 틀림없네만, 그렇다고 해서 적도들에게 굴복할 수는 없는 일이야. 전임 목사도 해낸 일을 우리라고 못할 바 없잖은가? 군과 민 모두 힘을 모아 죽음을 각오하고 싸운다면 반드시 이뤄낼 거야. 우선 내 결심에 대해 이견이 있으면 말들 해보게."

"천만의 말씀입니다. 이견이 있을 수 없습니다. 보잘것없는 소장의 목숨이나마 아낌없이 바쳐 이 성을 지켜내는 데 일조하겠습니다."

"현 상황을 말씀드린 것뿐이지 저도 길이 어렵다고 무조건 피할 생각은 전혀 없습니다. 저 역시 목숨을 바치겠습니다."

두 사람의 선선한 대답에 예원은 안도했고 또 감동했다. 임금이 성을 사수하라고 명령한 이상 그 성의 성주이자 일개 목사인 예원이 그 뜻을 거스를 수 없음은 당연했다. 거기다가 예원은 치욕스러운 과거가 있었지 않았는가. '내가 전에 김해성에서

당한 치욕을 또 다시 되풀이할 수 없다.' 라는 속마음도 있었음을 예원은 차마 털어놓을 수 없었다.

"이 부사, 정말 고마우이. 성 판관, 자네의 충정 내 잊지 않겠네."

"장수로서 당연히 할 일입니다."

"저 역시 당연한 일인데 충정이라니 부끄러울 따름입니다."

"그럼, 이제 내 계획을 말하겠네. 우선 성 판관, 자네는 나와 함께 내일 아침 일찍 함창으로 떠나세. 5백 리 가까운 먼 길이지만 좀 무리해서라도 최대한 빨리 닿도록 해보세. 성 판관과 내가 없는 동안 이 성은 이 부사가 맡아주게. 지금까지 우리가 준비해왔던 대로 흔들림 없이 해나가면 될 것일세. 다만 자주 전령을 보내 상황을 전해주게. 그리고 말이야, 어차피 이렇게 된 이상, 어떻게 하든 이번 싸움에 명군을 끌어들여 볼 생각이야."

명군을 끌어들이겠다는 예원의 말에 두 사람이 깜짝 놀라는 표정을 지었다. 예원이 잠시 쉬었다가 계속 말했다.

"차사원으로 가는 김에 부총병을 설득하겠다는 것이지. 이왕 피할 수 없는 일이라면 가서 부총병을 어떻게든 구워삶아 이리로 끌어들이겠다는 말일세. 그냥 포기하고 손 놓고 있을 수는 없잖은가? 그쪽이야 어찌 생각하고 있든지 간에 가서 한 번 부딪쳐보자는 것이야. 그러니 성 판관, 자네도 그들을 설득시킬 묘책을 잘 생각해보게. 그리고 참, 지금 함창은 누가 관할하나?"

"상주판관 정기룡(32세)입니다. 아직 젊지만 무예가 뛰어나다고 명성이 자자합니다. 그리고 제가 알기론 정기룡의 처가가 여기 진주고 현재 처와 장모는 성내에 있다고 알고 있습니다."

"그렇다면 잘 되었네. 처와 장모가 여기 있으니 정 판관도 당연히 우리를 도울 것이 아니겠나? 아무튼 명군을 끌어들이는 일에 최선을 다해보세."

이종인과 성수경이 떠난 빈 방에서 예원은 우두커니 앉아 있었다. 예원은 곽재우의 심중을 읽어낼 수 있었다. 그 역시 이번 싸움이 어찌 보면 의미 없는 싸움이라는 것도 잘 알고 있었다. 현 시점에서 내줘봐야 적에게 별 가치가 없는 계륵과도 같은 존재인 성 하나를 지키려고 과연 수많은 백성들의 목숨을 걸어야 하는 것인지 그 혼자 수없이 번민해왔다. 아무리 생각해도 잠깐 성을 비우는 것이 최선의 답이었지만, 그럴 수 없는 현실이 답답하고 또 원망스러웠다.

김해성을 버린 쓰라린 경험이 있는 그가 또 일개 목사인 그가 감히 임금의 명령을 어길 도리가 없었다. 더군다나 도체찰사 유성룡이 임금의 뜻을 받들어 도원수 김명원에게 전 육군을 몰아 진주성을 도우라고 명령을 내렸고, 이에 각 육군 지휘관들과 의병 지휘관들이 지금 속속 의령 방면으로 집결하고 있는 중이었다. 이런 시기에, 또한 보통 사람들은 그 속내를 파악하지 못하고 그저 명군이라면 무조건 조선을 도와주리라고 생각하고 있는 이 시점에, 해당 성주인 그가 임금과 최고 지휘관들에게 공성 의견을 낸다는 것은 나는 비겁자라고 공개적으로 선언하는 것과 다름 아니었다.

설사 용기를 내어 공성 의견을 올려봐야 이참에 왜군을 박살낼 일념에만 사로잡혀 있는 임금이 들어줄 리도 없었다. 만약 예원의 입에서 공성 이야기가 나오는 순간, 그는 또 다시 성을 버리고 도망치려 한다는 치욕스러운 비겁자의 오명을 뒤집어쓰고 바로 그 길로 쫓겨나게 되어 있음을 너무나 잘 알고 있었다. 임금은 당장 그를 파직시키고 다른 사람을 진주 목사 자리에 앉힐 것이었다. 어쩌면 최일선 장수가 사기를 떨어뜨리는 행위를 한다고 해서 예원의 목을 치려 할 지도 모를 일이었다. 결국 임금이 수성하라고 명령한 이상 무조건 지켜내는 것 말고는 예원에게 선택의 여지가 없었다.

혼신의 힘을 다해 싸우다가 죽기로 작정하면 홀가분해지겠지만 혼자가 아니라서 쉽게 죽을 수 있는 문제도 아니었다. 성에 살고 있는 백성들은 물론 성주를 믿고 주변에서 몰려드는 백성들의 목숨, 그리고 아내와 자식들의 목숨, 이 모든 것이 '나 한 사람에게 달려 있다.'라는 책임감이 예원의 행동에 무거움을 실어줄 수밖에 없었다. 죄 없는 사람들의 목숨을 위해서는 혼자서 쉽게 죽어서도 아니 될 일이었다. 그래서 예원은 실낱같은 희망의 끈이나마 붙들어 매기로 작심했다. 무슨 수를 써서라도 명군을 끌어들여 큰 판을 만들어보겠다는, 끝까지 버텨 왜놈들의 간담을 써늘하게 하겠다는, 그런 끈을.

잠을 이뤄야 내일 아침에 일찍 출발할 수 있는데 잠이 찾아올 생각조차 없는 것 같아 예원은 벽에다 등을 기댄 채 앉아 그냥 눈만 감았다. 굵어진 바깥의 빗소리가 심란한 예원의 마음을 더욱 착잡하게 했다.

다음날 이른 아침, 떠날 채비를 마친 예원은 서찰 하나를 아내의 손에 쥐어주며 말했다.

"내가 떠나고 나면 바로 이 서찰을 읽어보고 그대로 해주시오.”

"분부대로 하겠습니다. 달리 남기실 말씀은 없으신지요.”

"내가 할 일은 이 부사에게 일임했으니 그리 아시면 되오. 나머지는 부인이 잘 알아서 해주시오. 항상 미안하구려.”

"무슨 말씀을. 여기 걱정은 마시고 다녀오십시오. 참, 밀양에서 왔다는 사람의 상태가 좋지 않은 모양입니다. 만일 나쁜 일이라도 생기면 그 가족들은 제가 알아서 챙기겠습니다.”

"그래요. 안타깝구먼. 아무튼 부탁하니 잘 보살펴주시오. 그럼 이만 가겠소.”

관아 마당에는 이미 이종인과 성수경이 나와서 기다리고 있었다.

"자, 성 판관 이제 떠나세. 다행히 날씨가 개어, 가는 데 지장이 없겠군. 그리고 우리가 보낸 물자는 지금쯤 함평에 도착했겠나?”

"열흘 전에 보냈기 때문에 아마 도착해 있을 겁니다.”

"좋아. 출발하지. 이 부사 잘 부탁하네.”

죽음

난생 처음 업혀본 큰아들의 등은 따뜻하고 듬직했다. "무겁제? 쉬엄쉬엄 가자." "알겠습더." 억술의 짤막한 물음에 재식도 짤막하게 대답했다. 어둑한 저녁에 의원의 명을 어기고 억술은 재식의 등에 업혀 마을을 한 바퀴 둘러보는 길이었다. 왠지 지금이 아니면 다시는 바깥세상을 볼 수 없을 것 같아 나선 길이었다. 순분과 개동 아버지가 무리라면서 극구 만류했으나 억술의 고집을 꺾을 수 없었다.

엉덩이와 등에 나 있는 욕창이 시원한 바깥바람을 직접 쐬어서 그런지 금방이라도 나을 것 같은 기분이 들었다. 장마철이라 궂은 날씨지만 방안의 공기와는 비교되지 않았다. 정말이지 상쾌한 저녁 바람이었다. 그러나 억술은 이미 끝을 예감하고 있었다. 만신창이가 된 몸뿐만 아니라 정신마저 혼수 속에서 헤매는 경우가 요즘 들어 부쩍 잦아진 것을 억술 스스로 인식하고 있었다. 그는 장남에게 유언을 남기려 마지막 혼신의 힘을 일깨워

맑은 정신으로 이승을 돌고 있는 중이었다.

"칠득이 무덤이 있는 데가 어디라 캤노?"

"저쪽에 작은 개울 보이지에. 그거 건너가지고 오솔길을 쭉 따라가다 보면 야산 아래쪽에 도착됩니더. 칠득이 무덤은 거서 조금 더 올라가야 되고에."

"그라면 우리도 저기 개울 근처에서 좀 앉았다가 돌아가자."

칠득이가 묻혀 있는 산 쪽을 바라보도록 재식이 억술을 풀밭에 앉혔다. 칠득이 묻혀 있다는 곳을 보는 순간 억술은 왈칵 눈물을 쏟았다. 억술은 한동안 하염없이 울었다. 아버지 옆에서 말없이 앉아 있던 재식도 이따금씩 소맷자락으로 눈물을 훔쳤다. 한참을 울고 난 뒤 억술이 입을 떼었다.

"요새 일이 바쁘다면서?"

"예, 사람들이 몰려드이끼네 아무래도 바빠지네에."

왜군이 다시 쳐들어온다는 소문이 퍼지자 1차 싸움 때보다 훨씬 많은 수의 사람들이 진주성으로 모여들었다. 저번 싸움에서 이겼으므로 이번에도 물리쳐서 살아남을 것이라고 생각하고 몰려드는 백성들이 많았기 때문이었다.

"우쨌든 간에 모두 어려운 사람들이다. 최선을 다해 도와주거라."

"예에."

"그라고 그동안 내가 모르는 체하고 있었는데 오늘 솔직하게 말해 보거라. 니 사또 따님 좋아하제?"

기습적인 질문에 재식이 당황해서 얼굴만 붉히며 대답을 못 하자 억술이 계속 이었다.

"재식아. 우리 집안이라고 사또 나리 집안에 혼담을 못 꺼낼 거는 없다. 따님이 아직 열세 살이라서 명년쯤에 혼례를 올리자 카면 되는 기고, 또 비록 니가 글공부 하기는 늦었지만 무과공 부는 지금이라도 시작할 수 있는 거 아이가. 거기에 들어가는 물자는 장가보내고 나서라도 아부지가 계속 대겠다고 말하면서 혼사를 청해볼 수는 있다, 이 말인 기라. 아부지가 남들한테 고개 숙이지 않을 만큼은 되고, 우리 윗대도 큰 벼슬은 아니지만 벼슬살이한 적이 있고, 또 내가 보이 니가 인물 좋고 덩치도 좋아 신랑감으로 빠지지도 않는다 아이가. 물론 저쪽에서 그런 우리를 받아 줄지는 모르겠지만 말이라도 꺼내볼 수 있다는 거라. 그런데 그거는 아부지가 정상일 때 생각이라도 해볼 수 있는 일이지 지금은 안 된다는 기다. 니도 알다시피 아부지가 얼마나 더 살아 있을지 모른대이. 그렇기 때문에 지금 니가 사또 따님에게 정신을 빼앗겨 있을 틈이 없다, 이 말 아이가. 만약 아부지가 죽게 되면 어서 빨리 밀양으로 돌아가야 할 채비를 차려야 한다는 뜻인 거라. 무슨 말인지 알겠나?"

재식은 아무 말도 못하고 고개만 숙이고 있었다. 억술이 계속 말했다.

"헤어지면 그리움과 외로움에 못 이겨 죽지 않고서는 못 배길 것 같이 정든 사람도 세월이 지나면 차츰 잊혀지게 되어 있으이 걱정 말거라. 니 엄마가 죽고 나서 얼마 되지 않았을 때 나도 자살까지 생각한 적이 있었다. 처음엔 참말로 죽고 싶도록 보고 싶더라. 그래도 말이야, 세월이 약이더라. 니도 너무 연연해하지 말거라. 알겠제?"

여전히 재식은 고개만 숙이고 있었다. 억술은 재식의 대답을 기다리지도 종용하지도 않고 계속 하고 싶은 말을 해나갔다.

"아부지 문서들은 전부 밀양 우리 집 큰방 장롱 속에 잘 보관해놓았다. 열쇠는 할매가 관리했는데 이리로 오면서 무길이한테 맡겨놓았다고 말하더라. 아부지의 모든 재산을 니한테 맡긴다고 내가 얼마 전에 문서를 작성해가지고 여기 관의 도장까지 받아놓은 기 있다. 니를 믿고 그리 한 기다. 영식이하고 꽃님이는 물론 읍내 작은집에서 와 있다 카는 두 동생도 니가 책임져야 된다. 모두 결혼까지 시키고 재산도 골고루 나누어주야 된다, 이 말인 기라. 아부지가 이라 놓은데서 조금만 더 노력하면 충분히 할 수 있을 끼다. 큰집에서 할매를 모셔 갈라 캐도 아마 니하고 같이 지낼라고 하실 거다. 돌아가실 때까지 잘 모시거라. 그라고 내가 죽으면 일단 칠득이 옆에 묻었다가 난리가 끝나고 나서 나는 너그 엄마 옆에 묻어주고 칠득이도 그 근처 양지바른 곳에 묻거라. 알았나?"

어깨를 들썩이며 재식은 슬피 울기 시작했다. 예기치 않은 때와 곳에서 아버지의 유언을 받게 되어 처음에는 당황스러웠으나 이내 어쩔 수 없다는 현실이 인식되었고, 머지않아 아버지를 다시는 볼 수 없게 될지 모른다는 예감이 들자 한없는 슬픔이 밀려왔다. 오열하고 있는 재식이를 달래며 억술은 계속했다.

"울지 말거라. 오늘 아부지 말을 잘 들어야 한다. 큰아버지가 비록 욕심은 많지만 본바탕은 착한 사람이다. 아부지처럼 생각하고 따르거라. 큰집 형제들과도 친형제처럼 지내고. 관에서 나오면 시비할 생각 말고 달라 카는 대로 내주거라. 내주는 만큼 더 열심히 일해서 모으면 된다. 남들이 새벽에 일어나면 니는 어두울 때 일어나면 되고, 남들이 한 식경 쉴 때 니는 반 식경만 쉬고 일하면 되는 기라. 아부지도 그리 했다. 일 부지런히 한다고 죽는 사람은 없는 거라. 내가 가만 보이끼네 제대로 노력하지도 않으면서 안 된다고 불평만 해대는 사람이 많더라. 니는 그라면 안 된다. 그라고 나는 묵고 살기 바빠서 그 생각을 못했는데 니는 꼭 해야 될 기 있다. 니 자식 중에 한 명은 기필코 글공부를 시켜야 한다. 알겠나?"

여전히 재식은 대답을 못하고 흐느끼고 있었다. 하마터면 억술도 왈칵 울음을 터뜨릴 뻔했지만 꾹 참고 이번에는 재식의 어깨를 톡톡 치며 대답을 종용했다.

"와 말이 없노? 울지만 말고 아부지 말에 대답해봐라. 안 그라면 아부지가 편케 눈을 못 감는다."

"예에. 흐흐흐흑. 아부지, 잘 알겠습니더."

재식이 수긍을 하자 억술은 다소 안도했다. 재식이가 어느 정도 안정되기를 기다렸다가 말을 이었다.

"재식아. 아부지는 이번에 정말 많은 것을 배웠는 기라. 우리 동네에서는 그래도 살 만큼 산다고 생각했는데 이리로 오이 내가 감히 비교도 못할 만큼 부자들도 많더라. 내가 우물 안의 개구리였던 기지. 그라고 뛰는 놈 위에 나는 놈이 있다는 말이 딱 맞더라. 세상에는 똑똑한 사람들 천지니까 절대로 어디 가서 아는 체 하지 말라는 말이다."

재식이 알아들었다는 듯이 다소곳이 앉아 몇 차례 고개를 끄덕였다. 억술은 이제 마지막 말만 남겨놓고 있었다.

"니도 대충 짐작하고 있겠지만 아부지가 함안하고 의령서 지내다가 사기당했다 아이가. 그렇다고 해서 나중에라도 그 사람들 찾아가서 따질 생각 말거라. 다 아버지 업이라 생각하고 지고 갈란다. 이 세상에는 말이야, 착한 사람들이 있는 만큼 나쁜 사람들도 있는 기라. 우째 생각하면 나쁜 사람들이 더 잘 살 수 있는 세상이기도 한 기고. 그렇다고 할지라도 기본 바탕은 착한 사람들로 이루어져 있는 기라. 재식아, 니도 꼭 착하게 살아야 한대이. 잘 알겠제?"

말을 마치고 나자 까닭 모를 슬픔이 밀려와 눈물이 쏟아났다. 억술은 얼른 고개를 돌려 눈물을 훔쳤다. 재식은 고개를 숙이고 또 흐느끼고 있었다. 억술이 재식의 어깨를 다독이기 위해 손을 올리려 했지만 마음대로 되지 않았다. 억술의 몸 상태가 바깥에서 오랜 시간을 견뎌낼 만큼 따라주지 않은 탓이었다. 갑자기 호흡이 가빠지고 온몸에 열기가 타오르는 것 같으면서도 맥이 풀려 억술은 손가락 하나 꼼짝할 수 없었다. 어쩌지 못하고 "어, 어"하는 신음소리를 내면서 뒤로 쓰러졌다.

재식은 혼수상태에 빠져 있는 아버지를 업고 정신없이 뛰었다. 숨이 가쁘고 다리가 떨려왔지만 이를 악물고 어둠 속을 달렸다. 숨이 차 더 이상 달릴 수 없을 것 같아 속도를 늦추려는 찰나 "재식아."하고 부르는 소리가 들렸다. 할머니와 개동 아버지가 멀리까지 나와 억술과 재식을 찾고 있었다.

침을 놓고 의원은 일어서며 "우황청심원을 먹여 놓았으니 한숨 자고 나면 의식은 회복하겠지만 오래는 못 갈 겁니다. 준비하시는 게 좋겠습니다." 말을 남기고 떠났다. 다만 하루라도 아들이 더 살아주었으면 하는 바람뿐 순분이 달리 준비할 것은 없었다. 마음의 준비와 장례에 관한 물질적인 준비는 이미 완료된 상태였다.

죽은 듯 누워 있던 억술이 이경(밤 9~11시)이 깊을 무렵 눈을 떴다. 물을 찾는 것 같아 개동 아버지와 재식이가 부축해서 물을 마시게 했다. 한 모금 억지로 들이킨 후 억술은 다시 자리에 누워 눈을 감았다. 잠시 후 눈을 뜨고 순분이를 보며 천천히 말했다.

"어무이. 미안하요."

"니가 와 미안하노? 자식이 이래 누워 있는데도 우짜지 못하는 내가 미안하지."

억술이 희미하게 미소 지으며 오른손을 들어 올리려 했다. 순분이, 재식이, 영식이 모두 나서서 그 손을 꼭 잡아줬다. 억술은 약한 소리로 개동 아버지에게 고맙다는 말을 남기고 다시 눈을 감았다.

편안했다. 어릴 적 고향마을 정경이 눈앞에 펼쳐졌다. 개구쟁이 친구들과 칡 캐며 뛰어놀던 뒷동산. 푸른 낙동강 위에 오가는 고깃배와 나룻배들. 수산나루에 붐볐던 수많은 사람들과 펄쩍 뛰던 생선들의 모습. 장가들던 날 시끌벅적했던 처갓집. 아내와의 첫날밤. 끝없이 너른 평촌 들판. 어릴 때부터 겪어왔던 여러 풍경들이 마치 실제인 양 억술의 눈앞에 선했다. 다음엔 사람들이 보이기 시작했다. 억술이 알고 지냈던 모든 사람들이 죽 스쳐지나갔다. 어릴 적 동무들, 돌아가신 아버지, 욕심 많은 형과 형수도 스쳤는데 얼마나 정다운 모습인지. 고마운 사또가 떠올랐고 창원의 정가가 이리 오라며 손짓하고 있었다. 스쳐지나가는 조맹칠과 박 아전의 모습도 정겹기만 했다. 득금 부부가 보였고, 처가 식구들도 스쳤다. 붙임성 좋은 무길 부부도 잠깐 나타났다 사라졌다. 시집간 큰 딸과 사위, 그리고 눈에 넣어도 아프지 않을 막내딸이 억술을 보며 활짝 웃고 있었다. 당장 두 팔을 뻗어 꼭 껴안고 싶었다. 갑자기 저 멀리서 무지개가 환하게 떠올랐다. 무지개 아래 밝은 미소를 지으며 손을 흔들고 있는 아리따운 모습이 보였다. 아! 아내가 아닌가.

억술은 자리에서 벌떡 일어났다. 아내를 향해 달렸다. 아내는 미소를 지으며 가만 서서 억술을 기다리고 있었다. "여보, 여보." 외치면서 억술은 한달음으로 아내에게 다가갔다. 아내는 여전히 미소만 짓고 말없이 두 팔을 활짝 펼쳤다. "여보, 여보." 하며 억술이 아내를 껴안았다. 아내도 억술을 껴안으면서 그제야 말했다. "여보, 보고 싶었어요." 얼마나 애타게 그리웠던 모습이며, 말이며, 냄새였던가. 아내의 품속은 따스했고 살 냄새는 아늑했다. "여보, 여보." 억술이 뭔가 말을 꺼내려 하는 찰나 어디선가 들려오는 슬픈 울음소리. 아! 이 소리는 또 무엇이람.

"아이고오! 억술아. 내 아들아. 이 애미는 우짜라꼬. 제발 눈 좀 떠바라. 흑흑흑."

"아부지, 흑흑." "아부지에, 엉엉."

"아이고, 형님 이래 가버리십니꺼. 끄으으으."

방안은 금방 울음바다로 변했다. 왜군을 피해 집을 떠난 지 1년하고도 한 달이 조금 더 지난 뒤인 1593년 5월 말, 억술은 결국 저 세상 사람이 되고 말았다. 가진 것이 없어 멀리 도망 못 가고 집 주변 산으로 피했더라면 살 수 있었을 텐데, 남들보다 좀 더 가진 것이 죄가 되어 결국 죽고 말았다. 조금 더 멀리 달아나려다가. 어쩌면 순수한 심성의 억술이 모난 세상의 모진 세파를 헤쳐 나가기에는 애초부터 무리였는지도…

가매장을 끝낸 순분은 밀양으로 떠날 준비를 서둘렀지만 곧 포기했다. 밀양 쪽에는 왜군들이 꽉 들어차 그로 인한 길이 끊겼을 뿐 아니라, 장마로 매일같이 비가 내려 곳곳에서 건널 수 없는 물줄기들이 많아져 실질적인 길마저 보행하기가 어려워진 탓이었다. 만약 억지로 통행이 가능한 곳으로 지나가려 하다가는 십중팔구 엄청나게 모여 있는 왜군들에게 전부 다 잡혀 죽고 말 것이니, 차라리 성안에 있는 것이 더 안전하다고 개동 아버지가 떠날 채비를 차리는 순분을 극구 말렸다. 북쪽으로 장사를 떠난 천판수가 돌아오게 되는 칠월 초, 중순쯤에는 장마도 끝이 날 것이어서 그때 그와 함께 떠나면 된다고도 설득했다.

지금 성내로 모여들고 있는 많은 사람들도 같이 성을 지킬 것이고, 명나라 군사들도 구원하러 올 것이라 무너질 성이 아니라고 이웃들도 개동 아버지를 편들어 결국 순분은 밀양행을 단념했다. 아니 단념할 수밖에 없었다. 무엇보다 길이 끊긴데다가 재식이마저 조금 더 있다가 가자고 고집을 부려 순분은 물러나고 말았다.

고니시의 공성(空城)지계

6월 초, 다시 바다를 건너온 고니시를 심유경이 부산까지 찾아가서 만났다. 진주성 공격을 중지해달라는 조선 도원수 김명원의 간곡한 부탁을 받고서 나선 길이었다. 그러나 고니시는 관백(도요토미 히데요시)의 뜻이 워낙 완강한데다 가토가 강력하게 공격 계획을 밀고 나가고 있기 때문에 공격 중지는 불가하니 조선 측에서 잠깐 성을 비우는 것이 낫겠다고 대답했다. 심유경과 헤어질 때 고니시는 그의 두 손을 꼭 잡고 간절히 호소했다.

"제발 조선 사람들에게 말을 잘 전해주십시오. 왜병들이 주인도 없는 빈 성에 들어 가봐야 무얼 어떻게 하겠습니까? 곧 군사를 되돌리고 말 것입니다. 그렇게 되면 아무도 다치지 않을 터인데 왜 구태여 피를 흘리려고 하는지 안타깝습니다. 제발 성을 비워달라고 하십시오."

고니시를 만나고 난 뒤 심유경이 김명원에게 서찰을 보냈다.

「왜군의 진주성 공격 의도를 살피건데, 전에 진주에서 피살된 자가 많을 뿐더러 그들의 선박이 조선 수군에 의해 모두 훼손되어 분을 삭이지 못하고 있는 판에 귀국의 군사들이 누차 풀베는 왜국의 병사를 죽였기 때문입니다. 왜장들이 이 일을 관백에게 알리자 관백은 "너희도 진주성을 파괴함으로써 전일의 원한을 풀라." 하였답니다. 그래서 행장(고니시)이 나에게 말하기를 "진주 백성들에게 그 예봉을 피하도록 하는 것이 좋겠습니다. 진주성이 비고 사람이 없는 것을 보면 왜군이 철수하여 다시 곧 돌아갈 것입니다." 하였습니다.」

요지는 성만 잠깐 비우면 된다는 뜻이었는데 김명원은 이러지도 저러지도 못하고 있었다. 임금은 줄기차게 수성을 명하고 있으니, 아니 오히려 전군을 몰고나가서 왜군을 무찌르라며 대책 없이 방방 뛰고 있으니, 그로서는 난감한 처지였다. 뿔이 돋아 왜적을 모두 섬멸하라고 핏대를 올리고 있는 임금에게 공성이란 말을 감히 입에 담을 수조차 없었다. 그렇다고 해서 그가 독단적으로 성을 비우라고 명령을 내렸다가 나중에 어떤 봉변을 당할지 알 수 없기에 혼자서 끙끙 앓을 수밖에 없었다. 결국 오로지 명군에게 기댈 방법 외에는 다른 수가 없어 김명원은 성주에 있는 유정을 찾아가서 도와달라고 부탁했다. 60세의 허연 머리 조선 도원수가 32살의 새파란 명 장수에게 머리를 조아렸다.

유정은 아무것도 아니라는 듯 즉석에서 붓을 꺼내들었다.

「조선 팔도를 그만큼 참혹하게 했으면 되었지 왜 다시 사마귀 같이 작은 진주성 하나를 못 잡아먹어서 안달인가. 만약 군사를 돌리지 않으면 우리가 백만의 군사를 일으켜 너희는 한 놈도 살려두지 않겠다.」

대충 이런 내용의 서찰이었지만 이것을 보고 눈 하나 깜짝할 가토가 아니었고, 왜군 수뇌부가 아니었다. 명의 허풍임을 잘 알고 있는 가토는 콧방귀도 뀌지 않았다.

왜군 진영에서 돌아온 심유경은 도원수 김명원과 경상좌도 순찰사 한효순을 만난 자리에서 "왜군이 진주성만 공격하고 돌아갈 것이 확실하고, 이미 그 일은 돌이킬 수 없는 상황이 되어 버렸는데, 조선 사람들이 내 말을 따르지 않으니 난들 어찌하겠습니까?"하고 하소연했다.

적의 움직임이 심상치 않자 도체찰사 유성룡도 유정에게 달려가서 도와달라고 간곡히 부탁했다. 이에 유정은 그의 상사인 경략 송응창과 제독 이여송에게 구원을 요청하는 서한을 보냈다. 그러나 어디까지나 형식적이었다. 명군은 부대를 약간 전진해서 배치하고 말과 문서로서 체면치레만 했을 뿐, 진주성 싸움에 끼어들 마음은 전혀 없었다.

한편 성주가 지대 차사원으로 떠나고 없는 진주성과 거기를 둘러싼 조선의 오월 말과 유월 초는 숨 가쁘게 돌아가고 있었다. 도체찰사 유성룡이 조선의 관, 의병 모두에게 진주성을 지원하라고 명령을 내렸고, 이에 도원수 김명원과 전라 순찰사 권율, 그리고 그 이하 모든 관, 의병들이 오월 말 무렵 의령으로 집결했다.

여기에 임금이 한술 더 얹었다. 미적미적한 김명원이 양에 차지 않았는지 개전 이래 조선군 총사령관으로서 조선군을 지휘해온 그를 공조판서로 돌려버리고 전라도 순찰사 권율을 그 자리에 앉혔다. 6월 6일자 인사발령이었다.

김명원과 권율은 임금의 뜻을 충실히 따랐다. 의령에 집결한 오천 대군을 몰아 먼저 함안으로 진격한 후 그 다음은 창원의 적을 칠 작전 계획을 세웠다. 그들의 벼슬이 바뀌는 줄도 모르고서.

아아! 그런데 오천 대군이었다. 오십만이 아니고 오만도 아닌 이리저리 다 합해서 달랑 오천. 죽기로 황산벌을 지키고자 했던 계백의 오천 결사대를 흉내 낸 것은 아니었을 테고, 그 당시 가능한 병사들을 다 끌어 모았을 것인 오천 대군 말이었다.

그 병사들로 진주성을 치려고 모여드는 10만 왜군과 맞서 싸우겠다고 의연히 나섰다. 감탄할 일이었다. 그 대범함과 용감함은 어디에서 나왔을까! 그 순진함과 무식함이란! 아무튼 그 임금에 그 신하들이었다.

명의 부총병 왕필적

술을 마실수록 예원의 속은 더 타들어갔다. 이번 싸움에 명군만 도와주면 충분히 이길 수 있다고 계속 통역을 시켜 참전을 요청했지만 명의 부총병 왕필적은 건성으로 대답할 뿐 말을 피해갔다. "왜놈들은 명군이란 말만 들어도 벌벌 떨 테니 걱정 마라." 해놓고는 조선의 술맛이 좋다느니 계집들이 야들야들해서 좋다느니 헛소리만 늘어놓고서 기생들 엉덩이 두드리기에 바빴다.

기생이 술 따르는 것도 말리고 가끔씩 자작하며 말없이 앉아있던 성수경이 더 참을 수가 없었던지 꼿꼿이 자리를 고쳐 앉고서는 "장군님께서는 대수롭지 않을지 모르지만 우리로선 생사존망이 걸린 문젭니다. 우리는 지금 한가하게 술 마시고 있을시간이 없습니다. 사실 이 자리도 가시방석과 같습니다. 부디심려하셔서 위로는 조선을 구원하라는 황제 폐하의 하해와 같은 뜻을 받드시고 아래로는 간악한 왜놈들을 몰아내고자 하는 모든 조선 백성들의 열망에 귀를 기울여 주십시오." 정색을 하면서 또박또박 말했다.

갑자기 술자리의 분위기가 이상해졌다. 왕필적과 그를 대동한 두 명의 부장들은 무슨 말인가 싶어서 두 눈을 크게 뜨고서 이쪽을 바라보고 있고, 예원과 그 옆에 앉아있는 정기룡의 안색이 순간적으로 창백해져 있고, 통역관은 어떻게 말을 전해야 할지 난감한 표정을 짓고 있고, 기생들도 어색한 분위기를 감지했는지 얼굴에서 웃음기를 거두고 있었다.

잠깐의 어색한 순간이 지난 뒤 예원이 통역관에게 "도와달라고 하는 부탁 아닌가. 좋은 식으로 말씀 올리게." 안색을 펴면서 약간의 미소를 머금고 통역관에게 말했다. 어떤 식으로 통역했는지 모르지만 통역관이 더듬거리면서 말을 전하자 왕필적은 인상만 약간 찌푸리고 고개를 끄덕했는데, 두 부장들은 성수경의 태도에서 못마땅함을 느꼈는지 험악한 인상으로 막 삿대질을 하면서 아마 욕인 듯 뭐라고 고함을 쳐댔다. 두 부장들이 쉽게 그치지 않자 왕필적이 그들을 나무래서 말렸고, 이때 오늘은 그만 파하는 게 낫겠다고 예원이 통역을 시켜 정중하게 실례를 구함으로써 술자리가 마무리 되었다.

숙소로 돌아가는 길에 "자네는 설득시킬 묘책을 찾아보라 했더니만 염장지를 방법만 연구했나?" 예원이 나무라듯 말하자 "죄송합니다. 수양이 부족한 탓입니다." 성수경이 사과했다. 예원과 성수경을 숙소까지 바래다주고 돌아서려다 말고 정기룡은 발을 멈추어 예원을 불렀다.

"할 말이라도 있나?"

"꼭 한 길로만 가셔야 하겠습니까?"

"그게 무슨 말인가?"

"다른 길도 있지 않습니까?"

"음. 성을 비우는 방법 말인가?"

"잠깐 성을 비운다고 장군님더러 뭐라고 할 사람은 없을 것입니다. 싸워야 할 것은 반드시 싸워야 하지만 지금은 그런 상황이 못 되지 않습니까?"

"그러니 내가 정 판관에게 도움을 구하는 것이 아닌가?"

"저도 명군을 끌어들이는 데 최선을 다하겠습니다만 만약의 경우 차선책도 고려해 두시는 게 좋지 않을까 합니다."

"무슨 말인지는 알겠네. 그러나 성을 비울 수는 없네. 자네 처와 빙모께서도 지금 진주에서 지낸다고 들었네. 아무튼 최선을 다해주게."

"알겠습니다."

아무리 장마철이라지만 질기게도 비가 내렸다. 마치 갈 데까지 가보자 하는 심산인지 하루도 쉬지 않고 내렸다. 술자리를 파하고 예원은 침소에 누웠지만 뒤숭숭 심란하기가 말이 아니었다. 바깥의 빗소리가 그의 심사를 더욱 고달프게 했다. 지난달(5월) 23일 오후에 여기 도착한 후 벌써 열흘이 넘었다. 그러나 도무지 진전이 없었다. 오늘처럼 두어 차례 술자리를 벌이면서도 말했고 대낮에 정식으로도 수차례 참전 요청을 했다. 그러나 그때마다 왕필적은 잠깐만 성을 비우면 피를 흘리지 않아도 될 거라며 예원을 설득하려 들었거나 능구렁이처럼 요리조리 핵심적인 답변을 비켜 나갔다.

그러면서도 예원이 돌아가겠다고 넌지시 떠봤을 땐 다른 명군 진지에서 무슨 기별이 있을지 모르니 조금 더 지내는 것이 낫겠다는 둥 이런저런 이유를 갖다 붙이면서 돌아가지도 못하게 막았다. 어떤 때는 속에서 불끈하고 화가 치밀었지만 꾹 참았다. 성수경이 참지 못하고 오늘 한 마디 한 것을 겉으로는 나무랐지만 속으로는 도리어 속이 다 후련한 심정이기도 했다.

예원은 이리저리 몸을 뒤척였다. 아니꼽지만 명군을 끌어들여야 하기 때문에 끝까지 고개를 숙이며 빌어야 했고, 또 쉽게 보내주지도 않으므로 어쩔 수 없이 머물러 있어야 했다.

잠은 쉬이 오지 않고 잡생각만 떠올라 예원의 마음을 뒤숭숭하게 했다. 소손녕과 담판을 벌여 거란의 대군을 철수시킨 그의 13대조 할아버지인 서희가 문득 떠올랐다. 만약 그라면 어떻게 이 난국을 타개할지, 어떤 식으로 조리 있게 설득해 명군을 끌어들일지 이리저리 머리를 굴려봤지만 썩 훌륭한 말들이 떠오르지는 않았다. '서희 할아버지는 상대방을 단숨에 설득시켰는데, 나는 서희 할아버지를 따를 수 없나 보구나.' 부질없는 생각이 들었다. 여기까지 동행해 함께 머물던 손경종을 오월 말에 진주로 급히 보냈는데, 그 일이 잘 이루어지고 있는지도 궁금했다. 떠나올 때 남긴 서찰대로 아내가 행해주기를 바란다고 손경종으로 하여금 전하게 했던 터였다. 다시 몸을 뒤척였다. '아내가 잘해줘야 하는데. 빨리 손경종이 와야 하는데.' 계속 몸을 뒤척이며 이리저리 고민하다가 예원은 잠들었다.

다음날 낮, 예원은 이종인이 전령을 통해 보낸 서찰을 읽고 있었다. 의령에 모여 있는 조선 군사들은 우왕좌왕하고 있고, 왜군의 동태는 날로 심각해지고 있지만 진주성에는 사천현감 장윤, 거제현령 김준민, 함창현감 강덕룡 등이 이미 입성해 추호의 동요도 없이 준비를 하고 있다는 보고였다. 잠시 후에 서찰이 또 하나 날아왔다. 보낸 사람은 도체찰사 유성룡이었다. '진주가 곧 왜적의 공격을 받게 되었는데 성을 지키는 관원이 어찌 멀리 나와 있어서야 되겠는가. 속히 돌아가서 성을 방비하는 데 만전을 기할지어다.' 라는 요지의 견책성 편지였다. 예원이 다 읽고 난 뒤 성수경을 불러 편지를 보여줬더니만 그만 분통을 터뜨렸다.

"아니, 우리가 지금 여기서 놀고 있는 줄로 아는 모양이네요."

"도체찰사께서는 자세한 내막을 모르고 또 사세가 급박하다 보니 이런 편지를 보낸 것이겠지. 자, 이제 어떻게 해야 할까? 급하긴 급한 모양인데."

"낌새를 보니 명군을 끌어들이는 건 어차피 그른 것 같습니다. 여기도 있을 만큼 있었으니 이제는 대충 핑계를 대고 그냥 돌아가는 것이 낫겠습니다."

"그래야겠지. 그러나 조금만 더 기다려보세. 나도 생각하는 바가 있으니까."

손경종은 10일 저녁 때 허겁지겁 도착했다. 진주에 도착한 날 밤만 지내고 그 다음날 새벽 일찍 출발했는데, 장마철이라 길이 끊긴 데가 많아 강행군해서 왔지만 엿새가 걸렸다고 했다.

"고생이 많았다. 준비한 것은?"

"예, 여기 있습니더. 마님께서 미리 준비 해놓았습디더. 최대한 준비한 것이라 했습니더."

대답하면서 손경종은 말 등에 있는 비단 보따리로 감싼 상자 하나를 두 손으로 들어 내려놓았다. 은이었다. 그 당시 은은 명에서 원활하게 유통되고 있었기 때문에 명 장수들은 은이라면 사족을 못 쓸 만큼 탐닉했다. 명 상인들도 조선에 와서 싹쓸이로 은을 긁어모으는 데 혈안이 되어 있음을 잘 알고 있는 예원이 은을 뇌물로 쓰는 최후수단을 택했다.

어쩔 수 없었다. 일단 왕필적이라도 끌어들일 수 있으면 다른 곳의 명군들도 그냥은 있지 않을 것이고, 그렇게 되면 주변 조선군들도 힘을 낼 것이기 때문에, 예원은 무슨 수를 써서라도 명군을 끌어들이고자 했다. 이리로 떠나올 때 아내에게 수만 백성들의 목숨이 걸려있는 문제이니 유력가들을 잘 설득해서 최대한 은을 모아달라고 써놓았던 터였다.

그 다음날 아침 식사도 하기 전에 예원은 은상자를 들고 왕필적의 처소를 찾았다. 방안에서는 역관도 없이 둘만 독대했다.

미리 써놓은 서찰을 일단 보여주고 왕필적과 필담을 나누었다.
'진주성은 작년에도 대규모의 왜군을 깨뜨린 적이 있다. 그 정
예 병사들이 그대로 남아 있어서 아무리 많은 적들이 모여들어
도 귀군이 조금만 도와주면 충분히 막을 수 있다. 나와 함께 진
주성에 가자. 안에서 열 날이고 스무 날이고 충분히 버틸 수 있
다. 그리하면 나머지 명군들과 조선군들이 왜군의 후방을 교란
할 것이고, 결국 승리는 우리의 것이 된다. 물론 그 공은 모두가
장군과 그 군사들에게 돌아갈 것이다.' 대충 이러한 내용의 서
찰을 읽고 난 왕필적은 보자기를 벗겨내고 상자 안의 은을 슬쩍
보고는 만족한 표정을 지었다. 그리고는 먼저 붓을 들어 필담을
시작했다.

"뭘 이런 것을 가져왔는가?"

"내 성의다. 달리 생각지 말아 달라."

"아무튼 고맙다. 그런데 왜 이 싸움에 집착하는가? 슬쩍 비켜
서면 그만인데. 지금 명국과 왜국이 강화협상 중인 것을 모르는
가?"

"잘 안다. 그러니 더더구나 물러서서는 안 된다. 적에게 승리
감을 줄 수는 없지 않는가? 그렇게 되면 귀국도 왜국과 협상하
는 데 불리해질 것이다."

"당신 고집이 대단하다. 일단 생각은 해보겠다."

"지금 왜군의 동태가 심상치 않아 나는 내일 아침에 무조건 떠나야 한다. 그 전까지 확답을 달라."

"그렇게 하도록 해보겠다."

예원은 홀가분한 마음으로 왕필적의 처소를 나왔다. 그로서는 하는 데까지 했으니 그 다음은 하늘에 맡기기로 했다. 왕필적이 따라주면 더할 나위 없이 좋겠지만 만약 거절한다 할지라도 이제는 어쩔 수 없는 문제였다. 독자적으로 막아내는 수밖에 달리 방도가 없었다. 막판에 가서 안 되면 혼자서라도 하고 말겠다고 마음먹으니까 오히려 편해졌다. 성수경, 손경종과 둘러앉아 맛있게 아침을 먹었다. 그날 저녁 때 정기룡이 예원을 찾아왔다.

"내일 아침에 떠나신다면서요?"

"그렇게 됐네. 상황이 급하게 돌아가는 모양이야. 그런데 웬일로?"

"우리는 내일 낮이나 모레 아침 일찍 출발하겠습니다."

"그게 무슨 말인가?"

"저하고 부총병님하고 진주로 가겠다는 말입니다."

순간 예원과 성수경의 얼굴이 밝아졌다.

"이렇게 고마울 수가. 결국 우리를 돕기로 결심하셨구나."

"그건 잘 모르겠습니다. 일단 시찰차 가보자고 하셨습니다. 병력을 이끌지 않고 말입니다."

예원과 성수경의 얼굴이 다시 어두워졌다.

"당장이 급한데 병력을 이끌고 오지 않겠다니… 아무튼 자네가 잘 모시고 오도록 하게."

예원은 긴 말 하지 않고 정기룡을 돌려보냈다. 정기룡인들 뾰족한 수가 없을 것임을 잘 알고 있었기에. 그래도 큰 수확이었다. 왕필적이 진주성에 나타난다는 사실 자체가 굉장한 상징성을 띠는 것이고, 이는 조선군의 사기에도 상당한 영향을 끼칠 것이기 때문이었다. 일단 왕필적이 도착하고 나면 병력을 보내달라고 설득시키기도 더 쉬울 것이라고 나름대로 자위하고 예원은 마음을 비웠다. 이제 남은 것은 어서 빨리 진주로 돌아가는 일이었다.

의령의 조선군 함안 진격

6월 14일 저녁, 의령에 주둔하고 있던 조선의 관, 의병들은 뒤죽박죽이었다. 아직 벼슬이 바뀐 줄 모르는 도원수 김명원과 전라 순찰사 권율, 경상 우감사 김늑, 전라 병사 선거이, 충청도 조방장 홍계남, 성주 목사 곽재우, 충청 병사 황진, 경상 좌병사 고언백, 경상 우병사 최경회, 순변사 이빈, 이빈의 종사관 성호선, 창의사 김천일, 의병 고종후 등 기라성 같은 관, 의병들이 모여서 작전을 짜고 있었다. 아니 티격태격하고 있었다.

권율은 의령의 거름강을 건너 함안으로 전진하자고 독려했지만 곽재우, 고언백이 극구 말렸다. "적세는 강하고 우리 군사들은 오합지졸이 많아서 싸울 만한 사람들도 많지 못하고 군량도 준비되어 있지 않으니 경솔하게 전진하지 않는 것이 좋을 듯합니다."하고 곽재우와 고언백이 만류하자 처음에 모두들 이 말을 따르려 했다. 하지만 이번에는 종사관 성호선이 용기를 내어 여러 장수들을 충동질했다. 적을 물리치기 위해서는 반드시 함안으로 진격해야 한다고. 결국 권율과 성호선의 의견대로 그 다음날 전군이 강을 건너 오후에 함안으로 진격했다.

참으로 어이없는 진군이었다. 부대가 진군하기 위해서는 군수물자 조달이 필수적으로 따라야 했다. 그중에서도 제일 중요한 것은 군량이었다. 굶고서는 싸울 수 없는 문제였다. 그러나 조선군은 설마 하는 심정으로 함안으로 들어갔다. 성내에 들어가면 당연히 식량이 있으리라 짐작하고 무작정 들어가고 보았다.

그러나 웬걸, 함안성은 텅 비어 있었고 먹을 것은 아무것도 없었다. "에이 시펄, 굶어 죽기 싫어 한양서 예까지 따라왔더니만 결국은 굶어죽게 생겼네." "누가 아니래. 그냥 남아 있었을 걸." "이거 손가락 빨게 되어 부렸어." "아이고 배고파라, 머라도 무야 싸울 거 아이가." 관군들이나 의병들은 투덜댔다. 배고픔을 이기지 못한 군사들은 이리저리 돌아다니며 먹을 것을 찾아 헤맸다. 군량 창고는 텅 비어 있었다. 민가도 마찬가지였다. 곡식이 나올 리 없었다. 그들 배 채우기도 바쁜 백성들이 식량을 남겨놓았을 리 만무했다. 모두들 어디 깊숙이 숨겨 놓았거나 아니면 들고서 피난을 떠나 버렸으니 남아 있을 턱이 없었다. 가축들도 남겨 놓지 않았다. 하다못해 닭 한 마리 눈에 띄지 않앉다. 허기에 지친 조선의 관, 의병들은 익지도 않은 푸른 감을 따서 허기를 때웠다. 그런 그들이 10만 왜군과 맞서 싸울 조선의 군사들이었다.

이튿날(16일) 오전에 첩보가 들어왔다. 적병이 김해, 창원으로부터 어제 출발해 지금 크게 밀려온다는 소식이었다. 이때 우리의 5천 대군은 또 중구난방이었다. 죽음을 각오하고 함안을 지켜야 한다고 핏대를 올리는 사람들도 있었고, 일단 정암진으로 물러나서 그곳을 지켜야 한다고 열을 내는 사람들로 있었다. 10만 대군이 밀려오고 있는데도 오천 군사들은 앞뒤를 분간 못하고 각각 제 말이 맞다 하고 야단들이었다. 지키느냐 아니면 물러서느냐, 진퇴를 결정하지 못하고 조선군이 티격 거리며 우왕좌왕하고 있을 때, 갑자기 멀리서 조총 소리가 들려왔다.

삽시간에 난장판이 되고 말았다. 급히 성문을 빠져나가려고 서로 앞 다투다가 많은 군사들이 해자를 건너기 위한 줄다리에서 떨어져 죽기도 했고 또 다치기도 했다. 모두들 기를 쓰고 정암진으로 달아났다. 정암진을 건너려는 조선 군사들의 대오는 남 먼저 나룻배를 타려고 아귀다툼을 벌이는 바람에 엉망진창이 되어 버렸다. 칼을 뽑아든 지휘관들이 질서를 어지럽히는 자들은 가차 없이 베겠다며 호통을 쳐도 소용없었다. 결국 본 보기로 몇몇이 베이고 나자 가까스로 대오가 수습되었다.

겨우 도강을 끝마치고 의령 쪽에서 대열을 정돈한 그 다음날 제장들의 의견은 또 갈렸다.

곽재우는 명군도 비켜서 있는 현 시점에 왜적의 대군과 도저히 맞설 수 없고 또 맞설 필요도 없으니 진주성 역시 비우게 하고 일단 피했다가 훗날을 도모하자고 강력하게 주장했다. 대부분의 제장들이 그의 말에 수긍했으나 도원수 김명원은 대놓고 그런 결정을 받아들일 수 없었다. 성을 비우는 것이 이치적으로 맞게 여겨졌지만, 나중에 일이 뒤틀어지기라도 한다면 총책임자인 그가 군법으로 처벌받게 될 것이 번연한 이치. 그가 눈치를 볼 수밖에 없는 이유였다. 이때 창의사 김천일이 나섰다. 모두들 진주성으로 들어가서 죽기를 각오하고 진주성을 지켜내야 한다고 목청을 높였다.

올해 57세인 김천일은 작년 5월 6일, 고향인 나주에서 의병을 일으켰다. 이때 인근에서 함께 의병을 일으켰던 사람들 중에 현재 함께 있는 경상 우병사 최경회도 있었고, 작년 금산 싸움에서 죽은 고경명도 있었다. 고종후라는 의병이 지금 김천일을 따르고 있는데, 그의 아버지가 바로 고경명이었다. 김천일은 작년 6월 초, 한양 수복을 목적으로 북쪽으로 향하다가 사정이 여의치 않자 그가 한때 부사로 재직했던 수원성을 거쳐 작년 6월 말에 강화도로 들어갔다. 그리고는 올해 4월까지 계속 그곳에서 머물러 있었다. 강화도에서 의병 활동을 한다고 했지만 군사들을 먹일 실질적 능력이 없는 그가 사실 딱히 할 수 있는 일은 많지 않았다. 어쨌든 강화도에 있으면서 임금으로부터 창의사라는 호를 받았는데, 이는 정식 벼슬이 아니라 전쟁이 터지자 임금이 의병을 일으킨 사람에게 주던 이름뿐인 임시 벼슬이었다.

한양이 수복되고 명군과 조선군이 왜군을 추격할 때, 아니 뒤따를 때, 그도 한양서 일부 장정들을 모아 여기까지 따라 내려왔다. 이래 죽으나 저래 죽으나 마찬가지여서 굶주림을 피할 수 있다면 군이 아니라 지옥의 유황불까지 따라갈 그런 사람들을 모아서.

비록 허름한 부대를 이끌고 있지만 강단이 있고, 고집이 세고, 기개가 꿋꿋한 김천일은 절대로 왜적들에게 진주성을 내어줄 수 없다고 제장들을 향해 역설했다.

"진주는 전라도에 가까워 서로 순망치한의 관계인데, 만일 우리가 진주를 버리고 간다면 왜적들이 더 깊이 쳐들어올 것이오. 지금 전라도는 나라의 근본이고 진주는 전라도의 보루인즉, 진주를 지키지 않으면 전라도도 지킬 수 없을 것이오."

카랑카랑한 목소리로 거침없이 내뱉자 곽재우가 반박했다.

"현 상황에서 나라의 근본이 전라도라는 것과 이번 싸움은 상관없는 일이오. 지금 우리의 전력으론 어림도 없는 싸움이고, 왜적들도 더 이상은 들어오지 않겠다고 말했고, 또한 이치적으로도 더 들어오지 못할 것인데 왜 구태여 피를 흘리려는 것이오?"

"아니 간악한 적도들의 말을 어떻게 믿는다는 말이오. 행장(고니시)이 흉계를 꾸민 것이라면 어떻게 할 것이오? 다시 말해, 더 들어오지 않겠다고 약속만 해놓고서, 나중에 계속 치고 들어오면 그때는 책임질 수 있느냐 이 말이오?"

"그건 그때 가서 의논해도 늦지 않습니다. 행장의 흉계든 아니든 앞뒤를 재어보면 왜적들이 지금 진주성을 점령해봐야 큰 소득이 없다는 말이외다. 만약 전라도로 들어오면 그때 가서 작전을 펼치면 됩니다. 1년간 시달리다가 내려온 적들 아니오? 또한 현재 강화협상 중인 적들이란 말입니다. 그런 놈들이 무슨 힘이 남아돈다고 또 밀고 들어올 생각을 한다는 말이오? 아직 수군이 강성하고 명군도 버티고 있는데. 그리고 죄 없는 백성들

생각은 왜 안 하시오?"

서로가 안 통했다. 김천일에겐 곽재우가 겁먹고 꽁무니 뺄 궁리만 하는 나약한 사람처럼 보였고, 곽재우에겐 김천일은 무조건 덤벼들고 보자는 대책 없는 사람처럼 보였다.

"그렇다면 그만두시오. 나 혼자만이라도 진주성으로 들어가겠소."

김천일이 날카롭게 외쳤다. 정식 벼슬도 없는 이 고집 센 의병장을 막을 사람은 아무도 없었다. 어차피 정식으로 관군 하에 편입되어 있는 것이 아니어서 위에서 가지 말라고 명령을 내린들 혼자 들어가 버리면 그만이었다. 여기에 동조하고 나선 사람이 있었다. 우선 최경회가 진주성에 입성하겠다고 밝혔다. 경상우병사의 직책을 가진 그로서는 당연하면서도 목숨을 건 결정이었다. 하지만 경상 좌병사 고언백은 처음부터 발을 뺐다. 이어 충청 병사 황진도 따르겠다고 나섰다. 이외 일부 의병장들도 들어가겠다며 김천일의 의견에 동조했다. 그러나 대다수는 회의적이었다.

그런 식으로 17일이 흐르고 18일이 밝아왔다. 오후에 접어들 무렵 강 건너서부터 왜군의 대군이 개떼같이 밀려들어오는 것이 보였다. 뭍에서, 강에서 몰려오는 10만 대군은 보는 이로 하여금 입이 절로 벌리게끔 만드는 장관을 연출했다. 이제는 갑론을박 입씨름할 필요가 없어졌다. 모두들 슬금슬금 살길을 찾아가기에 바빴다.

그렇게 10만 대군이 몰려왔다. 임진년 봄, 기세 좋게 조선에 상륙한 왜군은 158,700명. 그러나 일 년 사이 75,000 여명이 사라져 버려 남은 인원은 83,700명 정도. 여기에다 일 년간 왜국서 보충된 인원이 약 42,700명. 결국 두 번째로 진주성을 공격하기 전, 조선의 남쪽에 주둔하고 있던 왜군 수는 모두 합해 약 126,400명이었다.

이들 모두가 본진을 비워두고 공격할 수는 없는 노릇. 부산을 수비하기 위해 남겨놓은 병력을 30,000명 정도로 추정하면 남는 인원은 96,400명. 거의 10만 명에 가까운 수였다. 그렇게 엄청난 병력들이 떼 지어 몰려들고 있었다.

조그만 진주성 하나를 잡아먹으려고 가토와 고니시 등 조선에 주둔하고 있던 대부분의 왜군 장수들이 혈안이 되어 덤벼들고 있었다.

적의 대군이 몰려들자 김명원, 권율, 이빈 등 대부분의 조선 장수들은 군사들을 이끌고 전라도로 빠져나갔다. 하지만 이 와중에 김천일, 최경회, 황진 등은 죽기를 무릅쓰고 일부 병사들과 함께 진주성으로 향했다. 이 사람들은 이때 마음만 먹었으면 살아서 전라도로 빠져나갈 수 있었으나 죽을 줄 알면서도 나라를 위해 그들의 목숨을 초개같이 여겼다.

곽재우는 당해낼 도리가 없으니 휘하 군사들을 이끌고 몸을 피했고, 이에 왜군은 저항 없는 정암진 도강을 이뤄냈다. 개전 이래 전라도를 치기 위해 도강을 시도했지만 처음에는 곽재우에게 막혀, 나중의 진주성 1차전 때는 김성일의 계략에 의해, 결국 그 뜻을 이루지 못한 정암진이었다. 한 맺힌 그 정암진을 마침내 왜군이 점령했다. 왜군은 드디어 의령 땅 중심부에 발을 들여놓게 되었다.

진주성 2차전 전야

저기 멀리서 진주성이 흐린 날씨 속에서 뿌옇게 모습을 드러냈다. 18일 저녁이 다 되어가고 있었다. 떠나온 지 한 달이 채 되지 않았건만 마치 1년은 지난 것 같은 감상이 들었다. 날씨만 맑았어도 어제쯤에 당도했을 텐데 아무래도 장마철이다 보니 엿새가 걸렸다. 물론 이것도 강행군해서 그렇지, 보통사람이라면 적어도 여드레나 아흐레는 잡아야 할 길이었다. 예원은 마지막 말고삐를 힘껏 당겼다. 이종인, 장윤, 김준민, 강덕룡 등이 완전무장을 하고서 예원 일행을 맞이했다.

"원로에 다녀오시느라 고생 많이 하셨습니다."

"아니네, 이 부사야말로 고생이 많았네. 적과 아군의 동태는?"

"급박하게 돌아가고 있습니다. 오늘 아침까지만 해도 우리 군사들이 의령에서 진 치고 있다는 첩보를 받았지만 지금은 아마 흩어졌을 겁니다. 뒤이어 왜군이 함안에서 정암진 쪽으로 향

한다는 첩보가 있었기 때문입니다."

"그 이후로는 소식 들어온 게 없는가?"

"아직은 없습니다. 저녁이 깊어지면 계속 첩보가 도달할 겁니다."

"일단 우리 군사들부터 충분히 먹이고 밥을 넉넉히 지어놓으라고 지시하게. 빠르면 한밤중에라도 의령서 도착하는 병사들이 생길 테니 말이야."

"그렇게 하겠습니다. 아마 내일 아침은 지나야 본격적으로 도착들 할 겁니다."

"우리 쪽에 합류할 부대가 있겠는가?"

"두고 봐야 하겠습니다만 쉽게 들어오려고들 하겠습니까?"

"알았네. 성내 인원은 지금 얼마나 되나?"

"떠나시고 난 뒤에도 계속 유입되는 바람에 많이 늘었습니다. 정확하지는 않습니다만 한 육만 정도는 될 듯싶습니다."

"그렇게나 많이! 그렇담 싸울 수 있는 사람들은?"

"여자와 노약자들이 많습니다. 그래도 싸울 만한 사람들이 한 육천은 되겠습니다."

"알았네. 군량은 우리가 지금까지 많이 준비를 해왔지만 백성들이 예상보다 많이 들어와서 걱정이네. 어떻게 다들 먹일 수 있겠나?"

"그렇잖아도 백성들을 설득시키고 있습니다. 굶으면 싸울 수 없고, 그렇게 되면 모두들 죽게 되고 말 것이니, 식량 능력이 되는 사람들은 급식소를 이용하지 말라고 매일같이 돌아다니면서 알리고 있습니다. 또 일일이 조사도 하고 있습니다. 그래도 원래 예상보다는 꽤 많은 식량이 소요되고 있습니다. 귀부인께서 많은 고생을 하고 계십니다."

"일단 저녁부터 먹고들 이야기 나누세."

어두워지자 속속 보고가 들이닥쳤다. 의령에 집결한 조선 군사들은 완전히 와해되어 대부분 전라도 쪽으로 도망 가버렸고 일부 병력들만 진주로 오고 있다는 소식이었다. 이미 예상했던 일이라 예원은 그리 놀라지 않았다. 어둠이 깊어지자 예원은 조용히 사랑에 앉아 다가올 운명의 격랑을 헤쳐 나갈 구상을 했다. 아내가 차를 내주며 밀양의 농부가 결국 숨을 거두었고, 나머지 식구들은 아직 성내에 머무르고 있다고 전했다.

그 다음날(19일) 동틀 무렵 예원은 남문으로 다가갔다. 남문을 지키는 장교가 이른 새벽 혼자 다가오는 예원을 보고 화들짝 놀라면서 간밤에 일부 병사들이 들어왔다고 알렸다. 이어 오전이 되면 구체적으로 들어올 병력들이 파악되겠다는 보고도 했다. 그냥 고개만 끄덕이며 예원은 천천히 남문에서부터 우측을 향해 걸어서 성을 돌기 시작했다. 혼자 돌면서 방어 계획을 짤 의도였다. 남문에서 촉석루를 지나 서장대까지는 남강이 가로막고 있어서 문제가 될 게 없었다. 최소 병력과 백성들만 투입해도 될 성 싶었다.

서장대쯤 걸어오니 날은 완전히 밝아있었다. 장마로 물이 불어난 남강은 뿌연 가운데도 무섭게 흐르고 있었고, 강 건너 이른 아침의 망경산은 강에서 피어오르는 물안개로 흐릿해 보였다. 서쪽 역시 험지라 크게 걱정할 바가 아니었다. 절벽 지역이어서 방어하는데 어려움이 없어 보였다. 구 북문과 신 북문 지역은 평지이긴 하지만 서쪽에서 연결되는 지형이어서 비탈진 곳이 많은 데다 해자까지 파놓아 든든해 보였다. 결국 평지인 동문 쪽과, 거기를 중심으로 동남쪽에 주력을 집중시켜야 할 자리임이 한눈에 들어왔다.

다시 남문까지 쭉 한 바퀴 돌았다. 남문과 그 동쪽으로는 우선 예원 스스로 맡기로 작정했다. 그러면서도 그가 직접 이끌 100명 정도의 정예 병력을 따로 편성하기로 계획했다. 순성장으로 전투를 독려하며 성을 돌아다니다가 위기에 처하는 곳이 생길 경우 그와 함께 지원 할 예비대였다. 그 다음 동쪽 요충지는 이종인과 성수경에게 맡기고, 또 나머지는 김준민, 장윤 등에게 맡기면 충분히 버텨볼 수 있다는 자신감이 생겼다. 설사 명군이 도와주지 않을지라도 조선군들이 각 방면에서 왜군을 괴롭혀주기만 한다면 해볼 만하다는 생각도 들었다. 예원은 비봉산을 바라보며 심호흡을 했다. 맑은 아침 공기가 온몸을 상쾌하게 했다.

아침을 먹고 나자 외부 병력들이 띄엄띄엄 진주성으로 들어오기 시작했다. 대부분 전라도로 빠져버렸지만 최경회, 황진, 김천일 등은 일부 병력을 이끌고 진주로 오고 있다는 사실을 예원은 보고를 통해 알고 있었다. 별 도움도 되지 않을 터인데 다가오면 전임 목사처럼 입성을 거절하는 것이 어떻겠느냐고 성수경이 물었을 때, 예원은 모두 다 받아들이라고 지시했다. 어려운 가운데도 죽음을 각오하고 들어오는 사람들을 인도적인 차원에서도 매몰차게 내몰 수 없었을 뿐만 아니라 임금의 수성 명령을 충실히 따르는 사람들을 멋대로 내모는 불충을 저지를 수도 없었기 때문이었다.

좀 더 진솔하게 말하자면, 임금의 명에 따라 성을 지키고자

들어오려는 사람들을 내치기가 쉽지 않았고, 또 그럴 경우 나중에 틀림없이 조정에서 책임을 물을 수 있는 사안이기도 했다. 그리고 무엇보다도 예원의 지위는 1차전을 이겨낸 3천명이 넘는 정예병들과 6천명이나 되는 예비군(백성)을 합해, 9천 내지 1만여 명의 대병력을 지휘하는 성주였다. 어중이떠중이로 소수의 병사들을 모아오는 장수들에게 지휘권을 빼앗길 염려가 전혀 없었다. 그래서 조금의 주저함도 없이 모두 다 받아들이라는 지시를 단숨에 내렸다. 전임 김시민과는 차원이 다른 문제였다.

갈등

19일 아침 식사를 끝내고 났을 때 뜻밖의 사람들이 나타났다. 사시(오전 9~11)가 시작될 무렵이었다. 생각지도 않았던 선거이와 홍계남이 소수의 병력을 이끌고 동문 쪽으로 입성했다는 보고가 들어왔다. 예원은 너무나도 놀랍고 반가웠다. 전혀 기대치 않은 전라 병사와 충청도 조방장이 그를 도우러 왔으니. 그러나 그들이 온 이유는 다른데 있었다. 만나자마자 선거이가 일단 조용한 곳으로 가자고 말해 관아로 데리고 갔다. 그의 나이는 예원보다 세 살 아래지만 무과는 선배였다. 예원이 먼저 고맙다는 인사말부터 꺼냈다.

"정말로 놀랍고도 반갑습니다. 이렇게 고마울 수가."

"사실은 싸우러 온 것이 아닙니다. 전라도로 그냥 빠지려다서 목사가 하도 안쓰러워 찾아왔소."

"무슨 말인지?"

"사정이 급한 관계로 단도직입적으로 말씀드립니다. 개전 초

달아난 장수들이 한둘이 아니지 않소."

"구체적으로 이야기하시지요."

"만약, 김해성을 버린 죄책감으로 이 성을 끝까지 지키고자 고집하시면 그만 두라는 말씀입니다. 목사께서는 작년에 의병 활동을 하면서 이미 그 빚을 다 갚았소이다. 개전 초 도망치고 난 뒤, 별로 한 것도 없으면서 지금 승진해 있는 사람들 수두룩 합니다."

선거이는 처음부터 의표를 찔러왔다.

"그런 건 아닙니다."

"지금 이게 말이나 되는 싸움입니까? 일부 장수들이 몇몇 오합지졸들 끌고 온다고 해서 달라질 게 있습니까? 명나라가 도와줄 겁니까? 작년에는 조선 군사들이 외부에서라도 응원했지만 이번에는 전부 다 비켜섰습니다. 소장도 그럴 겁니다. 안 될 싸움이고 또 필요도 없는 싸움인데 왜 아까운 목숨을 버리려 하시오?"

"상주에 계신 부총병께서도 곧 이리로 오실 겁니다."

"지금 명군을 믿으시오? 어림도 없는 일이니 꿈 깨십시오."

"현실적으로 이렇게 많은 사람들을 한꺼번에 성 밖으로 내보내기에는 너무 위험 부담이 크기도 합니다."

"그러니 지금 당장 서둘러야 할 것 아니오. 우선 목숨이 급하니 가장 간단하게만 짐을 꾸리게 해서 내보내야 한단 말이오. 내일 까지는 이 성을 완전히 비워야 한단 말입니다."

"하지만 무엇보다 주상 전하의 명은 수성입니다. 잘 알고 있지 않습니까?"

"물론 잘 압니다. 도원수께서 공성 명령을 내려버렸으면 목사께서 부담을 들 수 있었을 겁니다. 그 점에 대해서는 저도 도원수가 원망스러워요. 안 되는 싸움인줄 알면서 제 살고자 끝까지 공성 명령을 내리지 않고 그냥 도망쳐버린 것 아닙니까? 그러나 지금 목사께서 성을 비우는 일로 나중에 조정에서 책임을 묻기라도 할라치면 아마 모든 제장들이 연명으로 상소를 올릴 겁니다. 아무 죄가 없다고 말입니다. 장담합니다. 내 목숨을 걸고서라도 지금 이 성을 비우는 데 대해서는 무죄를 입증할 터이니 여기서 그만두셔야 합니다. 백성들은 무슨 죄가 있소? 아무 것도 모르고 떠들어대는 저 아이들 소리가 안 들리시오? 저기 바깥에 삼삼오오 모여 있는 수많은 노인네들과 아낙네들을 못 보았소? 오로지 살고자 식구들을 다 이끌고 이리로 모여든 저리도 많은 저 사람들이 무슨 죄가 있다고 왜 깡그리 다 죽이려 드느냐 이 말이오. 다시 한 번 말씀드리지만 작년의 죄책감 때문이라면, 지금 오히려 더 큰 죄를 짓는 것입니다. 제발, 마음을 돌리시오, 서 목사."

죄 없는 사람들을 깡그리 다 죽이려 드느냐는 말이 금방 예원의 심장을 후벼 파고들었다. 매일 듣는 '백성'이라는 말이 오늘따라 느닷없이 새삼스러운 단어가 되어 견뎌 낼 수 없을 것 같은 중압감으로 그를 벼랑으로 내몰았다.

'아! 혹시라도 내 죄책감 하나 때문에 죄 없는 사람들을 죽이려 드는 것은 아닌가? 비겁자라는 소리를 다시 들을망정 그만두어야 하나? 파직되어 임금에게 목이 잘리는 한이 있더라도 일단 피해야 하나? 아니다. 이미 너무 늦었다. 죽을 각오로 싸우면 못할 것도 없다. 끝까지 버티자. 아, 그런데 죄 없는 백성들은…' 짧은 순간이었지만 예원은 속으로 무수한 고뇌와 갈등을 겪었다. 작년 김해성을 떠나는 순간에 겪은 고뇌와 갈등은 아무것도 아니었다 할 만큼.

예원이 답을 못하고 잠시 망설이는 표정을 보이자 선거이와 홍계남이 더욱 애타게 공성을 종용했고, 이 순간 바깥에서 소란스러운 소리가 들렸다. 병력을 이끌고 온 최경회, 황진, 김천일 등이 들어오는 소리였다. 순간 선거이가 인상을 찌푸리면서 "고집쟁이 영감 같으니…"하고 중얼거렸다. 예원이 나가 보니 이종인, 성수경이 최경회 일행과 함께 관아 바깥에 도달해 있었다. 김천일은 장남 상건, 심복 부하 양산숙, 그리고 고종후를 곁에 대동하고 있었다. 간단하게 인사를 마치고 그들이 데리고 온 병사들을 예원이 쓱 훑어보았다. 어림잡아 2백 명이 조금 넘을 것 같은데, 제대로 복장을 갖춘 사람이 드물었다. "제발 밥부터 달랑께." "어디서 밥 냄새가 나네." "저거 먹고 죽으면 소원이 없겠네." 병사들 속에서 쑥덕거리는 소리가 들려왔다. 일단 병사들을 충분히 먹이고 휴식을 취하게끔 하라고 담당 군관에게 지시를 내리고 예원은 장수들과 함께 관아로 들어갔다.

"여기서 또 보는구려."

선거이에게 말을 거는 김천일의 목소리에 어딘가 모르게 가시가 돋친 듯했다. 선거이는 김천일이 하는 말은 아예 무시하고 최경회와 황진을 보며 말했다.

"잘들 오셨습니다, 두 분 병사. 내 방금 여기 서 목사와도 이야기를 나누고 있었지만, 시간이 없소이다. 서둘러 백성들을 피신시켜야 합니다."

"지금 제 정신으로 하는 소리요? 하나라도 힘을 더 모아 지켜도 모자라는 판에 피신이라니. 자꾸 나약한 소리들만 해대니 모두들 도망칠 궁리만 한 것 아니오?"

김천일이 날카롭게 선거이의 말에 반박하자 선거이의 얼굴이 붉어지며 언성을 높였다.

"내 그동안 어른 대접 하느라고 잠자코 있었는데, 더 이상은 못 참겠소. 당신이 무슨 자격이 있다고 관원들이 하는 일에 이래저래 나서는 것이오? 모르면 원로 대접이나 받고 곱게 계실 일이지, 뭣 때문에 끝까지 초를 치려고 난리를 부리나 이 말이외다."

마흔네 살의 선거이가 참지 못하고 그보다 열세 살이나 위인 김천일에게 결국 분노를 폭발시켰다. 그러나 기가 죽을 김천일이 아니었다.

"저엇, 저엇, 저런 망발이. 내가 왜 자격이 없나. 창의사도 엄연히 주상께서 내리신 벼슬인데. 내가 데리고 온 군사들이 선 병사의 눈에는 보이지도 않더란 말이오. 그리고 여기 두 분 병사들도 진주에서 운명을 같이하기로 의령서 이미 나하고 맹세한 사이임을 잘 알면서, 보자마자 대뜸 성을 비우자는 말부터 꺼낸 선 병사가 정말 뭔가를 알고나 하는 소리요? 무조건 언성 높인다고 다 되나? 내가 참, 오래 살다 보니, 별일을 다 보겠네."

병약해 보이는 몸매에 파리한 낯빛이지만 어디서 그런 기개가 나오는지 매서운 눈빛을 내뿜으며 김천일은 한마디도 밀지지 않고 또박또박 내뱉었다. 선거이 역시 분노가 끝까지 치밀었는지 수그러들지 않고 시정잡배들이나 끌어 모아 온 게 뭐가 대단 하느냐며 격하게 반박하고 나서 그 다음 말을 꺼내려 했을 때, 홍계남이 이를 말렸다. 선거이의 반박에 김천일 또한 얼굴이 벌겋게 달아올라 막 되받아 치려는 찰나 그의 주변에서도 재빨리 나서서 말림으로써 더 험악해지려는 분위기를 가라앉혔다. 잠깐 숨을 돌린 후 김천일이 예원에게 화살을 돌렸다.

"서 목사. 성을 버리는 것은 한 번으로 족하외다. 또 다시 주상 전하와 백성들의 기대를 저버려서는 안될 줄 목사께서 더 잘 알고 있으리라 믿겠소."

거두절미하고 예원의 아픈 상처를 야멸치게 쑤셔버렸다.

"말씀이 과하십니다. 이 어려운 와중에 창의사 대감께서 목숨을 아끼지 않고 우리를 도우러 오신 점은 정말로 존경할 만한 일이고 또 감사한 일이기도 하지만, 방금 말씀은 예의가 아닙니다. 가려주시지요."

성수경이 정색을 하고 김천일을 응시하며 반발했다. 김천일은 의외라는 표정으로 성수경을 잠시 노려보다가는 "흠, 흠" 헛기침 몇 번 하고 눈길을 돌려버렸다.

예원은 형언할 수 없는 치욕감이랄까, 분노감이랄까, 속에서

부글부글 끓었지만 꾹 눌렀다. 적을 눈앞에 두고 성주가 평정심을 잃을 수 없는 노릇이었다. 그러나 그가 가장 잊고 싶어 하는 아픈 상처를 정면으로 건드린 김천일의 그 한 마디에 발끈하면, 그가 아직도 그 아픈 상처에서 못 벗어나고 있음을 모든 사람들에게 공개적으로 알리는 참으로 수치스러운 일이 될 것이기에 이를 더 악물고 견뎌냈다. 이럴수록 더 대범함을 보여야 이기는 길이라고 예원은 속으로 수없이 되뇌었다.

기가 찰 일이었다. 한 사람은 그가 전에 성을 버린 사실을 가지고 지금 성을 버릴 생각을 하지 않는다면 그것이 오히려 잘못된 행위라며 그를 설득시키려 들었고, 또 한 사람은 그가 전에 성을 버린 사실을 가지고 지금 성을 버리지 못하도록 들쑤셔 대었다. 민감한 사항 하나를 두고 한 사람은 이성에 호소해서 설득시키려는 반면, 또 한 사람은 감정을 건드림으로써 달리 생각을 말도록 못을 박고 있는 것이기도 했다.

감정이 이성보다 파괴력이 큰 법. 김천일의 뼈저린 한 마디에 감정이 동요되지 않는다면 예원은 곧 부처였다. 허나 예원은 부처가 아니라 인간이었다. 인간이므로 김천일의 말을 듣는 순간, 잠시 동안 그를 괴롭혔던 성을 버려야 할 것이냐 버리지 말아야 할 것이냐 하는 내적 갈등에서 풀려날 수 있었다.

그러나 무엇보다도 선거이와 홍계남이 공성을 설득시키려 왔으면서도 도원수의 공식적인 공성 명령을 가지고 오지 않은 것이 예원에게는 족쇄가 되었고, 이것이 곧 공성을 막는 결정적인 장치가 되어버렸다. 도원수가 끝끝내 공성 명령을 내리지 않았음은 결국 성을 사수하라는 임금의 의지에 아무 변함이 없음을 뜻했다. 예원이 아무리 생각해도 임금의 명령을 어길 수는 없었다. 성을 버린 쓰라린 경험이 있는 그에게 성을 버리지 말라는 임금의 명령은 이 세상 그 무엇으로도 대체할 수 없는 지고의 명제였다. 또한 육만이나 되는 인원을 한꺼번에 빼내기에는 시기적으로도 너무 촉박했다. 만약 철수 도중에 적의 추격이라도 받게 되면 감당 못 할 일이었기 때문이었다. 예원은 내적 갈등을 끝내고 그의 결심을 발표할 준비를 했다.

다만 김천일의 뼈아픈 한 마디가 예원의 수성 결정에 기폭제 역할을 한 것은 사실이었다. 그러나 그 한 마디 때문에 내린 결정은 아닌데, 그 한 마디 때문에 감정적으로 결정을 내린다는 속 좁은 모습을 보일까봐, 또 보여서도 안될 일이어서 예원은 속으로 고민했다. 좌중에게 권위를 가질 수 있는 결정을 전해야만 하는데, 김천일의 뼈저린 한 마디 다음이라 모양새를 갖추기가 쉽지 않았다. 고민되었지만 계속 입 다물고만 있을 수 없는 노릇. 어떻게든 말을 꺼내야 했다. 우선 목청을 가다듬으려 헛기침을 했다. 순간 속내를 파악한 성수경이 예원을 구하러 뛰어들었다.

"외람되지만 소장이 감히 한 말씀 올리겠습니다. 비록 우리가 불리한 싸움이긴 하나 군관민이 모두 혼연일체가 되어 죽기로서 싸운다면 못 해낼 것도 없습니다. 우리가 안에서 끈기 있게 버티면 명군도 우리를 돕게 될 것이고 조선 군사들도 힘을 내어 후방을 교란할 것입니다. 그리하면 승리는 우리의 것이 될 것이고, 이것이 곧 위로는 주상 전하의 은혜에 보답하는 길이 되며 아래로는 만백성의…"

말의 조리 여부는 상관없었다. 그저 큰소리로 싸우자고 주절주절 늘어놓다 보면 곧 예원에게 상황을 수습할 기회가 주어질 것임을 성수경은 꿰뚫었다. 아니나 다를까, 선거이가 버럭 소리를 지르며 성수경의 말을 끊었다.

"야, 이 건방진 놈. 썩 그만두지 못할까? 얼마나 중차대한 순간인지도 모르고 네깟 놈이 감히 입을 나불거려? 정녕 네 놈이 죽어봐야 그 입을 닥칠까 보구나."

선거이가 성수경을 꼭 죽일 듯 노려보며 호통을 치자 김천일이 맞는 말 하는데 왜 끼어드느냐며 제지하고 나섰고, 이번에는 홍계남도 배알이 뒤틀리는지 참지 못하고 나섰다.

"창의사께서는 그만 하시지요. 연세도 생각하셔야지. 약방의 감초도 아니고 안 끼어드는 데가 없으시구려."

김천일이 뭐라고 대꾸하기도 전에 예원이 모인 사람들을 돌아보며 수습에 나섰다.

"자, 진정들 하십시오. 우리끼리 싸우자고 모이신 것은 아니지 않습니까?"

분위기가 조용해지고 나자 예원은 선거이와 홍계남에게 정중하게 말했다.

"백성에 대한 두 분의 진정어린 심려, 소장이 깊이 새기겠습니다. 소장 또한 백성의 안위에 대해 노심초사 해왔고 앞으로도 그리할 것입니다. 하지만 성을 지키라는 주상 전하의 뜻을 어길 수는 없습니다. 그리고 또 현 시점에서 성을 비우기에는 너무 늦은 것 같습니다. 많은 사람들이 섣불리 피신하다가 오히려 더 큰 화를 불러일으킬 수도 있으니 이 성은 소장에게 맡겨주시고 두 분께서는 도원수 대감께 꼭 전해주십시오. 최소한의 후방 교란만 해주어도 우리에게 큰 힘이 될 것이라고 말입니다. 그렇게만 해주시면 우리는 열 날, 스무 날이라도 버텨 기필코 적도들을 물리칠 것이라고도 전해주십시오."

한 치의 흐트러짐도 없이 비장하게 각오를 밝히는 예원의 태도에 압도되어 선거이와 홍계남은 더 이상 어떻게 할 엄두를 못 내었다. 그들은 점심 때 예원에게 안타까운 표정을 지으며 성을 떠났다.

진주성에 들르지 않고 바로 전라도 쪽으로 빠져나갈 수도 있었던 그들을 예원이 원망할 수 없었다. 벌써부터 무익한 싸움이라고 주장한 곽재우도 원망할 수 없었다. 최경회, 황진, 김천일 등이 소신대로 옳은 길을 찾아온 반면, 곽재우나 선거이 등은 소신대로 옳은 길을 찾아간 것뿐이라고 예원은 치부했다.

명 부총병의 입성

19일 하루 종일 여기저기서 조금씩들 모여들었다. 지방관들도 있었고 의병들도 있었다. 모두들 목숨을 버릴 각오로 사지에 뛰어드는 사람들이었다. 신시(오후 3~5시)가 끝날 무렵, 들어올 만한 사람들은 다 들어왔으며, 모두 합쳐서 대략 300명 가까이 되겠다는 보고가 들어왔다. 그러나 예원은 또 한 사람을 초조하게 기다리고 있었다. 새로 들어온 병사들을 충분히 먹이고 무기가 없거나 고장 난 자들에게는 교체 또는 나누어준 뒤 휴식을 취하게 하라고 지시를 내리고는 동문과 북문을 번갈아 왔다 갔다 했다. 왕필적을 기다리고 있었다.

유시(오후 5시~7시)를 조금 넘기자 전령이 급히 말을 몰아왔다. 명의 부총명 왕필적 일행이 얼마 있지 않아 도달하겠다는 보고였다. 이어 정기룡 판관과 함께 오는데 수행원들 말고는 이끄는 병력이 없다는 보고를 받았을 때, 예원은 이미 알고 있는 일이라 전령에게 표정의 변화를 보이지 않았다. 병력이 없어 실망이긴 했지만 그래도 명의 부총병이 약속을 어기지 않고 와줬다는 사실에 예원은 말할 수 없는 안도감과 기쁨에 휩싸였다.

저녁 식사 무렵, 왕필적 일행이 성내로 들어서자 사방에서 떠나갈 듯한 함성이 울려 퍼졌다. 예원은 최경회와 더불어 정중하게 왕필적을 맞이했다. 왕필적은 여장을 풀자마자 저녁 식사부터 하라는 것도 뿌리치고 성을 돌며 방어 시설을 두루 살폈다. 저녁 식사를 하면서 왕필적은 진주성이 천혜의 요새임을 격찬하고 나서 총병 유정의 구원 부대 선봉대가 대구를 출발해 함양에 도착해 있다고 전했다. 함께 식사를 하던 최경회의 얼굴이 대번에 환하게 밝아졌고, 정기룡은 떨떠름한 표정을 지었다. 예원은 식사가 끝난 뒤 통역 한 명만 데리고 곧바로 왕필적과 독대하여 담판에 들어갔다.

"보다시피 준비가 잘 갖추어져 있다. 충분히 막아낼 수 있다. 도와달라."

"물론이다."

"말로서만 아니라 실제로 귀국의 병사들이 와야 한다."

"구원 부대가 함양에 도착해 있다고 말하지 않았는가?"

"정말인가?"

"그렇게 들었다."

"그럼 그리로 연락해서 최대한 빨리 여기로 파병케 해달라."

"그렇게 해보겠다."

"만약 성내로 병력을 보낼 수 없다면 후방 교란이라도 해달라. 안에서 악착같이 버티겠다. 귀국 군사들이 후방 교란에 나서면 주변의 많은 조선 병사들이 뒤따를 것이다."

"알았다."

도와주겠다는 약속을 받고 왕필적의 처소를 나왔지만 예원은 왠지 미심쩍었다. 말하는 투가 뭔가 믿음을 주지 않은 때문이었다. 곧바로 정기룡을 살짝 따로 불러 명군이 도우러 오는 것이 정말인지 물어봤다. "저어, 소장은 확실히 모릅니다. 제게 따로 말을 해주는 것도 아니니…" 정기룡의 답을 듣고서 예원은 어느 정도 판단을 했지만 다른 사람들에게 내색하지 않았다. 정기룡은 이 날 밤을 아내와 장모와 함께 보냈는데, 그것이 그들의 마지막 만남이었다. 왕필적의 속마음이야 어떻든 간에 성내에는 명나라가 곧 구원하러 온다는 소문이 쫙 퍼져 사람들이 들떠 있었다.

그 다음날인 20일 아침 일찍, 왕필적은 정기룡과 함께 성을 나섰다. 끝까지 명군이 도울 것이라고 큰소리치면서 나갔다. 그러나 정기룡의 안색은 어두워 있었다. 왕필적 일행이 떠나고 나자 성수경이 살짝 다가와서 낮은 말로 예원에게 말을 걸었다.

"돼지같이 생긴 놈이 쓱싹하고 그냥 입 닦기에는 양심에 찔렸든 모양입니다. 꼭 생긴 대로 놀고 가네요."

"자네도 눈치 챘나?"

"전답이라도 장만했을 것 아닙니까?"

"그게 무슨 소린가?"

"그 상자 제게 주셨으면 제 형편이라도 좀 펴질 것 아닙니까?"

"이 사람, 아직 그런 농을 할 만큼 여유가 있나?"

"그럼, 어떻게 합니까? 이제 달리 길은 없습니다. 오히려 마음이 더 편하기도 합니다."

"그래, 이젠 외길이야. 그렇지만 명군이 오지 않으리라는 생각은 자네와 나만 가지고 있어야 하네. 다른 사람들의 기까지 꺾을 필요가 뭐 있겠나?"

"물론입니다. 비밀로 해야죠. 대부분의 사람들이 명군이 구원하러 와줄 걸로 알기 때문에 오히려 끝까지 힘을 낼 겁니다."

적이 점점 육박하고 있고 선봉대는 근접지역까지 다가와 눈에 띄기도 했지만, 주변 지역의 조선군은 모두 후퇴하여 전무한 상태라는 척후병들의 보고가 아침부터 들이닥쳤다. 예원은 남문에 설치한 임시 지휘부에서 서둘러 방어 작전을 세웠다. 장수들이 많다보니 아무래도 의견을 조율하기가 쉽지 않았다. 나이가 제일 연장이고 문관 출신인 경상 우병사 최경회(62세)는 직책상 예원 바로 위였지만 전투에 대해서는 무관들에게 맡기겠다는 심산인지 묵묵히 있었다.

예원보다 세 살 어리고 이종인의 동기이며 무과 후배이기도 한 충청병사 황진(44세)은 직책상으로는 예원보다 높은데다 작년 이치에서 적을 물리친 용장이라는 자부심 때문인지 자기주장이 강했다. 창의사라는 명목상의 벼슬뿐인 김천일은 구원군을 이끌고 왔다는 자부심 외에도 자존심 또한 아주 대단해서 그가 하고자 하는 일은 끝까지 굽히지 않는 성격이었다.

그런데 공교롭게도 최경회, 황진, 김천일 등은 당으로 따지면 예원과는 반대였다. 무관 출신인 예원은 딱히 무슨 당이라고 내세운 적은 없지만 그의 형(서인원, 춘천 부사)이 동인이고, 그를 이끌어준 김성일도 동인이라 그쪽으로 분류될 수밖에 없는 반면에 최경회, 황진, 김천일 등은 모두 서인이었다. 물론 겉으로는 드러내지 않았지만 다른 당파라는 사실이 알게 모르게 알려으로 작용하고 있음을 은연중에 서로 느끼기도 했다.

어제 들어온 구원군을 모두 진주성 본군에 합류시켜 군사를 재편하자고 예원이 말했지만 고집 센 김천일이 그렇게 할 수 없다고 반박했다. 이어 황진이 김천일을 편듦에 따라 약간의 실랑이가 생겼다. 이종인이 중재자로 나섰다. 어제 들어온 군사들을 모두 창의군이라 일러서 최경회, 황진, 김천일이 맡아 북문 쪽을 막으라는 타협책을 내놓았다. 무관 출신인 황진은 그가 실질적인 전투 지휘를 하게 될 거라 반대할 이유가 없었고, 최경회와 김천일 역시 이 제의에 수긍을 표하자, 예원도 동의함으로써 그 문제는 일단락되었다. 북문 쪽 지형이 편하지 않을 뿐 아니라 해자가 있고, 또한 황진이 역전의 용사여서 인원을 더 보충해주면 방어하는 데 큰 어려움이 없으리라고 예원이 순간적으로 판단을 내린 결과였다. 이어 예원은 싸울 수 있는 백성들 중에 좀 튼실해 보이는 사람들 5백 명을 뽑아서 창의군을 돕게 하라고 이종인에게 지시했다.

그 다음부터는 일사천리로 진행되었다. 어제 새벽에 구상한 대로 밀고 나갔다. 예원 자신이 순성장으로서 예비대를 이끌며 전투를 총지휘하면서도 남문을 맡았고, 나머지 최대 격전지가 될 동문 쪽에 이종인, 성수경, 김준민, 장윤 등의 인솔 하에 진주성 최정예 병력을 투입했다.

예원은 예하 장수들에게 온몸을 바쳐 싸우되 무기는 최대한 아껴야 할 것이라고 주지시켰다. 명군이 오지 않는 이상, 조선군도 쉽사리 구원하러 오지 않을 것이고, 따라서 최대한 버틸 수밖에 없는데, 그렇게 하려면 최대한 아껴가며 싸우지 않을 수 없음을 예원은 잘 알고 있었다. 물론 전투가 격렬해지면 마구 쏟아 부어야 할 수밖에 없겠지만.

예원은 이종인, 성수경에게 싸움에 참가하는 백성들을 잘 나누어 적재적소에 골고루 배치할 것을 주문했고, 남강이 막아주는 지역도 방심하지 말고 철저하게 순찰을 시켜야 한다고 일렀다. 서쪽 험지 역시 왜군들이 의외로 특공대로 찔러올 수 있으니 그쪽 방면의 방어에도 만전을 기해야 할 것이며, 장맛비가 자주 내려 성벽에 손상이 갈 수 있으므로 이 점 또한 매일같이 꼼꼼히 살펴야 할 것이라고도 지시했다.

모두들 각자의 자리로 돌아가고 난 뒤 예원은 남문 성루에 우두커니 서서 눈앞 비봉산을 아무 의미 없이 물끄러미 바라봤다. 개전 이후 겪었던 오만 일들이 머릿속에 어지럽게 맴돌았다. 김해성에서의 전투와 탈출, 밀양의 농부에게 밥 얻어먹던 일, 진주와 거창에서 고뇌에 차있던 날들, 김수에게 취조받던 일. 아!
그때서야 예원은 그동안 까마득히 잊고 있었던, 아니 의식적으
로 지금까지 떠올리길 회피했던 한 사람이 생각났다. 이유검이
었다.

사실 이유검이나 예원이나 별 다를 바 없었다. 차이점이라면
이유검은 죽었고 예원은 살아난 것 뿐, 김해성에서 도망친 것은
마찬가지였다. 그러나 예원은 이유검과 다르고 싶었다. 죽을 죄
를 짓고 죽은 그와 달라야, 죽을 죄를 짓고 산 그가 죽지 않았음
의 정당성을 입증 받는 유일한 길이었다. 결국 그 때문에 죽은
그를 산 그가 의도적이든 의도적이지 않든 의식에서 지우고 있
었음을 비로소 깨달았다.

한 마디로 예원의 무심함은 자의성이 다분한 그것이었다. 생
각이 미치지 못할 만큼 그동안의 나날들이 분주다사했다는 것
은 핑계일 뿐, 그의 기억 속으로 비집고 들어오려는 이유검을
억지로라도 차단하고 있었음을 예원은 통감했다. 그런데 어쩌
면 삶의 마지막이 될지도 모를 순간에 단 한 사람, 오직 이유검
만이 예원의 의식 속에 뚜렷이 떠올랐다. 그 순간 둘은 서로 다
름이 없음을 예원은 절감했다. 예원은 그제야 마음 편히 이유검
을 그려봤다.

'다들 몸 사리던 개전 초, 지체 없이 군사들을 이끌고 먼 길을 달려 나를 구원하러 왔을 때, 그가 얼마나 눈물 나도록 고마웠던가. 그가 막판에 달아나지 않았더라면 그 이후의 나는 없었을 것을. 만약 김수가 조금만 더 아량을 베풀었더라면, 그도 지금쯤은 명예회복을 하고 더 높은 자리에 있었을 텐데.' 예원은 먼 산을 바라보며 부질없는 생각들을 해봤다. '그동안 무심했구나. 아내를 시켜 그의 가족들이 행여 굶주리고 있는 것은 아닌지 한 번 살펴보게 할 기회라도 오려나.' 안타까운 생각도 들었다.

막다른 골목에서 떠오른 이유검을 그려보고 예원은 그의 처지를 담담하게 되새겨 보았다. 다른 길은 없었다. 적이 지쳐서 물러갈 때까지 악착같이 버티든지, 아니면 끝까지 버티다가, 버티다가… 예원은 더 이상 생각을 전개시키지 않았다.

진주성 2차전

운명의 날이 밝았다. 21일, 오전부터 왜군 대부대가 서서히 모습을 드러냈다. 장관이었다. 어디서 저리도 많은 사람들을 모았을까! 보는 이로 하여금 절로 감탄을 자아내게 하는 대병력이 진주성을 에워싸기 시작했다. 간간히 조총소리가 울려 퍼졌다. 하지만 21일 하루는 양측이 팽팽하게 대치만 한 채 접전이 없었다. 왜군은 2중 3중으로 성을 포위하고 여러 곳에 진을 쳤다. 울긋불긋한 왜군의 깃발이 진주성 주위를 화려하게 수놓았다.

첫날은 포위만 한 채 그냥 보낸 왜군은 그 다음날인 22일 아침부터 곳곳에서 집적거리기 시작했다. 엄청난 함성을 질러대며 왜군의 조총 부대와 궁수 부대가 가까이 접근해서 무차별 사격을 가한 뒤 조선 측에서 저항할 때는 물러서고를 반복했다. 본격적으로 성을 넘으려는 조짐이 감지되지 않자, 예원은 최소한의 저항만 하라고 명령을 내렸다. 특히 화약을 아껴야 할 것이라고 강조했다.

오전이 끝날 무렵 북문 쪽에서 왜군이 수로를 파고 있다는 보고가 들어와, 예원이 급히 달려가서 살펴봤다. 어디서 끌어 모았는지 조선 백성들을 동원해서 왜병들과 더불어 해자 건너편에서부터 수로를 파고 있었다. 해자까지 수로를 연결해서 물을 빼내고자 하려는 의도임이 명백했다. 그러나 이쪽에서는 발만 동동 구를 뿐 달리 방도가 없었다. 화력이 성에서 그곳까지 미치지도 못할 뿐 아니라 죄 없이 끌려와 땅을 파고 있는 백성들을 다치게 할 수도 없는 노릇이었다.

이날 왜군은 흐린 날씨 속에서 치고 빠지기를 되풀이하면서 하루 종일 산발적인 공격을 이어갔다. 조총 발사가 불가한 우중에는 가만있다가 비가 그칠 때 집중적으로 공격했다. 예원은 무기를 아껴야 한다고 거듭 강조했다. 하지만 왜군이 다가와서 퍼부을 때, 예원은 예원대로, 다른 장수들은 다른 장수들대로 각자 맡은 지역에서 반격을 가했기 때문에, 접전 중의 모든 곳을 예원이 일일이 참견할 수 없었다. 물론 수시로 성을 돌고 있었지만 막상 치열하게 접전 중인 곳에서 화력을 집중적으로 쏟아 부을 때, 예원이 그 옆에 있지 않는 한 일일이 조율하기가 불가능했다.

이틀간은 큰 접전 없이 지나갔다. 그렇지만 이틀밖에 지나지 않았는데도 무기 소모가 꽤 되어 예원을 불안케 했다. 적의 공격을 대비해 총포와 탄환, 화살, 불화살, 큰 나무토막, 큰 돌 등 무기와 무기가 될 수 있는 것들을 계속 모아 왔지만 막상 소모전이 펼쳐지자 서서히 드러나는 한계의 그림자를 떨칠 수 없었다. 이틀째 밤, 왜군은 그냥 넘기기가 섭섭했는지 산발적인 공격을 계속했다. 조선군은 거의 대응을 하지 않았다.

23일 이른 아침, 예원은 동쪽으로 시작해서 성내 순시에 들어갔다. 식전인데도 백성들은 부지런히 돌덩이와 모레 포대기 등을 날라 간밤에 손상된 성곽을 보수하느라 바빴고, 아낙들은 아침을 짓느라 분주했다. 각 문마다 설치된 부상자 보호소에서 의원들이 밤새 다친 부상자들을 살피고 있었다. 예원이 지나가면서 중상자들은 관아에 따로 마련된 중상자 보호소로 지체 없이 보내라고 일렀다. 이종인과 성수경 등 모든 장수들은 꿋꿋했다. 다만 아군의 적 후방 교란만 있으면 훨씬 싸우기가 편할 것이라고 아쉬움을 토로하는 장수들도 있었다.

북문 쪽의 창의군들도 성곽 보수, 무기 나르기 등 일찍부터 방어 준비에 여념이 없었다. 황진이 성루에서 독려하고 있었고, 그 옆에 최경회, 김천일이 서 있는 모습이 멀리서 눈에 들어왔다. 예원이 가까이 갔을 때 최경회와 김천일이 마중하러 다가왔다.

"고생들 많으십니다."

"목사께서도 고생이 많으시오."

인사가 끝난 뒤 김천일이 화약과 화살이 많이 필요하다며 예원에게 지원을 요청했다.

"비축된 것은 한계가 있고 적의 공격이 언제까지 계속될지 모릅니다. 무기를 최대한 아껴야만 합니다."

"무조건 아낀다고 능사는 아니오. 목사께서도 과감하게 나가야 합니다. 초반에 기선을 제압해야 된다는 말입니다. 곧 명군이 우리를 도우러 올 텐데 그 전에 압도적으로 퍼부어 미리 저놈들의 기를 꺾어버려야 한다는 뜻이오."

순간 예원은 작년 김해성에서 오지도 않을 조대곤을 기다리던 이유검이 생각났다. 김천일은 오지도 않을 명군을 기다리고 있었다. 명군은 오지 않을 것이라고 말을 못하는 예원의 가슴은 답답했다.

"초반에 기를 꺾는 것이 중요하기는 하지만 예상외로 장기전으로 갈 수도 있습니다. 가능한 범위 내서 최대한의 지원은 하겠지만 소장이 방금한 말을 꼭 염두에 두고 대응해주시기

바랍니다."

왜군의 사흘째 공격은 보다 신랄했고, 성을 넘으려는 의지가 확고히 드러났다. 이날 왜군은 새로운 공격 무기를 선보였는데, 귀갑차였다. 말 그대로 갑옷을 입은 거북이 형상을 하고 있다고 해서 붙여진 이름으로, 네 바퀴가 달린 커다란 관 모양의 궤에 여섯 명 정도의 병사들이 들어가서, 그것을 밀고 성벽까지 육박할 수 있도록 고안된 장비였다. 천정은 단단한 나무에다가 쇠가죽을 여러 겹 씌워서 화살 공격에는 타격을 받지 않도록 설계되어 있었다.

사시(오전 9~11시)를 조금 넘겨 왜군의 첫 공격이 시작되었다. 먼저 조총 부대의 무차별 사격이 개시되자 예원은 모두들 몸을 숙여 피하라고 명령했다. 사격이 잦아들었다 싶을 즈음 엄청난 함성소리와 더불어 적의 육탄 공격이 시작되었다. 그런데 병사들과 백성들이 '어, 저기 뭐꼬?' 하면서 놀라는 소리가 들려 예원이 살펴보니 꼭 괴물 같은 것이 성을 향해 꾸물꾸물 다가오고 있었다. 사방으로 퍼져서 여러 개가 한꺼번에 들이닥치고 있었다.

놀란 몇몇 군관들이 공격 명령을 내려 조선 군사들이 활이나 편전으로 귀갑차를 향해 일제 사격을 가했다. 그러나 아무 소용이 없었다. 화살을 맞고도 끄떡없이 계속 전진했다. 다른 문 쪽에서 포 소리가 들려왔다. 아마 포로서 격퇴할 생각으로 발사한 모양이었다. 그러나 여러 군데서 밀고 들어오는 조그마한 목표물을 일일이 정조준해서 맞출 수 없기에 예원은 화약 낭비라는 결론을 내리고 일단 더 다가올 때까지 대응을 말고 그냥 기다리라고 명령했다.

가까이 접근하고 있는 것은 커다란 상자였다. 그 안에 왜병들이 들어가서 이쪽을 향해 밀고 오고 있는 것이 명백했다. 예원은 섣불리 공격하지 말고 더 기다리라는 명령을 계속했다. 이윽고 그 이상한 상자가 성벽에 다다랐을 때 왜군의 조총 공격이 다시 시작되었다. 사정거리를 더욱 좁혀 신랄한 공격을 퍼부었다. 비명을 지르면서 쓰러지는 조선 병사들과 백성들이 속출했다. 몸을 숙이라는 군관들의 명령이 어지러이 흩어졌다.

이때 성벽 밑에서 둔탁한 소리가 들렸다. 왜병들이 쇠막대기 등을 이용해 성벽의 돌무더기를 하나하나 걷어내는 작업을 하고 있었다. 이제 왜군의 의도가 분명해졌다. 조총의 엄호사격을 등에 업고 귀갑차로 성벽까지 접근해서는 그 아랫부분에 구멍을 계속 뚫어 성벽 전체를 무너뜨리려는 작전이었다. 예원은 큰 소리로 명령했다. "화포로 조총 부대를 공격하라. 사수들도 즉

각 조총 부대를 향해 발사하라. 발사."

"쿵, 쾅" 지축을 뒤흔드는 대포 소리와 더불어 소나기 같은 화살들이 조총 부대로 향하자 조총 부대는 금방 와해되어 뒤로 물러났다. 그 다음에 귀갑차에 대한 공격이 시작되었다. 위에서 무거운 돌로 맹렬히 내리찍고, 뜨거운 물을 내리붓고, 화살도 내리쏘아댔다. 아무리 쇠가죽으로 덮었다고 하지만 무거운 돌이 내리 겹치는데 찌그러들거나 부수어지지 않을 판때기는 없었다. 성을 파괴하고 있던 왜병들도 돌이나 화살을 맞아 쓰러져 가자 결국 공격군들이 후퇴하고 말았다.

하루 종일 치열한 접전이 벌어졌지만 왜군은 조선 군민들의 방어벽을 뚫지 못했다. 그러나 북문 쪽에서는 오후 늦게 해자까지 수로를 연결하는 데 성공했다. 이어 물 빼기 작업이 시작되었다.

그 다음날(24일) 아침 일찍 예원은 북문 쪽으로 가서 물 빠진 해자를 확인했다. 진창이 엉망으로 널려 있는 밑바닥을 보는 순간 예원의 가슴은 갈기갈기 찢어지는 듯했다.

"놈들이 곧 해자 메우기 작업에 들어갈 텐데 괜찮겠소?"

물 빠진 해자를 착잡하게 바라보며 예원이 염려어린 질문을 던졌다.

"곱게 두지는 않을 것이오. 그러나 다 메운들 평길만이야 하겠소? 여긴 소장이 책임질 테니 걱정 마시오."

황진은 호기 있게 대답했다.

왜군은 조선군의 악착같은 방해 공격에도 불구하고 이틀에 걸쳐 기어코 해자를 메우는 작업을 완성해 북문 쪽도 남동문 쪽과 같은 조건으로 만들었다. 그렇다 할지라도 완전한 평길로 만들 수는 없었다. 원래 비탈이 많은 지역인데다 해자를 메웠다고 해봐야 흙 따위로 연못을 통째로 메울 수는 없기 때문이었다. 가장자리 둑 부분은 파내어 밑바닥과 비스듬히 만들고 바닥은 진창이 안 되도록 마른 흙이나 모레 포대기 등으로 깔아 건너기 쉽게 하는 정도였다.

저돌적으로 돌진하는 귀갑차에 대한 공격 방법을 조선군이 곧 발견했다. 기름이나 섶 따위로 화공을 퍼부으면 안에서 견디지 못한다는 약점을 금방 간파해내 왜군의 귀갑차에 대한 의존도를 확 낮추어 버렸다. 비가 오는데도 불구하고 밀고 들어 올 경우 조총의 지원사격이 불가능하기 때문에 대놓고 방어할 수 있었다. 엄청 큰 돌을 준비해뒀다가 내리찍으면 그만이었다.

귀갑차 다음으로 왜군이 선보인 것은 흙으로 높이 쌓은 누대였다. 1차전 때 이동이 가능한 산대를 고안해냈지만 큰 성공을 못 거둔 것을 잘 알고 있는 왜군 지휘부에서 이동은 불가하지만 보다 튼튼한 흙벽을 높이 쌓아 성벽 위를 노렸다. 조선군이 눈치 채지 않게 하루 밤 사이에 몇 군데 요소에서 누대 작업을 완성해냈다. 낮에 튼튼하게 기초를 닦아놓고 흙이나 모래를 담은 자루나 가마니를 대량으로 준비해두었다가 어두워지면 쌓아 올리는 식이었다. 워낙 군사들이 많다보니 밤사이에 충분히 가능한 일이었다.

날이 밝자마자 누대위에 올라가있던 조총수들이 신랄한 공격을 퍼부었다. 쓰러지는 조선군들이 속출했다. 그러나 누대가 산대보다는 튼튼하다고 하나 조선군의 화포 공격에는 역시 견디지 못했다. 왜군 조총수들이 화포가 있는 곳을 향해 집중사격을 가했으나 죽기를 무릅선 조선군의 반격에 결국 허물어지고 말았다. 왜병들은 끝까지 포기하지 않고 반쯤 허물어진 누대에서도 결사적으로 사격을 해댔지만 연이은 조선군의 화포 공격에 마침내 무릎을 꿇었다. 그러나 비록 누대는 실패했지만 누대에서 조선군과 격렬한 교전을 벌이는 동안 사다리를 든 돌격대가 성벽 접근에 성공했다. 왜병들이 사다리를 걸쳐놓고 성벽을 기어오르기 시작했다. 조선 군민들과 왜병들 사이의 개별 접전이 치열히 전개되었다.

또 하루가 지나가고 나면 왜병들은 끈질기게 누대를 다시 만들어놓아 조선 군민들의 간담을 서늘하게 했다. 누대위에서 미리 대기하고 있던 조총수들이 날이 밝으면 공격을 개시했고 조선군은 화포로 대응했다. 물량 싸움으로 나가면 결국 밀리고 말리라는 것을 알면서도 조선군은 당장의 위급함 때문에 화약을 쏟아 부을 수밖에 없었다. 누대와 조선군의 화포사이에 치열한 공방전이 펼쳐질 때 왜병 돌격대들은 사다리를 들고 고함을 지르며 또 성벽으로 접근해갔다.

중과부적이었지만 조선 군민들은 악착같이 막아냈다. 왜병들 역시 악착같이 성을 넘고자 했다. 연일 죽고 죽이는 처참한 공방전이 양쪽 사이에서 맹렬히 어우러졌다. 압도적으로 많은 숫자를 가진 왜군은 잠시의 틈도 주지 않고 교대로 성벽을 타고 올랐다.

수없이 많은 사람들이 쓰러져갔다. 적군도 아군도 똑 같이 죽어갔다. 잠시 적이 물러가면 조선 측에서는 틈을 타 전열을 재정비했다. 부상자를 수습하기도 바쁜 터에 성벽위에 쌓이는 시신까지 한꺼번에 처리하기에는 시간이 모자랐다. 급한 대로 들 것을 이용해 시체를 우선 성벽 한켠에 쌓아 거적으로 덮어 놓고 또 전투준비에 들어갔다. 여름이라 시체가 금방 썩어들어 악취가 코를 찔렀고 비가 퍼부을 경우 시체에서 나오는 진물과 핏물과 빗물이 뒤엉켜 성벽을 타고 흘러 내렸다. 적이 또 몰려들었다. 아군의 시체를 옆에 두고 조선의 군사들과 백성들은 또 싸웠다.

아무리 용감하게 날뛸지언정 배를 굶고는 싸울 수 없는 노릇. 격렬한 전투 중에라도 잠시 짬이 나면 아낙들은 아군의 시체를 밟고 지나가면서 밥을 날랐다. 급할 경우 밥 한 사발에 소금국이 전부였지만 아무도 개의치 않고 허겁지겁 먹고 또 싸웠다.

성벽 위에서 아군이 피터지게 싸우고 있을 때 성벽 아래의 아낙들, 노인들, 다 큰 아이들도 피가 마르도록 움직였다. 부상자들을 치료소로 옮기고, 중상자는 따로 관아 쪽으로 보내고, 시체들을 한 곳에 매장하고, 취사실에 쌀을 나르고, 밥을 하고, 성벽위에 적에게 퍼붓기 위해 설치해 놓은 가마솥에도 물을 나르고, 병사들이 마실 물도 나르고, 화살, 돌, 통나무 따위의 무기도 나르는 등 잠시의 쉴 틈도 없이 움직였다. 적을 죽이기 위해 성벽 위에서 움직일 때 성벽 아래서도 계속 움직이고 있었다.

하지만 첫날부터 해서 쉼 없는 공방전이 닷새, 엿새 계속되자 조선 군관민들에게 피로가 겹치는 것은 어쩔 수 없는 일이었고, 성내 물력에도 바닥이 드러나기 시작했다. 성벽 역시 자주 내리는 비와 더불어 왜병들의 계속되는 파괴 시도로 파손된 부분이 곳곳에서 드러나 서둘러 보수 작업을 하는 일이 반복되었다.

　이상한 싸움이었고 터무니없는 싸움이었다. 진주성의 수많은 사람들이 절체절명의 위기에 빠져 죽어라하고 싸우고 있는데도 임금이나 조정에서 할 수 있는 일은 아무것도 없었다. 전라도 쪽으로 피신해간 김명원, 권율 등도 우두커니 서서 그저 멍하게 바라만 볼 뿐 왜군의 후방을 괴롭히기 위해 어떠한 조처도 취하지 않았다. 명군 역시 팔짱끼고 저만치 비켜서서 나 몰라라 했다. 그러한 조, 명 연합군을 곁에 두고 왜군은 맘 놓고 공격했다. 현 시점에서 별 가치도 없는 조그마한 성 하나를 잡아먹으려 왜군은 광분하고 있었다. 조선 땅에 있는 그들의 온 전력을 다 기울여서 연일 맹공을 퍼부었다.

　「소문에 "진양(진주)에는 성이 포위되었는데도 감히 아무도 나가 싸우지 못한다."고 한다. 연일 비가 내려서 적도들이 물에 막혀 날뛰지 못하는 것을 보면, 하늘이 호남지방을 돕고 있는 것이다. 다행이다.」

　「저녁에 김봉만이 진양의 일을 살피고 와서 보고하기를 "적도들이 동문 밖에서 무수히 진을 합쳤는데, 연일 비가 많이 와서 물에 막혀 있고, 독하게 날뛰며 싸우고 있으나 큰물이 적의 진을 침몰시키려 한다면 군량을 대주고 구원병을 이어줄 길도 없으니, 우리가 대군을 합쳐 쳐들어가기만 한다면 한꺼번에 섬멸할 수 있다."고 하였다.」

'난중일기'에서 6월 25일과 26일에 이순신이 이와 같이 써놓았다. 왜군이 진주성을 포위하고 있어 감히 싸울 생각들을 못하고 있지만, 왜군 역시 악천후 때문에 군량과 구원병을 연결하기가 쉽지 않아 조선이 대군을 몰고 쳐들어가기만 하면 한꺼번에 섬멸할 수 있다는 의미였다. 말로는 그랬다. 이론상으로 따지면 이참에 왜군을 완전히 끝장낼 수 있는 절호의 기회였다. 하지만 이순신 역시 글로써 써놓은 것 외에는 진주성에 대해서 할 수 있는 일이 아무것도 없었다.

의분에 찬 몇몇 의병장들이 몇 십 명씩 이끌고 진주성 가까이까지 접근해서 조선군을 도우려 했지만 그야말로 새 발의 피, 언 발에 오줌 누기였다. 위기의식을 느끼고 성내에서도 결사요원을 뽑아 성 밖과 접촉을 시도하려 했지만 허사였다. 모두들 멀찌감치 떨어져 제 몸 사리기에 급급했다.

결사 항전을 외친 임금과 조정은 사수하라, 구원하라, 공허한 명령만 앵무새처럼 되풀이하고 나서는 더 할 일이 없었다. 그 명령을 들어줄 사람이 없었으니… 그 외에 조정에서 굳이 나선 것이 있기는 했다. 딱하게도 되지도 않을 헛짓 거리였다. 명군 진영에 찾아가 머리를 조아리며 도와 달라고 애원한 것, 그 것이 그들이 할 수 있는 전부였다.

격전 속의 관아 풍경

27일 오후에 접어들 무렵의 진주성 관아. 밤낮 가리지 않고 업혀오거나 들것에 실려 오는 중환자들로 관아 앞 공터에 천막을 쳐서 마련해놓은 중환자 보호실은 발 디딜 틈이 없었다. 환자들이 많다 보니 관아 건물 안 곳곳에서도 중환자들이 누워 있었다. 환자들이 내는 신음소리가 끊어지지 않았고, 들어오는 만큼 죽어나가는 사람들도 많았다. 볼일 볼 시간조차 못 낼 만큼 바쁜 재식은 부지런히 돌아다니며 환자들을 보살폈다.

사또 마님, 글공부 하는 맏아들 계성과 그의 부인 노씨, 막내아씨, 노비 김성길 부부, 이 외의 몇몇 노비들, 그리고 장교 부인들이나 동네 아낙들과 함께 재식은 중상자들을 보살피느라 여념 없었다. 의원이 배당되어 있기는 했지만 태부족이었고 상처를 치료할 약품도 모자랐다. 붕대나 부목 천으로 사용하기 위해 준비한 광목도 동이 나고 있었다.

재식이 처음엔 어떻게 해야 할지 몰라 그저 피나 닦아주는 정도였으나 의원들을 따라다니며 흉내 내다 보니 소독, 상처 치료, 부목 대는 일 따위는 척척 해낼 만큼 익숙해졌다. 총알 빼내는 것은 아직 해보지 않았지만 옆에서 여러 번 꼼꼼히 살펴봤기 때문에 기회가 주어진다면 그것도 한 번 해보리라는 마음까지 먹고 있는 터였다. 조금 전에 거의 죽은 채 실려 온 병사의 숨소리가 멋은 것 같아 재식이 심장에 손을 갖다 대었다. 죽은 게 분명했다. 시신을 눈으로 살펴보고 손으로 만져보고 하는 일에 이제는 무감각했다. 시체를 처리하는 노비들을 부르려는데 갑자기 요란한 총소리가 들려 재식은 움찔했다. 본능적으로 막내 아씨를 쳐다봤다. 총소리에 이골이 난 듯 재식보다 오히려 태연했다. 의연한 자세로 환자들을 보살피고 있었다.

요란한 총소리와 엄청난 고함소리가 한동안 귀를 어지럽혔다. 또 격렬한 전투가 벌어지고 있는 모양이었다. 노비들이 시체를 처리하는 동안 재식은 옆에 무심히 서 있었다.

며칠간 집에 들어가지 못하다가 어제 오후에 걱정이 되어 잠깐 집에 들렀을 때 수심에 찬 얼굴로 재식에게 타이르던 할머니의 모습이 자꾸만 떠올랐다. 그때 할머니는 재식의 두 손을 꼭 잡고서 말했다.

"명나라 군사들이 말만 하고 안 오고 있고, 성 바깥 조선군사들도 모르는 체하고 있어, 아무래도 오래 버티기 어려울 끼라고 동네 사람들이 수군거리더라. 도망칠 때도 없는데, 우짜노? 만약에 왜놈들이 성에 들어오면 할매하고 영식이 걱정은 하지 말고 무조건 강가로 가서 헤엄쳐서 내빼래이. 왜놈들이 할매를 잡아봐야 아무 소용 없으이 그냥 놔 줄끼다. 영식이도 아직 어린이끼네 건드리지 않을 끼다. 니는 뒤도 돌아보지 말고 내빼야 한다. 절대로 할매한테 올 생각하면 안 된다. 나중에 밀양에서 다시 만나면 될 거 아이가. 무조건 도망치거래이."

관에서 해야 할 일이 하도 많아 재식은 잠깐만 있다가 집을 나설 수밖에 없었다. 알아서 할 테니 걱정하지 말라는 말을 남기고 재식이 일어서려 할 때, 할머니는 금붙이 몇 개를 그의 손에 건네주면서 재차 혼자서 도망치라고 말했다. 그때 재식은 할머니의 눈에 눈물이 글썽거리는 것을 보았다.

"형아, 무조건 강으로 토끼 뿌래이. 형아 헤엄 잘 친다 아이가."

영식이도 울먹이면서 재식에게 도망치라는 말을 되풀이했다. 재식이 집을 나서면서 틈나는 대로 또 들를 것이라고 말했건만, 그리고 그만 볼 것도 아니었건만, 무슨 셈인지 할머니와 동생이 이 날 만큼은 대문 밖에서 재식이가 보이지 않을 때까지 계속 손을 흔들었다. 몇 차례나 뒤돌아보며 같이 손을 흔들어 줄 때, 재식은 그도 모르게 눈물이 나왔지만 억지로 꾹 참았다. 할머니와 동생이 보이지 않게 되자 재식은 참았던 눈물을 한꺼번에 터뜨렸다. 으흐흑 소리 내어 흐느끼며 관아로 향했다. 온 얼굴은 눈물로 뒤범벅이 된 채.

지금 할머니와 동생은 어떻게 하고 있을까, 재식은 불현듯 또 할머니와 동생이 보고 싶어 졌다. 아버지와 칠득의 가묘도 재식의 마음속을 떠나지 않았다. 장맛비에 손상이라도 갈까봐 항상 걱정이 되었다. 올라가서 이리저리 살펴보고, 배수로도 넉넉히 더 파놓고 내려오면 마음이라도 놓으련만 약간의 시간도 나지 않으니 당최 엄두를 낼 수 없었다. 갑자기 숨이 넘어갈듯 큰 소리로 신음을 내며 물을 찾는 환자가 있어 재식의 시름을 깨뜨렸다. 재식은 서둘러 그쪽으로 갔다.

"마님, 마님. 이것 보세유."

총소리가 좀 잦아들었을 때 또 요란한 소리가 들려왔다. 사또 집에 오랫동안 있었다는 노비 김성길의 처, 길례였다.

"왜 이리 수선을 떠누?"

"봐요. 또 한 바가지 담아 왔잖아요. 한 되박은 더 될 것 같네유. 잠깐 만에 모았어유."

바가지에는 조총 탄환이 가득 담겨 있었다. 김성길의 처는 관아에 있다가도 틈틈이 성벽에 가서 밥 짓는 일을 거들기도 하는데 그때마다 그냥 오지 않고 주위에 떨어져있는 조총 탄환을 주워서는 바가지에 담아오곤 했다.

"왜, 그딴 일에 신경 쓰니? 할 일이 태산 같은데."

"왜유? 이것도 가득 모아 대장간에 갖다 주면 녹여서 조금이라도 쓸 수 있을 것인데유."

"어디 잘 치워놓고 어서 일 거들어라."

길례와 대화를 끝내고 이씨 부인은 하던 대로 계속 환자들을 돌보았다. 또 몇 명이 실려 왔다. 환자를 돌보던 재식이 재빨리 일어서서 환자들의 운반을 도왔다.

절망의 진주성

27일 밤, 이경이 깊었다. 우중충한 날씨라 하늘엔 별을 찾기가 힘들었다. 밤이 깊어지자 왜병들의 공격도 뜸해 적막만이 어둠을 뒤덮고 있었다. 예원은 횃불을 든 수행원 한 명을 대동하고 동문 쪽으로 순찰을 나섰다. 좀 한가로울 때를 틈탔을 뿐 무슨 의미가 있거나 계획된 순찰은 아니었다. 그냥 있기에는 엄습하는 절망감을 감내하기가 버거워 그저 나서 보았다.

강희보 등 이미 많은 용장들이 전사했고 이름 없이 죽어간 병사들과 백성들이 무수했다. 최정예인 예비대 병력도 시나브로 줄어들어 남은 인원은 일흔 명 정도였다. 앞으로 또 얼마나 더 많은 조선 군사들과 백성들이 죽어 나가야 할지… 아군만 죽은 것이 아니라 죽은 왜병들 역시 수두룩했다. 그러나 아무리 죽여도 도무지 물러설 기미가 없었다. 죽이면 죽일수록 오히려 더 독이 올라 악착같이 달려들었다. 독이 올라 달려드는 왜병들을 역시 독이 올라 쳐 죽였지만 시간이 갈수록 밀려드는 좌절감이나 절망감은 어쩔 수 없었다.

하루하루 고갈되어가는 화약이나 화살을 볼 때마다 예원의 애간장이 다 녹는 듯했다. 꽤 비축해놓았다고 자신했던 식량 역시 많은 입들 앞에서는 고개를 수그리고 있었다. 도원수와 권율 장군이 원망스러웠고, 선거이나 곽재우마저 암울한 상황에 처하자 얄미워지기도 했다. 성 밖으로 내보낸 결사 요원들 중 분명 외부와 연결된 자들이 있을 터이건만, 모두들 강 건너 불구경 하듯 가만 지켜볼 뿐, 어느 누구 하나 도와주려는 사람이 없었다. 타국 사람들인 명군은 그렇다 할지라도 조선군마저 아예 못 본 채 고개를 돌리고 있으니 예원뿐 아니라 성내 사람들이 느끼는 배신감과 절망감은 그 극을 지나고 있었다. 체념한 사람들도 많았다.

질퍽질퍽한 길이 뒤섞인 밤길이 예원의 발걸음을 어지럽혔다. 잠시 기우뚱하는 몸을 바로잡은 예원은 다시 터벅거리며 걸었다. 도망자라는 오명을 또 뒤집어쓰는 한이 있더라도 선거이와 홍계남이 들어왔을 때 두 눈 질끈 감고 성을 비워버리고 말걸 하는 후회도 들었다. 절망과 원망과 후회의 끝은 임금과 조정으로 향했다. 이럴 거면 차라리 처음부터 말릴 일이었지 무얼 믿고 싸움을 부추겼는지.

이종인은 밤이 늦었는데도 횃불을 밝혀놓고 성벽을 보수하고 있는 현장을 살피고 있었다.

"이보게, 이 부사. 잠은 좀 주무시는가? 너무 피곤하면 싸우지도 못할 것 아닌가?"

"걱정 마십시오. 장군님이야말로 과로하는 게 아니신지요?"

"허허. 차라리 과로로 죽는 게 났겠구먼. 아무튼 고생이 많네."

이종인과 의미 없는 몇 마디를 나누고 예원은 성수경이 있는 곳으로 갔다.

"그새 얼굴이 반쪽이 되었네."

"뭐, 그래도 잘생긴 얼굴이 어디 가겠습니까?"

"자넨, 스스로 잘났다고 생각하는가?"

"장군님보다야."

"왜놈들이 그동안 뭐하고 있었는지 모르겠네. 잘생긴 작자부터 안 잡아가고."

"제가 싸울 때는 온 얼굴에 검댕 칠 하는 것 모르십니까?"

"하하. 나보다는 자네가 더 오래 살겠네."

실없는 웃음은 신기루마냥 금방 사라지고 짙은 공허감만이 두 사람의 가슴속에 배어들었다. 두 사람은 잠시 말을 잊고 불

밝힌 왜군 진지를 멍하니 바라보았다. 후드득후드득 또 비가 내리기 시작했다.

"미안하이. 창의사 영감이 무슨 말을 하든, 설사 주상 전하께 벌 받고 사람들한테 비겁자라고 놀림을 받든, 무조건 두 눈 딱 감고 성을 비웠어야 했는데. 내 생각만 한 것 같아. 그깟 명예가 무슨 소용이 있다고."

"아닙니다. 장군님이나 창의사 대감에게는 아무 잘못이 없습니다. 사실 장군님이나 창의사 대감께서는 주어진 현실에 최선을 다했을 뿐입니다. 잘못은 모두 주상 전하나 조정의 대감들에게 돌아가야 합니다. 막무가내로 밀어붙이고 팔짱끼고 있는 그들 잘못이지, 이 성을 지키고자 끝까지 몸부림치신 장군님이나, 죽을 줄 알면서도 나라를 위해 뛰어든 창의사 대감이나, 무슨 잘못이 있겠습니까? 아니 이 성안에 모여 있는 모든 사람들이 다 희생물입니다. 다시 말해 제물에 불과한 것이지요. 주상 전하와 풍신수길의 미친 노름질 사이에 끼어 있는 제물 말입니다."

"다 똑같은 제물은 아니잖나? 칼 찬 우리들이야 끝까지 칼을 휘두르다 죽으면 그만이지만 죄 없는 백성들을 생각하면 싸우다 죽는 것도 호사라는 생각이 든단 말일세."

"이미 돌이킬 수 없는 일입니다. 그저 최선을 다할 수밖에요. 죄책감 가지지 마십시오."

"알겠네. 얼마나 버틸 수 있겠나?"

"화살 하나 돌 하나 남지 않을 때까지 신명나게 싸울 테니 염려 마십시오. 그때까진 한 놈도 성안에 들여보내지 않을 겁니다. 그보다 북문 쪽은 어떻던가요?"

"놈들이 해자를 메웠다고는 하지만 길이 험한 건 마찬가지지. 황진 장군이 잘 버텨내고 있다네."

"그럼 아직 해볼 만합니다."

비가 더 굵어졌다. 수행원에게는 도롱이를 입히고 횃불은 등으로 바꾼 뒤 예원은 성수경을 뒤로 하고 추적추적 내리는 비를 맞으며 북문으로 향했다.

28일이 밝았다. 아침부터 잔뜩 찌푸린 날씨가 한바탕 비를 뿌릴 기세였다. 성내에서 아침 식사가 아직 한창일 때 결국 비가 쏟아지기 시작했다. 비가 내리는 동안만이라도 공격이 뜸해지기를 내심 바라는 성내 사람들도 많았지만, 무망한 기대였다. 저마다 피를 피해가며, 아니면 아예 비를 맞아가며 식사에 한창 열중해 있는 동안 성벽 위에서 다급한 외침소리가 울려 퍼졌다.

적이 근접해 다가오고 있다는 경보였다.

　잠시 후 성 바깥에서 내지르는 함성 소리가 빗소리를 타고 성 내로 넘어왔다. 퍼붓는 비 때문에 적의 접근이 발견된 것은 가까워지고 나서였다. 비의 엄호를 받으며 왜병들은 귀갑차와 사다리를 동원해 아침 일찍부터 육탄 돌격을 감행하고 있었다. 예원은 침착하라는 명령을 계속 내렸다. 함성을 지르며 미친 듯 돌진하는 왜병들의 형상은 먹이를 발견하고 광분해 우짖으며 날뛰는 굶주린 들개 떼의 그것과 흡사했다. 넘으려는 자들과 막으려는 자들 사이의 장엄하고도 처절한 육박전이 내리퍼붓는 비와 뒤버무려져 참혹하고도 끔찍스러운 장면들을 꾸며내기 시작했다.

　막무가내로 기어오르려는 왜병들을 조선 군민들은 기를 쓰고 막아냈다. 창, 도끼, 죽창, 큰 몽둥이, 돌 따위로 내리치고, 던지고, 찍고, 수셨다. 피를 뿌리며 떨어져나가는 왜병들이 줄을 이었다.

　빗물과 핏물이 뒤범벅되어 앞에서 떨어져나가는 동료들을 보고 왜병들은 이를 갈며 또 올랐다. 성을 포위한 지 벌써 여드레째. 강화가 눈앞인데, 곧 고향 마을로 돌아갈 터인데, 천국이 바로 지척인데, 그 길을 진주성이 가로막고 있었다. 왜병들에 있어서 진주성이 곧 마귀의 성이었고 마귀들의 집합소였다.

천국의 문 앞에서 비참하게 쓰러지는 동료들을 보고 왜병들은 이를 악다물었다. 그들은 죽은 동료들을 밟고서라도 반드시 마귀들을 쳐부수어야 했다. 그들이 성벽을 넘는 순간이 곧 천국의 문에 들어서는 순간. 이는 곧 조선 사람들이 지옥문을 밟는 순간. 벼랑 끝에서 목숨을 건 백병전이 치열하게 전개되었다. 비는 억수같이 내리고 있었다.

위로 한없이 오를 때 아래서는 귀갑차로 성벽에 바짝 접근한 왜병들이 거기서 빠져나와 성벽을 파내기 시작했다. 위로부터 퍼붓는 조선 군사들의 공격을 견뎌내고자 왜병들은 머리나 등에 조그마한 상자 같은 것을 뒤집어쓰고 있었다. 귀갑차를 개인용으로 응용한 보호 장치였다. 그러나 어느 정도 도움이 될 뿐 완전한 보호막이 될 수는 없었다.

"무조건 굴리지 말고 침착하게 조준해라. 저 아래 성벽 파는 놈들을 집중 공격하라." 예원의 명령에 큰 돌과 통나무 토막 등이 성벽을 파내고 있는 왜병들 위로 빗물과 함께 쏟아졌다.

남, 동, 북문 할 것 없이 왜병들은 성벽을 넘고자 전방위로 압박했다. 기어오르는 제1진이 돌파에 실패하면 곧바로 제2진이 노도처럼 덮쳤다. 이어 제3진, 제4진, 그리고 또 그 다음 진. 왜병들의 연이은 돌격이 쉼 없었다. 악착같고도 끈질긴 돌격 끝에 드디어 왜병들은 일시적인 성벽 돌파를 이뤄냈다. 일단의 왜병들이 기어코 남 동문 쪽 성벽을 넘어 성을 위기에 몰아넣었다. 뚫린 성벽 위에서 왜병들과 조선 군민들 사이에 피 튀기는 몸싸움이 처절하게 벌어졌다. 고함소리, 비명소리가 억수같이 쏟아지는 빗물소리를 뚫어내고 있었다.

성벽에 오른 왜병들이 성벽을 제압하고자 미친 듯 칼을 휘두르며 날뛰었다. 그러나 조선 군민들은 기가 꺾이지 않았다. 성벽 위에서 날뛰는 왜병들에게 조선 군민들은 찰거머리처럼 달라붙어 난전을 벌였다. 이때 예원이 지휘하는 예비대가 도착했다. 혈투 끝에 성벽에 올랐던 왜병들이 결국 제압당하자, 뒤따라 오르던 왜병들은 어쩔 수 없이 후퇴했다. 그러나 조선 군민들은 숨 쉴 사이가 없었다. 왜병들이 질릴 만큼 끈질기게 또 덤벼들었다. 이어 또 다시 난전. 혈투가 끊이지 않았다.

왜병들의 파상공격은 하루 종일 계속되었다. 독이 오른 왜병들은 오늘 기필코 끝장을 볼 태세였다. 그런 만큼 성내에서의 방어에도 독이 올랐다. 노인과 부녀자에 어린 아이들까지 나서서 악착같이 싸웠다.

하루 종일 비가 왔다가 그쳤다가 하는 날씨 속에 왜군과 조선 군민들은 치열한 접전을 반복했다. 왜군은 막대한 손실을 겪으면서도 결사적으로 성을 넘으려 했지만 결국 실패했다. 악착같은 조선 군민들의 저항을 끝끝내 뚫어내지 못했다.

그러나 젖 먹던 힘까지 짜내서 치열하게 버티던 조선군에게 불길한 그림자가 드리워졌다. 가뜩이나 많은 용장들이 쓰러져 간 가운데 이날 오후 북문의 수문장 황진이 왜군의 총탄을 맞고 전사해 조선 군민들의 안타까움을 자아냈다.

보고를 받은 예원의 심정은 하늘이 무너지고 땅이 꺼지는 듯했다. 용장들이 다 죽어가고 있었으니. 현장에 달려갔을 때 동기를 잃은 이종인이 통곡하고 있었다. 서둘러 황진의 시신을 처리하고 나서 예원은 최경회와 김천일에게 괜찮겠느냐는 물음으로 의중을 떠보았다. 황진의 몫까지 다해서 싸울 테니 염려하지 말라는 답을 듣고서 예원은 남문으로 몸을 돌렸다.

황진이 죽었다고는 하나 아직 최경회와 김천일이 건재하고, 그 아래로 의병 고종후, 김천일의 심복 양산숙, 김천일의 장남 상건, 그리고 구원하러 들어온 몇몇 의병장들이 남아 있었기에 예원은 북문을 그대로 그들에게 맡겨두었다. 지형상의 이점이 있어서 그런대로 믿을만했고 또 별다르게 보충해줄 여력도 남아 있지 않았다. 다만 예원은 예비대를 이끌고 이쪽 방면에 더 자주 지원을 나오리라고 마음먹었다.

이날, 진주성에서 왜군과 조선 군관민이 사생결단으로 싸우고 있는 바로 이날, 왜 본토의 나고야 성에서는 명나라 사신들이 도요토미 히데요시와의 강화회담을 마무리하고 본국으로 돌아간다고 들떠 있는 날이었다.

생각할수록 기가 막힐 일이었다. 조선의 왕과 조정 대신들이 전쟁의 기본 요소이자 필수 요소인 정보망을 제대로 가동했는지 참으로 알 수 없는 일이었다. 아무리 생각해도 명군이 진주성 수성전에는 참전할 가능성이 전혀 없었는데 그들은 무얼 믿고 성을 사수하라고 명령했는지. 만약 명의 개입 없이 조선의 군사력만으로도 충분히 성을 막아낼 수 있다고 판단했다면, 그들의 무식을 탓할 밖에.

모두가 기진한 채 하루가 지나갔다. 모두들 말이 없었다. 온 힘을 다 소진해가며 피 터지도록 싸워 오늘 하루는 겨우 견뎌냈지만 내일도 모레도 왜병들은 물러나지 않으리라는 것을 잘 알고들 있었다. 내일도 모레도 견뎌 내어봐야 아무도 도우러 오지 않으리라는 사실 역시 잘 알고들 있었다. 어느 누구도 입 밖으로 들먹이지는 않았지만 이대로라면 절망밖에 없다는 것을 모두가 인식하고 있었다.

 야음을 틈타 달아나려는 백성들이 생겨났다. 한식에 죽으나 청명에 죽으나 마찬가지. 어차피 죽고 말거라고 체념한 사람들은 감시망에도 불구하고 사지에서 빠져나가려고 기를 썼다. 꼼짝도 못할 절망의 순간에서 어떻게 마련했는지 배를 구해 남강을 통해 달아나는 사람들도 있었고, 헤엄쳐서 건너거나 부유물에 식구들과 매달려서 건너가는 사람들도 있었다. 장마로 물이 불어나 있었고 물살도 세어 휩쓸리거나 빠져 죽기 십상이었는데도.

진주성 무너지다

29일, 진주성 최후의 날이 밝았다. 맑은 날은 아니었지만 어제보다는 날씨가 개었다. 왜병들은 여유를 주지 않고 수비군들을 내몰았다. 아침부터 양측 사이에 치열한 접전이 전개되었다. 총포 소리와 함성소리가 지축을 뒤흔들었다. 넘으려는 측과 막으려는 측 사이의 아수라장 접전이 그 정점을 향하고 있었다. 결정적인 것은 장맛비였다. 그동안 왜병들의 집요하고도 잇따른 허물기 시도로 피로가 가중된 성벽에 세찬 비가 연속적으로 더해지자 종당에는 성벽 제 스스로 무너지고 말았다.

정오쯤 동문 쪽에 있는 일부 성벽이 비로 인해 누적된 손상을 견디지 못하고 제법 무너져 내렸다. 그 틈을 노리고 왜병들이 개미 떼처럼 몰려들어 기어올랐다. 이종인, 성수경이 분전해 결사적으로 막아내기 시작했다. 왜병들도 결사적으로 달려들었다. 연일 이어지는 사투에 진절머리가 난 왜병들이라 천신만고 끝에 얻은 빈틈을 결코 놓치지 않으려 들었다. 어떻게 잡은 기회인데 그냥 넘어가려 했겠는가? 찌르고, 쑤시고, 휘두르고, 치고, 받고, 아비규환의 육박전이 벌어졌다. 성벽을 제압하기 위해 무너진 성벽에 올라선 왜병들은 악귀와 같은 형상을 이루며 접전을 벌여 나갔다. 기괴한 함성을 지르며 왜병들이 계속적으로 그리로 몰려들었다. 그러나 그뿐, 거기서 더 나아갈 수는 없었다. 이종인, 성수경이 필사적으로 분전하고 있는 동안 예원이 이끄는 예비대가 도착해 합류했다. 양측사이에 밀고 밀리는 공방전이 치열하게 벌어졌지만 조선군의 악착같은 투혼을 악귀같은 왜병들도 이겨내지 못했다. 결국 동료들의 시체만 구릉처럼 쌓아놓은 채 왜병들은 물러서고 말았다. 이어 조선 군민들의 신속한 성벽 보수공사가 시작되었다.

아! 그런데, 그 순간이 진주성 최후의 순간이었으니. 동문 성벽이 무너져 왜병들이 우르르 몰려들 때 신(新)북문에 있는 창의군들이 그 장면을 보고 지레 겁부터 먹었다. 일부 병사들이 동문이 무너지는 줄 알고 도망치기 시작했다. 곧 연쇄 작용을 불러일으켜 북문 수비 진영에서 걷잡을 수 없는 동요가 퍼져나갔다. 그 틈을 왜병들이 놓칠 리 없었다. 북문 쪽에서 진을 치고 있던 왜병들이 우레와 같은 함성을 내지르면서 신북문을 향해 돌진했다.

목숨을 건 백병전이 동문 쪽에서 치열히 전개되는 순간, 북문 쪽의 수비는 순식간에 와해되었다. 왜병들이 가까워지자 이탈하는 병사들이 늘어났고, 이어 병사와 백성, 너나 할 것 없이 모두들 공황 상태에 빠져들었다. 공포의 순간이 닥치자 수성에 대한 개념이 순식간에 사라져버렸다. 모두들 오직 달아날 궁리만 했고 달아나기만 했다. 달아나는 길이 곧 죽는 길이고 달아나봐야 달아날 데가 없는데도 한없이 달아났다. 사나운 장수가 그 자리에 있었더라면 도망치는 병사들의 목을 쳐가면서 악착같이 전투를 독려했을 터. 딱하게도 그럴 만한 장수가 없었다.

1차전에서도 비슷한 경우가 있었지만 그때는 끝까지 포기하지 않았다. 왜병들이 한 때 북문 성벽을 넘는 데 성공해 수비군의 전열이 무너졌고, 이에 조선군이 위기에 빠지기도 했다. 그러나 최덕양, 이납, 윤사복과 같은 지휘관들이 도망치는 군졸을 베면서까지 죽음을 무릅쓰고 막아 싸우자 달아났던 성안 병사들이 다시 돌아와서 싸웠고, 백성들도 남녀노소 할 것 없이 나서서 결사 항전으로 막아낸 사실이 있었다. 이와 비교해보면 창의군은 막판에 가서 나약함을 드러내고 말았다.

최경회, 김천일로서는 감당 못할 사태가 순식간에 벌어졌다. 병사들과 백성들은 달아나고 왜병들은 점점 다가오자 결국 그들도 부하들의 권유로 어쩔 수 없이 성문을 버리고 촉석루 쪽으로 달아났다. 일부 의병장들, 의병들, 그리고 군민들이 남아 사력을 다해 분전했으나 역부족이었다. 왜군은 드디어 진주성 한 모퉁이를 제압하는 데 성공했다.

한 쪽이 뚫리고 나면 전체가 무너지는 것은 시간문제. 신북문으로 물밀듯 밀려들어온 왜병들의 파급효과는 곧 성 전체로 퍼져나가기 시작했다. 신북문에서 부터 좌우로 그리고 정면으로 무차별 살육전을 펼치며 전진해나가는 왜병들의 공격에 북문 쪽에 끝까지 남아서 버티던 성내 수비군들은 속수무책이었다.

동문에서 한창 분전 중에, 예원도 북문 쪽에서 흘러나오는 엄청난 함성소리를 듣고 불길한 낌새를 느꼈다. 왜병들의 함성이 분명했는데 여느 때보다는 달랐다. 그렇다고 해서 치열히 접전 중인 동문에서 손을 뺄 수도 없었다. 이종인, 성수경과 더불어 기어이 동문 쪽의 적병들을 몰아낸 후 즉각 예원은 예비대 병력들에게 외쳤다. "모두들 서둘러라. 북문으로 가자."

쉰 명 남짓 남아 있는 예비대 병사들은 잠시도 쉬지 못하고 곧장 북문으로 향했다. 예원은 북문으로 출발하자마자 그 쪽에서 헐레벌떡 달려오고 있는 전령과 마주쳤다. "장군님, 큰일 났습니다. 북문 쪽이 무너지 가지고 지금 그쪽으로 왜놈들이 엄청나게 밀려오고 있습니더." 다급히 외치는 전령의 말을 듣는 순간 예원은 머리가 아찔했다. 잠시나마 현기증 같은 것이 아뜩하게 밀어닥쳤다. 곧 정신을 수습한 예원은 "모두들 빨리 뛰어라. 어서가자." 큰소리로 예비대에게 명령을 내리고는 더욱 발걸음을 빨리해 달렸다.

'아! 이렇게 끝나고 마는 건가.' 결국에는 끝장나고 말리라는 불길한 예감을 아니 한 바 아니었지만 막상 현실로 들이닥친 그 예감을 어떻게 다루어야 할지 예원은 아직 예비하지 못하고 있었다. 머릿속은 백지 상태였다. 그저 북문 쪽으로 달릴 뿐 아무 생각을 할 수 없었다.

멀리서 신북문이 보였는데, 난장판을 이루고 있었다. 이미 성벽을 타고 넘어 들어온 왜병들이 부상자 보호소, 취사실, 무기 저장고 등을 점거하고 눈에 보이는 사람들은 남녀노소 할 것 없이 마구잡이로 도륙하고 있었다. 사방팔방으로 달아나는 병사들과 백성들도 눈에 들어왔고, 마지막 순간까지 포기하지 않고 저항하는 병사들과 백성들도 눈에 들어왔다. 최후의 순간까지 왜병들과 뒤얽혀 아수라장의 참상을 연출해내고 있었다. 처참하게 도륙당하는 광경이 예원의 피를 거꾸로 솟구치게 했다. "네 이놈들." 예원이 큰 소리로 외치면서 칼을 빼어들고 두 손으로 꽉 잡았다.

왜병들도 다가오는 예원과 그 병사들을 발견하고 큰 무리를 지어 몰려들었다. 양측의 간격이 점점 좁아졌다. 제일 앞에서 긴 창으로 찔러오는 왜병을 살짝 옆으로 비껴서면서 그의 왼쪽 어깻죽지 위로부터 비스듬히 왼쪽 아래로 칼을 휘두르자 그는 단발마의 비명을 지르고 피를 뿌리면서 앞으로 대굴대굴 굴러 쓰러졌다. 그 뒤로 장교 같은 갑옷을 차려입은 왜병이 고함을 지르며 예원의 머리를 향해 칼을 내리쳤다. 예원의 칼이 그 칼을 받는 순간 양측은 뒤엉켰다. 병장기 부딪치는 소리, 고함소리, 비명소리가 어지러이 퍼져나갔다.

북문을 뚫어낸 것을 알아차린 동문 쪽 왜병들의 기가 갑자기 두 배 세배로 높아졌다. 예비 병력까지 총동원된 동문의 전 왜병들이 함성을 지르며 노도처럼 동문 좌우 성벽을 향해 밀고 들어갔다. 이종인과 성수경이 안간힘을 다하며 치열하게 접전했지만 이미 기세가 오를 대로 오른 왜병들이었다. 또한 북문을 타고 넘은 왜병들 중 일부는 예원이 이끄는 예비대와 부딪치지 않고 지나쳐 가서 협공을 해댔다. 이종인, 성수경이 아무리 뛰어난 용장인들 안 될 일은 안 될 일이었다. 막아낼 재간이 없었다. 최후까지 버티다가 장렬히 산화해갈 뿐이었다.

  중과부적이었다. 계속 밀려드는 왜병들을 막아내기에는 예원이 이끄는 병력들이 턱도 없이 부족했다. 수없이 칼을 휘두르며 적병을 쓰러뜨렸지만 이내 제압당하고 있다는 사실을 감지했다. 몇 명을 쓰러뜨렸는지 모르겠지만 예원은 미친 듯이 칼을 휘두르고 또 쑤셨다. 이미 그도 적의 칼과 창에 여러 군데를 맞아 온몸에 피가 낭자해 있었다. 그러나 피로와 고통을 느낄 사이도 없었고 쓰러질 수도 없었다. 그저 눈에 보이는 대로 찌르고 쑤셔서 쓰러뜨려 나갔다.

  왜병들이 뭐라고 고함을 지르면서 집중적으로 예원에게 몰려들었다. 왜병들의 외침 소리에서 '모꾸소'라는 말이 반복적으로 들려왔다. 예원은 왜병들이 성주인 그를 알아챘음을 알아챘다.

  장수 복장의 한 왜군이 접전 중인 예원에게 칼을 내리쳤다. 왼쪽 어깻죽지를 비켜 맞은 예원은 순간적으로 약간 비틀했다. 그 왜장이 다시 칼을 들어 올릴 때 예원이 그 순간을 놓치지 않고 먼저 그의 심장에 칼을 꽂았다. 앞으로 고꾸라지는 왜장의 배를 힘껏 발로 차면서 칼을 뽑아내 그 다음 동작을 취하려는 찰나, 장군님이 위험하다고 외치며 앞으로 다가선 손경종이 왜병이 내지르는 창에 복부를 관통 당했다.

통분하고 슬퍼할 겨를도 없었다. 손경종을 찌른 왜병을 베고 났을 때 예원은 가슴이 뜨끔함을 느꼈다. 심장 깊숙이 칼이 박혔다. 의식이 가물거렸다. '이젠 정말 끝이구나.' 오히려 홀가분하기도 했다. 주저앉는 생의 마지막 순간, 가물거리는 의식으로 저승에 들어서는 그 순간, 이승에 남겨둔 여러 가지 것들이 예원의 마지막 의식을 어지럽혔다.

성내 백성들은 어떻게 될지? 제장들과 병사들은? 그리고 아내와 가족들은? 아! 그런데 꼬맹이는…? 혼미해지는 의식 속에서 끝까지 예원을 괴롭힌 생의 마지막 번뇌들이었다. 다만 한 가지 위안거리가 있다면 저승에 가서 이유검의 얼굴을 편안히 볼 수 있으리라는 자위였다. 갑자기 휑하게 가슴이 뚫리는 느낌이 들었다. '칼이 빠져나갔나 보구나.' 예원은 주저앉으면서 스르르 눈을 감았다. 병장기 부딪치는 소리, 고함소리, 비명소리가 의식에서 점점 아득해져갔다.

대낮인데도 해가 뜨지 않아 우중충한 날씨였다. 성주가 죽은 진주성에 남아 있는 일은 왜군들이 벌이게 될 무자비한 살육전이었다.

촉석루

"마님, 큰일 났습니다. 방금 북문이 무너져 대감님께서 병사들을 이끌고 그쪽으로 갔답니다. 북문으로 왜놈들이 개 떼같이 몰려오고 있다고 합니다."

하인 김성길이 헐레벌떡 뛰어와서 관아 앞에서 부상자들을 돌보고 있는 예원의 처 이씨 부인에게 떨리는 목소리로 고했다.

"알았다. 소란 떨지 말거라. 어차피 닥칠 일이었다."

이씨 부인은 하던 일을 멈추고 마치 준비하고 있었던 일인 것처럼 침착하게 맏아들을 불렀다. 병자들을 돌보고 있던 서계성이 어머니의 말을 듣고 일어섰다.

"남아 있는 하인들과 싸울 수 있는 사람들을 모두 끌어 모아 아버지를 도우러 가거라. 부끄럽지 않은 삶이 되도록 하여라."

계성은 비장한 표정을 지으며 "예."라고 짤막하게 대답하고서는 준비를 서둘렀다. 성길을 포함해서 열댓 명이 모였다. 계성은 칼을 들었고 나머지는 창이나 몽둥이를 들었다. 재식도 몽둥이를 하나 들고 일행 속에 끼어들었을 때 이씨 부인이 재식을 불렀다.

"너는 여기 남아라."

"저도 싸우겠습니더."

"말이 많구나. 시키는 대로 하여라."

항상 따뜻한 말씨로 대해줬던 사또 마님이었는데, 오늘은 달랐다. 근엄한 목소리의 명령을 재식이 감히 거스를 수 없었다.

재빨리 준비를 마친 계성은 어머니와 처, 그리고 동생을 한 번씩 쳐다봤다. 그의 눈에 물기가 어리는 듯도 했다. 입을 꽉 다문 계성은 아무 말도 하지 않고 어머니를 향해 머리를 깊이 숙이고 나서는 재빨리 몸을 돌려 일행을 인솔해 북문 쪽으로 내달렸다. 남아 있는 사람들도 그저 물끄러미 바라만 볼뿐 아무 말도 하지 못했다. 계성의 처 노씨 부인과 막내 여동생의 얼굴은 눈물로 흠뻑 젖어 있었다. 남편 성길을 떠나보내는 길례의 얼굴도 흠뻑 젖어 있기는 마찬가지였다. 몇 명 이끌고 나가봐야 금방 개죽음을 당하고 말 것이라는 것을 모두들 잘 알고 있었다. 물론 남아 있는 그들의 목숨 또한 경각에 달려 있다는 것도 잘 알고 있었지만. 이씨 부인은 끝까지 눈물을 보이지 않았다. 그러나 말을 할 때 목소리에서 배어나오는 눈물만큼은 남들을 속일 수 없었다.

"모두들 가만 있어서는 안 된다."

목소리에 울음이 살짝 밴 것을 이씨 부인 자신도 느끼고 일단 멈추었다. 잠시 감정을 다스리고 계속 지시를 내렸다.

"우선 움직일 수 있는 사람들은 강가에라도 나갈 수 있게 해라. 그리고 길례야, 새끼를 좀 준비하여라."

지시를 내리고 이씨 부인은 중상자들의 치료를 계속했다.

교전 상황이 시시각각으로 이씨 부인에게 전해졌다. 예원의 죽음 소식과 창의사 일행의 남강 투신 소식, 그리고 계성 일행도 죽음을 당한 것 같다는 소식이 차례로 전해졌다. 이어 왜놈들이 눈에 보이는 사람들은 무조건 죽이고 있다는 소식과 내성에서 결사 항전하고 있는 수비군들도 곧 무너질 것이라는 소식까지 들려왔을 때, 이씨 부인은 자리에서 일어났다. 움직일 수 있는 사람들은 웬만큼 내보낸 상태였다.

이씨 부인은 누워 있는 중상자들을 향해 '성이 무너졌기 때문에 얼마 있지 않아 왜병들이 여기까지 쳐들어올 것이다. 끝까지 여러분들을 보살피지 못하게 되어서 미안하다. 조금이나마 움직일 수 있는 사람들은 강가로 나가 혹시라도 배가 있는지 살펴봐라. 그 외에는 할 말이 없어서 죄송하다.' 라는 요지의 말을 남겼다. 부상자들을 부축해 가느라 남아있는 여자들은 몇 명 안 되었지만, 그들에게도 각자의 길을 가라고 말했을 때, 그들은 끝까지 이씨 부인을 따르겠다며 떠나기를 거부했다. 이씨 부인 은 모두들을 향해 촉석루로 가자고 말했다. 떠나는 순간 끝까지 남아 있던 재식에게 "빨리 할머니에게 가봐라."고 말했다가 이 내 무슨 생각이 떠올랐는지, "아니다. 아니다. 할머니는 걱정 말고 날 따라가자."하면서 재식을 계속 따르게 했다.

하지만 재식이 머뭇거리며 따르려 하지 않는 반응을 보이자 이씨 부인이 재촉했다.

"왜 그러고 있니? 서두르지 않고."

"저어, 저는 그냥 할매한테 갈랍니더."

"내말 들어라. 할머니와 동생은 네보다 안전하니 걱정하지 말고 날 따라라."

"그래도…"

"이놈이. 말이 많구나. 따르라면 따를 것이지. 빨리 와."

재식이 더 이상 말을 꺼낼 엄두도 내지 못하도록 이씨 부인 은 단호하게 몰아세웠다. 재식은 거역할 도리가 없어 그대로 따랐다.

촉석루에 다다랐을 때 남강의 풍경은 살아남고자 하는 사람들의 필사적인 몸부림으로 참상을 이루고 있었다. 뗏목에 너도나도 할 것 없이 달라붙다보니 결국 그 하중을 견디지 못하고 뒤집혀서 그 때문에 빠져 허우적대는 사람들. 조그마한 부유물에 아슬아슬하게 매달려 있는 여러 식구들. 개별적으로 헤엄치고 있는 사람들. 힘이 달려 물살에 쓸려 내려가고 있는 사람들. 물가에서 발만 동동 구르며 살려달라고 울며 애원하고 있는 아낙네들이나 아이들. 몇 대의 나룻배가 강 건너서 오기는 왔는데 달라붙는 사람들로 인해 배가 뒤집힐까봐 감히 다가오지 못하고 거리를 두며 머뭇거리자, 거기를 향해 필사적으로 헤엄쳐가고 있는 사람들. 사람들. 사람들. 살려고 몸부림치는 사람들이 만들어내는 아비규환의 광경이 남강 주변을 어지럽혔다. 목불인견의 참상이 눈앞에서 전개되고 있을 때, 최후까지 저항하는 수비군들과 왜병들의 싸움소리가 등 뒤에서 점점 가까워지고 있었다.

이씨 부인은 일행을 데리고 촉석루 아래 계단을 통해 강가로 내려갔다. 주변 사람들을 진정시키고 그 앞에서 머뭇거리고 있던 나룻배를 오게 해서 사람들을 최대한 태워 보내고 났을 때, 총소리가 가까이서 울려 퍼졌다. 강가에 몰려 있던 사람들이 비명을 내지르고 혼비백산하며 사방으로 튀었다. 총소리에 놀라 그저 물에 뛰어든 사람들은 곧 물살에 휩쓸려 떠내려갔다. 이씨 부인이 재식을 향해 헤엄쳐서 강을 건너가라고 말했지만 재식은 끝까지 같이 있겠다고 고집을 부렸다. 다시 이씨 부인이 재식에게 강을 건너라고 말하는 순간, 촉석루서 이쪽을 향해 외치는 소리가 들렸다

"여보시오, 나는 역관이오. 그쪽에 목사 부인께서 계신다고 사람들에게 들었소. 맞으면 대답 해보시오."

"그렇네만."

"부인, 내 말을 잘 들으시오. 이제 다 끝났소. 헛되이 목숨을 버리려 하지 마시오. 목사께서도 죽은 마당에 그 가족들만큼은 해치고 싶지 않다고 여기 계신 왜군 장군님께서 말씀하셨소. 순순히 올라오면 포로로 왜국에 데리고 가서 궁핍하지 않게 살게 해주겠다고 약속하셨소. 물론 나중에 전쟁이 끝나면 석방한다는 조건으로 말이요. 그리고 부인께서 살아야 포로로 잡힌 아랫사람들도 보살필 것 아니겠소."

이씨 부인은 잠시 생각을 하더니 역관에게 말했다.

"먼저 부탁 하나 들어주시겠나?"

"말해보시오."

"여기 있는 남자 아이는 내 수양아들인데 포로로 데려가 주시게. 그리고 아녀자들은 장교 부인들이네. 이 사람들 역시 포로로 데려가 주시고."

이씨 부인의 부탁을 전하느라 역관이 일본군 지휘관과 쑥덕쑥덕 잠시 주고받았다.

"일단 올려 보내라고 허락하셨소."

이씨 부인이 재식에게 올라가라고 말했지만 재식이 들으려 하지 않았다.

"네 이놈. 왜 네 생각만 하니? 돌아가신 아버지 생각은 하지 않니? 할머니가 계신다면 지금 네게 뭐라고 말할 것 같니? 빨리 올라가앗."

분노한 표정을 짓고 서릿발 같은 어조로 내뱉는 사또 마님의 말투를 재식이 거스를 수 없었다. 올라가기 전에 막내 아씨를 바라봤다. 그 크고 맑은 눈망울에 눈물이 어려 있었다. 재식에게 뭔가 말을 할 듯 입을 열려다가 이내 그만 두는 것 같았다. 재식이 그 모습을 보고 차마 떠날 수 없어 머뭇거릴 때, 또다시 사또 마님의 추상같은 명령이 이어졌다. 몇 번이고 뒤돌아보며 재식은 촉석루로 올라갔다. 막내 아씨의 눈길이 재식에게 고정되어 있음을 느꼈다. 이어 몇몇 여자들도 뒤따랐다.

"길례야, 새끼를 내려놓고 너도 저들을 따라 올라가거라."

재식 일행이 올라가고 나자 이씨 부인이 이번에는 길례에게 말했다.

"마님, 제 평생 마님을 거역한 적이 있던가유. 오늘만큼은 듣지 않을 테니 더 이상 그런 말씀 마셔유."

길례의 단호한 태도를 보고 이씨 부인은 더 이상 강권할 수 없음을 알았다.

"할 수 없구나. 미안하기도 하고."

촉석루 마당에 올라서자 기다리고 있던 왜병들이 재식의 등 뒤로 양손을 묶었다. 뒤따라온 여자들도 마찬가지로 해서 남쪽 마당 끄트머리에 세웠다. 무장한 왜병들이 마당 안팎에 도열해 있었다. 싸우는 소리, 비명 소리들이 들려왔다. 제발 할머니와 영식이가 무사하기를 재식은 맘속으로 빌고 또 빌었다. 자리를 잡았을 때 촉석루서 역관이 "어, 어"하며 놀라는 소리가 들렸고 왜병들의 웅성거리는 소리도 들려 재식이 강가를 내려다 봤다.

사또 마님, 큰 며느리, 막내 아씨, 그리고 길례의 발목에는 새끼줄이 매여 서로 연결되어 있었고, 이어 네 사람이 동시에 물에 뛰어들었다. 순식간이었다. 그런데 그 찰나 재식은 틀림없이 보았다. 물에 몸을 던지기 직전, 막내아씨가 재식이 있는 쪽을 향해 고개를 돌렸다가 뛰어내리는 모습을 한 순간도 놓치지 않았다. 재식의 머리가 갑자기 하얘졌다. 아무 생각도 할 수 없었다.

"우우우욱" 뱃속 깊은 곳에서부터 나오는 괴성을 내뱉으며 재식은 강 쪽의 성벽 위로 몸을 내던졌다. 벽을 타고 넘어 오로지 같이 물속에 뛰어들어야 한다는 일념뿐이었다. 성벽 위로 몸을 던져 강 쪽으로 넘어가려고 버둥거릴 때 누군가가 재식의 뒷덜미를 낚아챘다. 촉석루 마당에 떨어진 재식에게 왜병들의 발길질이 이어졌다.

성내에서는 남, 동, 북쪽에서부터 물밀듯 밀려들어 온 왜병들의 인간 사냥이 벌어지고 있었다. 남녀노소를 가리지 않고 눈에 보이는 족족 쏘고, 찌르고, 쑤시고, 베면서 왜병들은 조선 사람들을 죽여 나갔다. 진주성은 생지옥으로 바뀌었다. 생지옥 속에서 죄 없이 죽어가는 사람들이 내는 비명소리가 온 성을 진동시켰다. 백성들은 떼로 몰려 기를 쓰고 달아나려 했지만 갈 곳이 없었다. 가족들을 데리고 도망치던 중 왜병의 추격이 가까워지자 가족들은 버려두고 혼자 더 멀리 달아났다가 피를 흘리며 쓰러지는 아내와 자식들을 뒤돌아보고 다시 돌아와 맨손으로 덤벼들다가 칼 맞아 죽어가는 아버지들, 칼과 창에 찔렸음에도 식구들이 달아날 수 있게 끝까지 왜병을 붙잡고 놓아주지 않는 할아버지와 할머니들, 달아나다가 포기하고 주저앉아 가만히 내려치는 칼을 받아내는 사람들, 공포에 질려 아예 달아날 생각조차 못하고 벌벌 떨고 있다가 조총 세례를 받고 쓰러지는 사람들, 집단으로 줄을 서서 마치 칼질 실습의 대상처럼 차례대로 칼 맞아 쓰러져가는 사람들, 죽은 엄마를 붙들고 울어대다 뒤에서 내려치는 칼에 죽어가는 아이들, 무더기로 붙잡혀 담벼락에 서 있다가 무자비하게 달려와서 찔러대는 장창 부대에 배가 관통되어 삐져나오는 내장을 공포에 질려 바라보면서 처참하게 죽어가는 사람들. 온종일 사람들은 비명을 지르며 죽어갔다. 조선 사람들은 공포에 떨며 참혹하게 죽어갔고, 성내 곳곳에 시체가 산더미처럼 쌓여갔다. 사람들은 그렇게 죽어갔다.

쌀 창고

어두워졌다. 개동이네 헛간 나무더미 뒤에서 순분은 영식이
를 데리고 숨어 있었다. 개동이 엄마는 며칠 전 애들을 데리고
남문 쪽에 있는 큰집으로 떠나고 없었다. 함께 가자고 권했지만
순분은 사람들이 많으면 오히려 위험할 것 같아 그냥 집에 남아
있었다. 낮에 왜병들이 동네를 샅샅이 뒤지면서 사람들을 죽일
때, 순분은 다행히 들키지 않았다. 영식을 꼭 껴안고 공포에 떨
며 길고 긴 밝은 하루를 보냈다.

어림없는 일인 줄 알면서도 어둠을 틈타 혹시라도 왜병들 몰
래 재식을 관아 주변에서 찾을 수 있을까 싶어서 순분은 영식을
혼자 두고 살짝 바깥으로 나가봤다. 그러나 이내 돌아오고 말았
다. 어둠 속에서도 횃불을 밝힌 왜병들이 돌아다니며 사람들을
찾아다니고 있었고, 아직 간간이 비명소리가 들려왔기 때문이
었다. 영식을 다시 꼭 껴안고 밤을 지새웠다.

"할매, 할매. 저 소리 들어봐라." 영식의 말을 듣고 순분은 잠에서 깨어났다. 뜬눈으로 밤을 지새우다시피 하다가 아침이 되어서야 자기도 모르게 잠들었던 모양이었다. 순분이 귀를 기울였다. 누군가가 동네를 돌아다니며 큰소리로 외치고 있었다.

"동네 사람들은 모두 들으시오. 이제 다 끝났소. 어제 성이 함락되었기 때문에 더 이상 왜군들이 사람들을 죽이지 않기로 했소. 모두들 나와서 쌀 창고로 모이시오. 그럼 그곳에서 간단하게 조사하고 모두 풀어줄 것이오. 나오지 않는 사람들은 나중에 발각되면 죽음을 면치 못할 것이오. 빨리들 나오시오. 쌀 창고로 가면 살 수 있소."

순분은 온몸의 기력이 순식간에 빠지는 것 같았다. 죽음의 문턱에서 살아났다는 안도감이 오히려 온몸의 힘을 뺐다. 대문 밖의 눈치를 살펴봤다. 쥐 죽은 듯 고요하던 골목길에서 하나둘씩 사람들이 슬금슬금 나오기 시작했다. 용케 잘들 숨어서 견뎌 냈던 사람들이었다. 드문드문 사람들이 나서는 것을 보고 순분도 영식을 데리고 쌀 창고로 갔다. 쌀 창고에는 벌써 꽤 많은 사람들이 모여 있었다.

"무슨 조사를 할 끼라고 모두 모이라 캤겠노?" "세금이라도

걸을라 카나." "혹시 한꺼번에 다 잡아가지고 어데 팔아 물라 카는 거는 아이가?" "재수 없는 소리 마라." "엄마 손 꼭 잡아래이." 저마다 웅성대고 있었다.

이윽고 쌀 창고에 사람들로 꽉 차자 바깥에서 문을 닫고 망치질하는 소리가 들렸다. "이것들이 와이라노?" "전부 가다(가두어) 죽일라 카나?" 여기저기서 불길함을 인지한 사람들이 소리치기 시작했다. 순간 순분도 불길함을 느꼈지만 애써 떨치려 했다. 어느 정도 시간이 흐르고 났을 때 영식이가 "할매, 연기 냄새가 난다." 기침을 하며 말했다. 아니나 다를까 곳곳에서 기침소리가 들려왔다. "할매, 덥다." 아! 그제야 순분은 깨달았다. 왜병들이 창고에다 불을 지른 것이었다.

눈앞이 깜깜했지만 순분이 어떻게 해볼 도리가 없었다. 창고 안은 순식간에 대열지옥으로 변했다. 슬픈 울음소리와 처참한 비명소리가 창고 안을 가득 채웠다. 점점 더 뜨거워지고 숨이 막혔다. 순분은 영식을 꼭 껴안았다. "할매, 할매." 하면서 영식이도 순분을 꼭 껴안았다. 순분은 하염없이 눈물을 흘렸다. 할 말이 없었다. 다만 흐릿해가는 의식 속에서 제발 재식이만이라도 꼭 살려달라고 천지신명께 빌었다.

슬픈 진주성이었다. 살려고 성에 남은 사람들과 살려고 성에 들어온 사람들이 아무 죄도 없이 비참하게 죽어갔다. 도요토미 히데요시의 미치광이 짓으로 해서, 거기에 장단을 맞춘 임금과 조정 대신들의 어리석음으로 해서, 미친 히데요시의 말을 맹목적으로 좇는 왜장들과 왜병들의 악랄함으로 해서, 죽지 않아도 되었을 수많은 사람들이 저마다 안타까운 사연을 남긴 채 애처롭고도 참혹하게 죽어갔다.

슬픈 진주성이었다. 너무나 슬픈!

포로 송환과 재회

1606년(선조 재위 후기, 선조는 1608년 2월에 죽음) 3월 중순, 봄이 무르익었지만 바닷바람은 아직 쌀쌀했다. 재식은 선실에 가만히 있을 수 없어 계속 갑판에서 서성거렸다. 하늘은 맑았고 해를 보니 아직 저녁때는 한참 남은 것 같았다. 이제 두 식경 후면 부산항에 도착한다는데, 겨우 두 식경만 참으면 되는데, 13년간이나 잘 참아 왔는데, 막판에 와서 왜 이리도 시간이 더디 가는지, 조마조마한 심정으로 갑판 위를 왔다 갔다 했다. 갑판에서 서성대는 다른 사람들 역시 다 똑같은 심정이리라고 재식은 생각했다.

일본에 포로로 끌려갔지만 다행히 마음씨 좋은 주인을 만나서 그동안 지내는 데 어려움은 없었다. 천성이 부지런해 돈도 얼마간 모았다. 그런데 지난 겨울에 천만뜻밖에도 큰아버지로부터 편지를 받았다. 큰아버지가 재식이 있는 곳을 어떤 경로를 통해 찾아냈는지 모르겠지만 편지를 받았을 때 재식이 느꼈던 그 놀라움과 기쁨을 어찌 필설로 표현할 수 있었겠는가.

「만약 네가 살아서 이 편지를 받아 볼 수 있다면 나는 이제 죽어도 여한이 없다. 모두 죽은 줄 알고 슬픔과 절망에 빠져 있던 차에, 네가 죽지 않고 포로로 끌려갔다는 소식을 우연히 들었다. 그때부터 내 삶의 유일한 존재 가치는 너를 찾는 일이었다. 긴 말 하지 않겠다. 무조건 살아서 돌아와라. 돈이 얼마가 들던지 여기서 다 보내줄 터이니 무조건 조선으로 오는 길을 마련해라. 네가 돌아올 때까지는 내가 살아 있어야 할 텐데 내 몸이 그때까지 버텨줄지 모르겠구나. 어쨌든 죽지 말고 돌아와라. 꽃님이는 혼인해서 잘 살고 있다. 평촌 집에는 꽃님이 부부가 살고 있고 전답은 꽃님이와 읍내에서 온 두 동생 그리고 무길에게 골고루 나누어 주었다. 무길과 그 식구들은 면천해주었다. 수산에 네가 앞으로 살아 가는데 전혀 부족함이 없도록 집과 전답을 마련해 놓았으니 아무 걱정 마라. 눈물이 나는구나. 눈물이 앞을 가리는구나. 내가 무슨 말을 해야 하겠나. 죽기 전에 너를 볼 수 있다면 내 생애 더 이상의 복됨이 어디 있겠나. 재식아, 미안하구나. 꼭 돌아와라. 보고 싶구나. 보고 싶구나.」

재식의 품속에 그 편지가 고이 간직되어 있었다. 편지 생각을 하니 또 다시 눈시울이 뜨거워졌다. 소맷자락으로 눈물을 훔치고 다시 서성이는데 저쪽 갑판으로 웬 사람이 올라오는 것이 보였다. 대충 보기에 비슷한 연배인 것 같았다. 포로로 잡혀 있다가 조선으로 돌아가는 사람들 중 하나이겠거니 여기고 그냥 계속 서성거렸다. 그런데 방금 갑판으로 올라온 그 사람이 가만 서서 이상하다는 듯 이쪽을 계속 응시했다.

재식도 멈춰 서서 그 사람을 마주봤다. 눈에 익은 얼굴인 것도 같았다. 그 사람이 재식 쪽으로 다가와서 말을 걸었다.

"아까, 배를 탈 때 말을 할까 하다가 설마하고 그냥 넘어갔는데, 혹시 성이 최씨가 아니시오?"

가까이 다가온 상대방을 자세히 본 뒤 누군지 깨닫고 재식은 하마터면 놀라 자빠질 뻔했다. 너무나 의외였다.

"아니, 이런! 당신 혹시 서씨요?"

"맞구나. 그래, 이 사람아. 나 모르겠나. 계철일세. 자넨 틀림없는 재식이고."

누가 뭐라고 할 것도 없이 두 사람은 서로 부둥켜안았다. 두 사람의 눈에서 뜨거운 눈물이 흘러내렸다. 한동안 서로가 말이 없었다. 이윽고 몸을 떼면서 재식이 먼저 입을 열었다.

"함양에 있어야 할 자네가 와 여기 있노?"

"죽었어야 할 자네는 왜 여기 있나?"

재식의 질문에 계철은 똑같이 질문했다.

"자네 어머니가 왜군에게 나를 수양아들이라 속이고서 포로로 보냈다 아이가. 그 때문에 목숨을 건진 것이라 카이."

"그랬었구나. 나는 성이 무너지고 이틀인가 있다가 급보를 받았다네. 그 다음날 아침 일찍 진주로 출발한 것이고. 처가 식구들과 안사람이 극구 말렸지만 그땐 아무 생각이 안 나더군. 오직 아버님 시신이라도 찾아야 한다는 마음뿐이었지."

"왜병들이 자네를 죽이지는 않았는가 보네."

"계사년 7월 4일인가 5일에 진주에 도착해 남강 가에서 울면서 아버님 시신을 찾고 있었지. 그때 왜병들이 다가와서 나를 붙잡아 그들의 대장에게 끌고 가더군. 성주의 아들이라고 신분을 밝히니까 죽이지는 않고 포로로 데리고 갔다네."

재식과 계철은 시간 가는 줄을 모르고 갑판에서 이야기꽃을 피웠다. 잠시 전만 하더라도 그렇게 더디 가던 시간이 금방 흘러가 버렸다.

그로부터 세월은 십 수 년이 더 흘러 광해군 치세 후기, 밀양 수산의 어느 따스한 봄날 저녁. 재식이 사랑에 앉아 저녁밥을 기다리고 있을 때 바깥이 갑자기 소란스러워졌다. "아이고오,

이게 누고. 우리 사위아이가!" 수선떠는 소리의 주인공은 재식의 처였다. 사위가 왔다는 소리에 깜짝 놀란 재식이 벌떡 일어나 사랑문을 열고 나갔다.

"아니 일찍 왔네. 나는 모레쯤 도착할 줄 알았디만은."

마당에 들어선 젊은이를 재식은 반갑고도 놀라운 목소리로 맞이했다. 며칠 후 재식의 집에서 그의 맏딸과 혼례를 치룰 예비 사위였다.

"예에. 제가 먼저 왔습니더. 아버님하고 어머님은 혼례식에 맞차서 오실 겁니더."

"알았네. 어서 들어가세."

사위라는 젊은이를 재식은 반갑게 사랑으로 이끌고 갔다.

"장인어른 평안하셨습니꺼?"

젊은이가 재식에게 우선 큰 절부터 올리고 안부를 물었다. 그는 지금 저 멀리 함양서 오는 길이었고, 그의 아버지는 다름 아닌 서계철이었다.

"그래, 그래. 저녁 묵을라 캤디만은 마침 잘됐네. 같이 저녁부터 묵고 이야기 하자."

이어 재식이 바깥을 향해 소리쳤다.

"이 봐라. 여기 빨리 밥 좀 갖다 도고."

서계철의 맏아들이 함양서 밀양 수산으로 장가를 들었다. 이후 이 맏아들, 즉 서예원의 손자는 수산의 처가에서 정착했다.

이로부터 세월이 또 400여 년이 흐른 2012년 봄. 밀양 수산에는 아직 서예원의 후손들이 그대로 살고 있고 앞으로도 살게 될 것이다. 물론 그동안 많이 흩어지기도 했지만 그 뿌리는 아직 수산에 있다는 말이다. 수산 동촌에는 서예원 일가의 충절을 기린 육절각이 있고 그 옆에는 한 후손이 살면서 보살피고 있다.

그런데 강원도 횡성에 가면 조선 조정이 서예원 일가의 충절을 기려서 내린 육절려(강원도 유형문화재 제65호)가 또 있다. 밀양의 육절각은 무엇이고, 또 뜻밖에도 횡성의 육절려는 무엇이란 말인가?

정작 진주에 가보면 서예원을 찾기가 어렵다.
일단 여기서 접고 나머지는 뒷이야기로 미룬다.

〈끝〉

첫 번째 뒷이야기

* 이 글은 실화를 바탕으로 한 허구 소설이다. 그냥 소설로 읽으면 된다. 다만 허구지만 역사적 사실과 일치시키려 필자 나름의 최선을 다했음을 밝혀둔다.

* 〈조선왕조실록〉에 실린 서예원에 대한 기록은 터무니없이 왜곡되어 있다. 서예원은 전투 중에 질질 울면서 돌아다닌 겁쟁이로 묘사되어 있다. 정작 전투의 주역은 김천일로 되어 있는데, 아마 서예원의 반대파인 서인들이 그 기록을 담당했기 때문이었을 것이다.

* 상권 부록에서도 밝혔지만 김천일은 충신이었다. 또한 최경회, 황진, 이종인등도 나라를 위해 그들의 목숨을 아끼지 않은 충신들이었다. 필자는 이들이 잘못되었다고 말하는 것이 아니니 오해를 말았으면 한다. 다만 서예원에 대한 왜곡이 잘못되었다고 말하는 것뿐이다.

* 서인들이 조선왕조실록에서 서예원을 왜곡시켜 놓은 내용을 이 책에서 기술하려고 하다가 고민 끝에 따로 정리를 해서 출판사 사이트에 올려놓았다. 관심이 있는 독자께서는 출판사 사이트를 방문하면 된다.
  (사이트주소 : www.ebook24.co.kr)

* 서예원의 행적은 여러 기록과 함께 서예원의 행장(죽은 사람이 평생 살아온 일을 적은 글)을 참고로 했다.

* 행장은 필자가 직접 본 것은 아니다. 후손 중의 한 분이 필자에게 행장의 내용을 전해준 것이다.

* 전쟁이 끝나고 세월이 좀 흐른 뒤 조선 조정과 왜 조정의 협상에 의해 포로로 끌려간 조선 사람들이 차츰 조선으로 돌아오게 되었는데, 그 중에 진주성 전투를 겪은 사람도 있었고, 서예원의 둘째 아들인 서계철도 있었다. 그렇게 되자 서예원이 억울하게 기록되었다는 사실이 여러 사람들의 입을 통해 밝혀지게 된다. 결국 후손들의 탄원으로 조선 조정에서도 서예원의 공로를 인정한다.

* 1678년(숙종 4년), 조선 조정은 서예원을 태의명족여판서로 추증했고, 1817년(순조 17년)에 그의 일가를 기리는 육절려(강원도 유형문화재 제65호)라는 정각을 강원도 횡성에 내렸다. 그런데 왜 밀양 수산이 아니라 강원도 횡성일까? 물론 수산에도 육절각이 있기는 하지만. 두 번째 뒷이야기에서 밝힌다.

* 그 당시의 포와 쌀의 가치를 정확하게 판단할 수 없다. 명종 때의 것과 숙종 때의 것이 기록되어 있는 것을 참조했다. 말 그대로 참조했을 뿐이지 그때의 가치와 소설 속의 가치는 일치하지 않는다.

* 소설 초반에 밀양성이 봄비에 무너졌다는 장면이 나오는데 실제 그런 기록이 있다.

* 소설에서도 밝혔듯이 임진왜란 개전 초 일주일 가까이 보여 준 조선군의 대응은 신속 기민했다. 적이 상상 외로 강했다는 것은 어쩔 수 없는 사실이라 할지라도 부산진성과 동래성이 너무 쉽게 무너진 아쉬움은 남는다.

* 서예원(임진년 당시 46세)의 고향은 서울 건천동(중구 인현동 부근)이다. 이 동네 출신으로 서인원(49세, 서예원의 친형), 이순신(48세), 유성룡(51세), 한석봉(50세)이 있는데, 유성룡 과는 한 동네에 살았다는 것이 기록으로 확인되었다. 특히 서 예원의 아버지 서형의 신도비명은 유성룡이 글을 짓고 한석 봉이 글을 쓴 것이다.

* 서예원의 인맥은 이산해(북인), 유성룡(남인), 김성일(남인), 서인원(남인), 이순신(남인) 등으로 동인 계열에서도 주로 남 인에 속한다. 이 시기부터 생긴 당파에 관해서는 상권 부록에 이미 정리해놓았다.

* 손경종은 실존 인물이고 서예원이 그를 구한 사실도 실화이 다. 소설 속의 상황은 필자가 꾸며낸 것이지만 손경종이 왜군 에게 거의 잡히려 할 때 서예원이 활로서 구해낸 것만은 확실 하다. 손경종이 그 이후 끝까지 서예원을 따라다녔는지는 알 수 없다. 소설의 전개상 끝까지 따라다니는 것으로 했다.

* 김시민이 죽은 시기에 대한 기록들이 일치하지 않는다. 총을

맞고 얼마 있지 않아서 죽었다는 기록이 있고 12월 말경에 죽었다는 기록이 있다. KBS의 〈역사스페셜〉에서는 12월 말로 나타내고 있다. 그런데 12월에 서예원이 용인서 진주로 내려간 것은 확실하므로 김시민이 죽은 것은 12월 말경으로 보는 것이 타당하다.

* 도요토미 히데요시는 진주성의 목사가 끝까지 김시민인 줄로 알았고, 왜국으로 보내진 서예원의 목 또한 김시민의 목으로 여겼다는 기록들이 있는데, 아마 김시민을 높이 평가하다 보니 생긴 오해일 터이다. 임진왜란 당시에도 왜군과 조선 사람들 사이에 왕래가 많았고, 명과의 강화협상이 계속되고 있어 서로의 사정을 잘 알고 있었다. 무엇보다도 서예원의 아들 서계철이 포로로 잡혀갔는데 어떻게 왜국 사람들이 서예원을 김시민이라고 여길 수 있다는 말인가?

* 다음은 신문기사이다. 여러 일간지에 실린 것이기 때문에 인터넷 검색이 가능하다.
  → 부산시 한일문화연구소 김문길 소장이, 임진왜란 당시 왜군이 진주목사 서예원 장군의 머리를 왜국에 보냈다는 문서

(주인장, 朱印狀)를 발견했다고 밝혔다. 김 소장은 최근 한 · 일 문화 연구를 위해 일본 기타큐슈(北九州)를 방문했으며 이곳에 있는 구로다 마사나가(黑田政長 임진왜란 때 진주성을 공격한 왜장) 가문이 소장한 문서 속에서 주인장을 찾았다고 밝혔다. 김 소장은, 주인장에는 서예원 장군이란 글은 없지만 1907년 일본 도쿄대학교 호시노 히사시 교수가 발표한 '진주성 싸움에서 승리한 왜군은 서예원 성주의 머리를 상자에 넣어 일본으로 보내 도요토미 대불전 앞에 묻었다.'란 논문 내용을 볼 때 주인장 내용 중 수(首)에 서예원 장군이 포함됐다고 보고 있다.

* 최경회의 목이 서예원의 목과 함께 나고야에 있는 풍신수길에게 보내졌고, 여기서 다시 교토로 보내져, 그곳의 길거리에서 효수되었다는 이야기가 나오는 일부 문헌이 있다. 그렇게 되면 최경회는 촉석루로 도망치지 않고 마지막까지 신북문에 남아서 지휘를 하다가 전사했다는 말이 된다. 남강에 빠져 죽은 최경회를 왜병들이 건져냈을 리는 없었을 테니까.

* 서예원의 목이 보내진 것은 방금 기록에도 등장했지만, 최경

회는 불확실하다. 결국 최경회의 목이 일본에서 효수되었다
는 기록이 잘못되었을 가능성이 크다.

* 논개의 신원이 확실하지 않아 이야기에서 뺐다. 관기라고도
하고 최경회의 첩이라고 하는데 둘 다 정확하지가 않다. 관기
라면 서예원의 시중을 들었을 것인데, 그랬을 가능성은 전혀
없다. 서예원과 논개가 서로 연관된 이야기가 하나도 남아있
지 않으니까.

* 최경회의 첩이라고 하기에도 의문의 여지가 많다. 풍전등화
의 위기에 빠져 있는 진주성을 구원하러 가면서 첩을 데리고
갔다는 사실이 이해가 되지 않는다. 만약 최경회가 진주에서
그 이전부터 머무르고 있었다면 그런대로 믿어 주겠다. 그러
나 최경회는 전라도 쪽에 있다가 진주성이 위기에 빠지게 되
자 도와주러 의령으로 달려갔다. 그 후에는 죽음을 무릅쓰고
김천일 등과 진주성으로 들어갔는데 그 와중에 첩을 데리고
다녔겠는가? 그것도 육십이 넘은 노인이 열아홉 살짜리 첩을
말이다. 만약 실제로 육십이 넘은 노인이 열아홉 살 애인을
데리고 싸우러 나섰다면 주변 사람들이 뭐라고 했겠는가?

* 나이 말이 나왔으니 나이로 더 따져 보자. 최경회의 첩이라는 설에 따르면, 최경회가 59세 때 전북 장수 출신인 17세의 주 논개를 첩으로 맞이하게 된다. 이 역시 믿음이 가지 않는다. 분명 논개의 실체는 모호하다. 진주성 2차 전투가 끝나고 사 람들 사이에서 논개 이야기가 흘러나왔다고 한다. 그러나 정 확한 실체는 없다.

* 필자는 두 가지로 추론해본다. 첫째, 아예 논개 이야기가 꾸 며졌을 가능성이 있다. 즉 그런 일이 없었는데 누군가가 아름 다운 소설을 만들어 내었을 가능성이 있다. 둘째, 분명히 조 선의 어느 여자가 왜장을 껴안고 같이 죽은 의로운 사실이 있 기는 있었는데, 그 신원은 미상이었다. 이 신원 미상의 사람 을 후세 사람들이 추적하는 과정에서 최경회와 연관을 시켜 그의 첩이 되도록 꾸몄을 가능성도 있다.

* 서예원이 지대 차사원으로 상주에 간 사건은 미스테리이다.

* 조선 조정에서 보냈는지, 명에서 불렀는지, 일본과 명이 짜고 그랬는지, 서예원 스스로 갔는지 알 수 없다. 다만 진주성을

구하려고 필사적으로 몸부림쳤을 것임은 어렵지 않게 추측할 수 있다. 상주에 간 시점은 5월 20일 부근이 아닌가 추측된다. 조·명 연합군이 한강을 건너기 시작한 때가 5월 6일이기 때문이다.

* 진주서 상주까지는 먼 거리(약 200~210km)다. 하루 24km(60리)를 걷는다고 가정하면 도보로 8일 이상 걸리는 거리다. 말을 타고 서둘렀다 할지라도 장마 기간이라 왕복 최소 10이나 12일을 잡아야 한다. 그렇다면 실질적으로 서예원이 상주서 머문 기간은 대략 보름이나 좀 더 넘었을 정도로 예상된다.

* 급박한 시점에서 명나라 장수 접대 때문에 성의 주장과 부주장(성수경)을 동시에 조선 조정이 보냈다고 하기에는 뭔가 석연치 않다. 유성룡도 처음에는 모르고 있었다. 피치 못해서 간 것만은 틀림없다. 놀러간 것은 아닐 것이다. 자발적으로 간 것인지, 가지 않으면 안 되었기 때문에 간 것인지는 모르지만, 아무튼 서예원은 상주에서 왕필적과 지내면서 그를 진주성 싸움에 끌어들이려 했을 것임은 틀림없다.

* 서예원이 조선왕조실록의 기록처럼 정말 겁쟁이였다면 며칠
  만 더 시간을 끌었으면 쉽게 끝날 문제였다. 왜군이 진주성을
  포위하고 난 뒤 부근에 도착해서 성에 못 들어가고 발을 동동
  구르는 시늉을 했으면 완벽한 시나리오가 될 것이었으니까.
  더 파렴치한이었다면 가족도 미리 빼놓았을 것이다. 성이 포
  위되기 직전 위험을 무릅쓰고 성에 들어간 사람이 어떻게 겁
  쟁이란 말인가.

* 상주에서 돌아온 서예원이 입성한 정확한 시점이 확실치 않
  지만 왕필적을 대동해서 함께 들어간 것 같지는 않다. 그렇다
  면 그런 기록이 발견되어야 할 것이다. 결국 서예원이 먼저
  입성하고 왕필적과 정기룡은 뒤따라 들어갔다고 봐야 한다.

* 서예원과 성수경이 한 달 가량 성을 비웠지만 그동안 진주성
  에는 이종인이 계속 있었다. 그리고 진주성 군사들도 있었다.
  즉 비워 놓고 아무 일도 안 했던 것이 아니다.

* 김해 부사 이종인이 진주성 2차 싸움이 있기 전에 남 먼저 입
  성했다고 조선왕조실록을 인용해 대부분의 자료에서 기록하

고 있는데, 잘못된 것이다. 김해성은 임진왜란과 정유재란 내내 왜군 치하에 있었다. 이종인은 김성일 밑에 있다가 김성일의 배려로 김해 부사로 임명되었고, 김성일은 죽기 전까지 진주성에 있었다. 이종인이 김해 부사로 임명되었지만 김성일과 같이 있었다는 뜻이다. 갈 곳이 없었던 그가 어디로 간다는 말인가. 계속 진주성에 남아 있었다는 말이 된다.

* 서예원이 서희의 후손인 것은 사실이고 왕필적에게 은을 뇌물로 바치는 장면은 순전히 필자의 상상이다. 혹시라도 오해를 말았으면 한다. 사람을 끌어들이려 할 때 가장 손쉬운 방법이 뇌물이고 또 그것이 인간적이라고 생각되어 그렇게 썼을 뿐이다. 필자의 사람됨이 그 정도밖에 안 된다.

* 노비 김성길 부부가 끝까지 주인을 따르다가 죽은 것도 사실이다. 강원도 횡성의 육절려 관리대장의 기재 내용에는 김성길 부부의 충절을 기리는 말도 들어 있다.

* 전멸했기 때문에 진주성 2차전 때 조선군의 군사수를 정확하게 알 수는 없다. 추측해보는 수와 들리는 말에 의존할 수밖

에 없다. 1차전 때 3,800명이라는 기록을 토대로 우선 여기서 3,000명 정도는 남았을 것이다. 김면이 죽으면서 남긴 병사들 중 일부가 합류되었을 가능성도 있다. 그 외에 실제 2차전 때 진주성에 들어간 병사들은 얼마 되지 않았다고 봐야 한다. 또한 2차전 전투가 끝난 뒤 왜병들이 무엇보다 조선군 3,000명을 죽일 수 있어서 다행이었다고 쑥덕거렸다는 이야기가 전해진다.

* 곽재우가 진주성에 입성하려는 황진을 말렸다는 기록이 있는데, 이때 장수들만 있고 따르는 병졸들은 얼마 안 되었다고 기록해 놓은 사실로 미루어보아 최경회, 황진, 김천일 등이 많은 병력을 데리고 있었을 가능성은 희박하다. 상식적으로 판단하더라도 죽을 자리에 나설 사람이 얼마나 되었겠는가?

* 현재 진주성 내에는 이 전투에서 순절한 조상들의 얼을 기리기 위해 임진대첩계사순의단을 비롯하여, 창렬사 및 임진왜란기념 국립진주박물관 등이 있다. 그런데 이러한 기념물에는 2차 진주성 전투의 주역은 김천일, 최경회, 황진 및 호남의 의병들 2,800여 명이라고 거리낌 없이 기록되어 있다. 도

대체 기록을 한 사람들의 숫자 감각이 있는지 의심스럽다.

* 의령에서 도원수 김명원이 관군과 의병을 다 끌어 모은 병력을 합쳐봐야 3,000명에서 5,000명 정도였다. 소설에서는 많이 잡아 5,000명으로 묘사했는데, 김천일, 최경회, 황진이 어디서 의병들을 2,800명이나 따로 모았다는 말인가. 또한 1차전이 끝나고부터 진주성은 텅 비어 있었더란 말인가? 김시민이 남겨놓았던 진주성의 병사들과 그 지휘관들은 어디로 사라졌더란 말인가? 그런데도 김천일등이 2,800명을 따로 모아서 진주로 갔다는 말을 아무 비판도 없이 그대로 받아들이는 사람들이 있으니 안타깝다.

* 무엇보다 조선의 군사들이 의령에서 함안으로 진격했을 때 먹을 것이 없어서 익지도 않은 감으로 허기를 때웠다는 기록이 확실하게 존재하는데, 김천일등이 그들이 따로 거느렸다는 2,800명이나 되는 군사들을 무슨 재주로 먹였다는 말인가? 이치적으로 도저히 말이 안 된다. 하지만 진주성 기념물에 버젓이 붙어있다.

* 서예원이 부르지 않아도 될 식구들을 그것도 위험한 줄 알면서 구태여 진주성으로 부른 이유는 소설의 내용처럼 서예원이 진주성 백성들과 동화하기 위해서였을 것이다.

* 서예원의 둘째 아들인 서계철이 함양으로 장가를 간 것은 맞는데 역시 정확한 시점은 모른다. 아마 3~4월쯤 아닐까 한다.

* 그 당시 장가가는 풍습과 처가살이 풍습은 흔한 것이었다. 장가간다는 말은 장인 집에 들어간다는 뜻이다. 이순신은 방씨 집안에 장가들어 10년간 처가살이 했고, 율곡 이이는 강릉 외가에서 나고 자랐다. 조선 초기 사림의 시조 김종직은 밀양 사람이지만 아버지는 선산 사람이다. 어머니가 밀양 박씨로서 밀양 사람인데, 아버지가 처가에서 주로 살았기 때문에 김종직도 자연히 밀양에서 태어나 밀양에서 살게 된 것이다. 따라서 서계철이 진주에서 함양으로 장가간 것은 전혀 이상할 것이 없다. 서계철의 장남 또한 함양에서 저 멀리 밀양으로 장가를 가게 되는 것이고.

* 다만 진주성 전투를 몇 달 앞두고 장가를 간 시점이 미묘하다. 어쩌면 이씨 부인은 위험을 예감했는지 모른다. 둘째 아들이라도 살리려 서둘러 장가를 보냈을 수도 있다. 그렇다면 안타까운 부모 마음의 발로이지 트집 잡을 일은 아니라고 본다.

* 전투가 끝난 뒤 급보를 받고 서계철은 가족의 시신을 찾기 위해 진주성으로 달려가지만 이내 왜군에게 사로잡힌다. 그가 가족이 모두 죽은 성주의 아들이란 사실을 왜군 측에서 알고 차마 죽이지는 못한다. 포로가 된 서계철은 일본으로 끌려가 백제계인 조선사람 휘원(揮原)의 집에서 머물다가 13년 만에 포로 송환 시 귀환한다.

* 13년 만에 돌아온 남편이자 사위를 맞은 서계철의 함양 처가에서는 의아하게 여긴다. 14세에 잡혀가서 27세에 왔으니 당연한 일이다. 이때 처가에서 서계철 본인이 정말 맞는지 시험을 친다. 우스운 일 같지만 사실이다. 소위 말하는 구술시험을 본 것이다. 예전의 일들을 꼬치꼬치 캐물었을 때 서계철이 제대로 답하자 처가에서 남편이자 사위로 인정해준다.

* 남편으로, 사위로 인정받고 나서 서계철은 부모의 옷가지 등
  을 모아 함양군 수동면 백송리에 가묘를 만들고 초혼장(죽은
  사람의 혼령을 불러내서 치르는 장례)을 치른다. 지금도 그
  묘소는 함양에 있는데 쓸쓸하기 그지없다고 한다.

* 서계철은 조선으로 돌아온 후 평생을 함양에서 살다가 죽는
  다. 맏아들은 밀양으로 장가를 보냈지만 나머지 자식들은
  함양에서 살았기 때문에 함양에도 그 후손들이 남아 있다고
  한다.

두 번째 뒷이야기 (밀양의 육절각, 횡성의 육절려)

* 여기서 새로운 사실을 하나 더 밝힌다. 서예원에게 막내아들
  이 한 명 더 있었다. 소설에서는 그가 죽기 전에 '꼬맹이'라고
  한 말로서 나타냈다.

* 서예원의 친형인 서인원에게 아들이 없었다. 그래서 서예원
  의 막내아들이 어릴 때 서인원의 대를 잇게 하기 위해 양자로
  보냈다. 역시 흔한 풍속이었다.

* 이 막내아들, 즉 서인원의 양자가 자라서 벼슬을 하게 되지
  만 나중에 광해군의 눈 밖에 난다. 광해군이 인목대비를 폐
  위하려고 할 때 이를 반대하다가 목숨의 위협을 느껴 강원도
  횡성으로 달아나는 것이다. 여기서 잠깐 여담이지만 벽초 홍
  명희의 임꺽정 제1권 이야기가 홍문관 교리 이장곤으로부터
  시작되는데, 비슷한 경우이다. 이장곤은 연산군에 의해 거제
  도로 귀양 갔다가 거기서도 목숨의 위협을 느껴 북쪽으로 달
  아나 백정의 딸과 결혼해서 숨어 산다. 나중에 중종반정 이

후 다시 서울로 돌아가 벼슬살이를 하면서도 천한 태생의 아내를 끝까지 내치지 않았고, 이 백정의 딸은 훗날 정경부인까지 이른다.

* 서인원의 양자는 원래 서울에 아내를 두었다. 그러나 횡성에서 숨어 살다가 거기서 다시 여자를 만나서는 인조반정 이후에도 서울로 돌아가지 않고 계속 눌러 살게 된다. 이 후손들이 조선 조정에 탄원을 낸 것이다. 서예원과 그 가족들의 충절이 조선왕조실록에 왜곡되어 있으니 바로잡아 주고 아울러 그 공도 기려달라고 말이다.

* 조선 조정의 조사 결과 서예원의 공이 입증되었고(숙종 때 태의명족여판서로 추증), 동시에 그 가족들과 노비 부부 역시 모두 죽음으로써 저항했다는 사실이 입증되었다. 하지만 한참 지난 일인데다가 정부 공식 자료인 왕조실록까지는 어떻게 할 수 없는 문제이다. 그래서 조선 정부는 다른 식으로 서예원 일가의 충절과 공로를 인정해 주었다. 횡성에 그들을 기리는 정려문(1817년, 순조)을 세워준 것이다. 이것이 처음에는 오정려였다. 신기하게도 나중에 육절려로 바뀌게 된다.

* 정려(旌閭)는 충신, 효자, 열녀 등을 기리기 위해 정문(旌門)을 세워 나라에서 표창하던 것을 일컫는데, 오정려라 함은 말 그대로 다섯 개의 정려를 말한다. 즉 진주성 2차 전투 때 순절한 서예원 부부, 장남 서계성 부부, 그리고 막내딸까지 다섯 명을 기리기 위해 조선 조정이 오정려를 강원도 횡성에 있는 후손들에게 내렸던 것이다. 그런데 언제부터인가 육절려로 바뀌었다. 하지만 자세히 살펴보면 바깥 현판만 육절려일 뿐이지 안의 내용은 여전히 오정려이다. 잠시 후에 알아보자.

* 서예원의 정식 직계 혈육은 서계철이고, 서계철의 장남이 밀양 수산에 장가들어 그 후손들이 거기서 모여 살고 있었다. 그런데 밀양이 아니라 횡성에다가 나라에서 오정려를 세워준 것이다. 물론 다 똑같은 혈육의 후손들이기는 하다. 그러나 이 소식을 들은 밀양의 후손들은 기쁘면서도 당혹스럽게 된다. 밀양은 큰집이고 횡성은 작은집. 더군다나 서예원이 형에게 양자로 보낸 아들의 후손들이 아닌가. 작은집인 횡성이 선택되었으니 밀양 후손들의 당혹스러움은 당연한 것이었다. 어쩌면 횡성에 있는 후손들의 조선 조정에 끼치는 영향력이

더 컸을지도 모른다. 밀양에서도 그 이전부터 노력을 했을 테니까. 어찌되었든 간에 횡성의 후손들이 조선 조정으로부터 오정려를 하사받았다.

* 서예원과 그 가족들의 공을 인정해줬기 때문에 조선 조정이 더 이상 양쪽 집안의 일에 끼어들 필요는 없었을 것이다. 즉 밀양에도 반복해서 오정려를 세워줄 의무는 없는 것이다. 큰집과 작은집의 차이일 뿐 똑같은 집안을 위해 조정에서는 해줄 수 있는데 까지 해준 것이니까.

* 이후 오정려를 횡성에서 밀양으로 옮겨가기 위한 밀양 후손들의 눈물겨운 노력이 1백 년이 넘게 계속 전개된다. 횡성은 부당하니 밀양으로 옮겨 달라고 조선 조정에 상소를 내고 해당 관청에 민원을 제기하기도 한다. 직접 횡성을 방문해서 새로 오정려를 만들어줄 테니 원래의 것은 큰집이 있는 밀양으로 옮기자고 횡성의 후손들을 달래기도 하고 어르기도 한다. 그러나 작은집에서 말을 들어줄 리 만무하다. 다 똑같은 자식인데, 또한 어떻게 해서 얻은 명예인데, 8백 리나 떨어져 있는 머나먼 큰집으로 보내려고 했겠는가?

* '가져가겠다.' '안 된다.' 서로 티격태격 하면서도 큰집과 작은집이 의기투합한 것이 있었으니 정려를 하나 더 만들어달라고 조정에 탄원하는 것이었다. 진주성이 왜군에게 점령되고 난 바로 뒤, 그리로 달려간 것은 죽음을 각오한 것이기 때문에, 이 또한 죽음 못지않은 충절한 행위라 나라에서 마땅히 서계철에게도 표창을 해야 한다고 큰집, 작은집 할 것 없이 조선 조정에 상소를 올리고 또 관계 기관에 청원을 했던 것이다.

* 그러나 조선 조정이 이 청원을 들어주지는 않았다. 아마 실제 전투 중에 죽지 않았으니 그랬을 것이다. 아니 어쩌면 들어주고 싶어도 밀양에 세워줘야 할지, 횡성에 세워줘야 할지, 아니면 함양에 세워줘야 할지, 골치가 아파서 해주지 않았을지도 모른다. 또한 밀양으로 옮겨 달라는 큰집의 상소도 들어주지 않았다. 집안싸움에 조정이 개입할 필요가 없었을 것이다. 그렇게 되자 밀양의 후손들이 비장한 결심을 하고 특단의 대책을 세우게 된다.

* 아무리 노력해도 횡성의 오정려를 밀양으로 옮겨올 수 없고

세월만 보내게 되자 밀양의 문중에서 수산에 오정려를 따로 만들어서 기리기로 결정한 것이다. 어차피 나라에서 강원도 횡성에 오정려를 내려주었기 때문에, 밀양 문중에서 그대로 모방해서 만드는 것은 아무런 하자가 없는 것이니까.

* 지금부터는 추측이다. 심증만 있고 물증은 없는 그러면서도 유쾌한 추측이다.

* 밀양의 후손들이 모여 오정려를 자체적으로 만들려고 마음을 먹고 보니까 욕심이 생겼다. 어차피 자체적으로 만드는 것, 이왕이면 이번 기회에 서계철의 것까지 해서 여섯 개의 정려를 만들기로 작정한 것이다. 이름은 숙고 끝에 육절각이라 짓기로 한 것이고.

* 밀양 문중이 육절각을 짓기로 결정하고 준비하는 과정에 이의를 제기하는 사람들이 생겼다. 나라에서 세워준 횡성의 것은 오정려인 반면 밀양 문중에서 세우는 것은 육정려가 될 것이니, 일반 사람들이 이상하게 여길 것이라는 이의 같은 것들 말이다.

* 그래서 문중 회의에서 고민한 끝에 기상천외한 묘수를 떠올린다. 밀양 수산에 육정려를 세우되 동시에 강원도 횡성에 있는 오정려도 육정려로 둔갑시켜 버린다는 작전을 짠 것이다. 밀양의 것을 육절각으로 이름 짓기로 했기 때문에 횡성의 것은 약간 달리해서 육절려로 이름 짓기로 작전계획을 마친 밀양 문중은 빈틈없는 준비에 들어갔다.

* 되풀이하지만 지금은 추측 중이다. 즐거운 미소가 절로 나오는 유쾌한 추측, 그러나 일리가 있는 추측이다.

* 밀양의 문중이 육절각을 완성할 무렵, 육절려라는 현판을 든 특공대가 횡성으로 파견된다. 횡성에 도착한 특공대원들은 야밤에 몰래 다가가 오정려 입구에 쾅쾅 못을 박는다. 드디어 작전 끝. 육절려라는 멋진 현판이 오정려 입구에 들어선 것이다. 이때가 해방될 무렵인 1945년 경. 그 이후 강원도 횡성의 오정려는 육절려로 불리게 된다. 그리고 1981년 8월 5일, 강원도 유형문화재 제65호로 지정된다.

* 안의 내용이야 오정려라 할지라도 일단 바깥에 육절려라는

제목이 붙어 있는 이상 서예원 일가의 충절을 생각하는 사람들의 마음속에는 서계철도 자동적으로 들어가게 되어 있는 것이다. 기막힌 묘수라 할 수밖에.

* 아마 횡성의 작은집에서는 밀양의 큰집에서 저지른 거사(?)인 줄 알면서도 모르는 체 했을 것이다. 속으로는 그들도 회심의 미소를 지었을 테니까. 오정려가 육절려로 바뀌는 과정에서 밀양의 문중은 물리적이거나 문서적으로 아무런 증거도 남기지 않는다. 다만 문중 기록의 행간을 꼼꼼히 파악하면 어렴풋 짐작할 수 있도록 여지를 남겨 놓았다고 하니, 그 지혜가 새삼 감탄스럽다.

* 결론은 밀양 수산의 육절각은 서씨 문중에서 만든 것이고, 강원도 횡성의 육절려는 조선 조정에서 내려준 것이다.

세 번째 뒷이야기

* 여기서는 진주성 2차전 당시 죽은 사람이 얼마나 되는지 추측해보고 선조와 조정 대신들에 대한 책임 소재를 따져본다.

* 그 당시 죽은 사람의 숫자는 우리 측 주장으론 6만 명이고 일본 측 기록으론 25,000 명이 넘는 것으로 되어 있다. 그 당시 진주성에 모인 사람이 6만 정도였다고 하니 아마 다 죽지는 않았을 터이다.

* 강으로, 산으로 달아난 상인(常人, 평민)이 많았다고 기록해놓은 유성룡의 징비록을 굳이 참고하지 않더라도 상식적으로 충분히 판단할 수 있다. 가만히 앉아 죽음을 기다리기보다는 필사적으로 달아나려 했을 테니까.

* 6만은 과장이고 일본 측의 기록에서 조금 더해보면 3만, 거기서도 더한다면 4만, 아마 추정컨데 3만이나 4만 사이의 사람들이 죽은 것으로 보인다. 물론 정확한 것은 모른다. 더 죽었

을 수도 있고 덜 죽었을 수도 있다.

* 확실한 것은 완전히 전멸한 것은 아니다. 우선 포로로 끌려간 사람들이 많았고, 어수선한 와중에 이리저리 달아난 사람들도 많았을 것이다. 그런데 6만을 뚝 잘라 3만이 죽었다고 가정해보면 얼마나 많은 사람들이 될까?

* 세금 관계로 호구조사를 기피하는 사람들이 많았다고 하기 때문에 조선시대의 인구수를 정확하게 추정할 수 없지만 임진왜란 50년 전인 1543년의 전국 인구가 약 416만 명이라는 기록이 있다. 2012년 1월 기준으로 남북한 인구수는 대략 7천만 명을 조금 넘고, 진주시 인구는 대략 34만 명이다.

* 즉 단순 계산으로 따져도 2012년의 인구는 임진왜란 때보다 열 배가 훨씬 넘는다. 그냥 쉽게 계산해서 열 배라고 가정하면 3만 명은 30만 명이 되고, 만약 열다섯 배를 적용하면 45만 명이 된다. 즉 아무리 최소로 잡아도 2012년 진주시에 있는 모든 사람들만큼이나 되는 그렇게 많은 사람들이 한 자리서 다 죽임을 당했다는 말이 된다. 엄청난 비극이었다.

* 되지도 않을 싸움을, 또한 필요도 없는 싸움을 끝까지 밀어붙인 임금과 조정 대신들로 인해 수많은 백성들만 죄도 없이 죽어간 것이다. 굳이 백성들의 죄를 들라면 무능한 지도자와 조정을 둔 죄밖에.

* 김명원과 권율 등 육군 최고 지휘관들은 수많은 사람들이 죽어갈 것이 틀림없는데도 공성 명령을 내리지 않고 전라도로 도망쳐버렸다. 결국 그들은 그들만의 공성에는 성공했다. 그러나 그들 또한 임금과 조정을 도와 수많은 백성들을 죽이는 데 일조했음을 부인할 수 없다.

* 권율이 의령에서 전라도로 달아나면서 진주성도 비우라고 지시를 내렸다고 주장하는 사람들도 있는데, 이치적으로 맞지 않다. 그렇다면 육군 최고 지휘관의 명령을 그 아래에 있는 최경회와 황진이 위반했다는 뜻이 된다. 즉 공식적인 공성 명령은 없었다는 것이다.

* 만약 선조가 도요토미 히데요시에 대한 오기로서, 또는 진주성 싸움에 당연히 명이 도와줄 것이라고 생각해서, 그리고 이

번 기회에 왜군을 완전히 끝장낼 의도로서, 수성하라고 명령
했다면, 그는 냉정하게 상황 판단을 할 줄 모르는 무능한 인
간이었다.

* 만약 선조가 명이 손을 빼 조선이 패배해도 손해 볼 것이 없
다고 판단해서 수성을 밀어붙였다면, 즉 진주성 싸움에서 왜
군이 이겨본들 어차피 더 이상 들어오지는 못할 터라 진주성
에서 조선 군민들이 피 흘리는 것만큼 왜군도 당할 것이고,
또한 조선의 자존심도 그만큼 보여줄 수 있다는 계산으로 성
을 사수하라는 명령을 내렸다면, 그는 참으로 냉정, 잔인하고
도 교활한 인간이었다.

* 그런데 한 쪽 신하들의 힘이 커지자 조정의 세력균형을 위해
정철을 내세워 정여립 사건을 역모로 몬 뒤, 똑똑한 신하들과
선비, 이리저리 약간이라도 연루되는 사람들, 그리고 그 가족
들, 심지어 팔순 되는 여인이나 아직 말귀도 잘 파악하지 못
하는 어린 아이들까지, 죄가 없는 줄 알면서도 눈 하나 깜짝
하지 않고 1천 명 가까이나 죽인 그의 전력을 볼 때, 또 좀 훗
날이지만 냉정하게 이순신을 제거하려 했다가 원균의 칠천량

패전 후, 비굴하게 다시 불러들이는 그의 이중성을 볼 때, 후
자의 추측이 전혀 가능성 없는 것도 아니다.

* 유성룡, 이덕형, 이항복, 윤두수 등 당시 조정의 신하들도 마
  찬가지였다. 만약 그들도 명이 도와줄 줄 알았다면, 그리고
  조선군에게도 승산이 있다고 믿었다면, 그들 역시 세상 물정
  을 너무 몰랐다고 볼 수밖에 없다. 만약 명이 도와주지 않을
  것이라는 사실을 알고서도 임금의 눈치를 보느라, 임금에게
  성을 비우자는 의견을 내지 못했다면, 그들은 비겁자였다.

* 유성룡은 징비록에서 진주성 싸움의 패배 원인을 몇 가지 들
  면서 제대로 준비했더라면 막아낼 수 있었을 것이라고 밝혔
  는데, 잘못 떠넘기기와 책임 회피에 불과하다. 이는 굶어서
  말라비틀어진 어린 아이를 힘센 어른과 싸움을 붙여놓고 지
  고 나자 준비가 부실했느니 대응이 부실했느니 하고 지적하
  는 것과 다름없다. 그 상황에서는 어느 누구가 성주를 맡았더
  라도 결과는 마찬가지였을 것이다.

* 어려운 상황에서도 침착하게 국난을 극복해나가는 데 일조한

유성룡이 틀림없었지만 진주성 싸움에서만큼은 그 역시 책임을 면할 수 없다. 처음부터 피해야 할 싸움이었다. 진주성 점령 후 왜군은 곧 물러갔다. 결국 조선은 헛된 희생만 치른 것이다.

* 진주성에서 그렇게 많은 백성들이 죽어 갔는데도, 권율이나 김명원 등 육군 최고 지휘관들이 패전에 대해서 아무도 책임을 추궁 받지 않았다. 임금과 조정에서 잘못했으니 처벌할 낯짝이 없었을 것이다. 그러면서도 서예원을 무능한 인물로 만들어 그들에게 돌아가야 할 패전에 대한 비난의 화살을 교묘히 돌려 버렸다. 마치 임진왜란이 김성일의 책임인 것처럼 화살을 돌렸듯이.

* 진주성을 무너뜨린 후 왜군은 인근 지역으로 넘어가서 잠시 약탈을 자행했지만 얼마 후 모두 철수하고 말았다. 이를 두고 진주성의 결사 항전 때문에 왜군이 힘을 소진해 더 이상 전라도로 못 들어간 것이라고 주장하는 사람들도 있다. 사실은 왜군은 처음부터 더 이상 진군할 계획이 없었던 것이다. 만약 전라도 진군이 왜군의 진정한 목적이었다면 진주성을 구태여 꼭 칠 필요는 없었다. 비켜가는 길도 있었으니까.

남기고 싶은 이야기

* 언제든지 진주에 가면 잘 정돈 된 진주성 유적지를 방문할 수 있다.

* 진주성내에 들어가면 촉석루 가까운 곳에 '진주성임진대첩계 사순의단'이 있는데, 거기에 있는 '진주촉석정충단비명'을 읽어보면 '진주목사 서예원(徐禮元)은 본디 겁쟁이인데다가 병법을 알지 못하는지라 모든 방어 계책이 김천일에게서 나오니~'라고 기록되어 있는 부분이 나온다. 안타깝다. 언제까지 이 비문이 그 자리를 차지하고 있을지는 모르겠지만 언젠가는 바로잡혀야 한다.

* 진주시에서는 매년 진주성이 함몰된 음력 6월 29일, 순의단 앞에서 시장이 제관이 되어 제를 올린다. 이때 순국한 장렬들의 이름을 호명하는 순서가 있다. 이 명단에 김천일, 최경회 등 호남에서 온 의병들은 들어 있는데 정작 진주 본군의 주장과 부주장인 서예원과 성수경은 빠져있다. 슬픈 일이로다. 이

날 이 행사에서 울리는 가락이 무엇인지 모르겠지만 이야말로 진주성의 슬픈 노래가 아닐지.

* 순의단에서 안쪽으로 한참 들어가면 창렬사가 나온다. 그곳에는 진주성 2차 전투에서 전사한 39인의 위패를 모시고 있다. 세 채의 전각으로 이루어져 있는데 제일 먼저 가운데 전각으로 들어가 본다.

* 제일 좌측의 위패는 김시민이다. 원래 다른 곳(충민사)에서 모셨으나 대원군의 서원 철폐 때문에 충민사가 사라지게 되자 이쪽으로 옮겼다는데, 그가 옮겨와서도 제일 첫 자리를 차지하고 있다. 아마 이에 이의를 달 사람은 없을 것이다.

* 그 다음부터 살펴보자. 김천일, 황진, 최경회, 장윤, 고종후, 유복립까지 차례대로 이루어져 있다. 그다음 우측 전각에는 양산숙, 김상건, 김준민 등이 보이고 좌측 전각에는 이종인, 윤사복 등이 보인다. 그런데 그 어디를 둘러봐도 서예원과 성수경은 보이지 않는다.

* 반대 당파 출신인 서예원을 철저히 왜곡하고, 무시하고, 외면한 탓이다. 그 와중에 1, 2차전을 통틀어 온 몸을 다 바쳐 나라를 위해 싸우다 장렬히 죽어간 성수경마저 애꿎게 휩쓸려 외면되었다. 안타까운 일이다.

* 사실은 창렬사 자체가 진주성에서 살아남은 사람들이 지은 것이 아니다. 1595년 서인인 안동 부사 정사호가 그의 지인들인 김천일, 최경회, 황진, 장윤 등을 배향하고 제사를 지내고자 한 것이 오늘날까지 이른 것이다. 결국 서인의 반대파인 서예원은 태생적으로 창렬사와 인연이 없기는 했다.

* 그렇다고 해서 서예원과 성수경을 빼서야 어찌 올바른 역사관을 정립할 수 있겠는가? 서예원과 성수경의 위패도 반드시 창렬사에 들어가야 한다. 서예원은 김시민 옆에 가는 것이 제 자리가 될 것이다. 필자가 이런 글을 남겨 놓는다고 해서 오랫동안 계속되어 왔던 고정관념이 쉽게 바뀌지는 않을 것이다. 그러나 언제가는 서예원과 성수경도 반드시 들어가야 한다. 또한 서예원과 성수경 외에도 진주성 2차전 때 전몰자로 밝혀지는 사람들이 생기면 누구든지 창렬사에 배향을 해야 할 것이다.

＊창렬사에서는 매년 3월에 향사를 올리는데, 이때 배향된 39인의 명단이 낭독된다. 서예원과 성수경의 위패는 올라가 있지 않으니 역시 그들의 명단이 낭독될 일이 없다. 지하에 있는 그들의 영령이 얼마나 억울해하고 슬퍼할까?

＊밀양 수산에 가서 육절각이라고 물어봐야 사람들은 무슨 말인지 모른다. 서씨 재실이라고 해야 동네 사람들이 알아들을 뿐이다. 그것도 서씨 재실로만 알뿐이지 그 주인공이 진주성 성주였다는 사실을 아는 사람들은 거의 없다. 횡성도 사정은 마찬가지이다. 육절각은 동네에 있어서 그나마 나은데 육절려는 문화재이긴 하지만 외딴 곳에 떨어져 있어 일반 사람들이 찾기가 더욱 쉽지 않다.

＊서예원과 그 일가를 기리는 육절각과 육절려가 밀양과 횡성에 있다고는 하나 많은 사람들이 찾는 진주성에 비해 관계자 외에는 찾는 사람이 전혀 없다시피 해 쓸쓸하기 짝이 없다.

＊서예원, 그는 분명 진주인이었다. 진주성 성주로서 가족들과 함께 진주에서 살다가 진주를 위해 뼈를 묻은 사람이었다. 진

정한 진주인으로서 진주에서 죽었던 것이다.

* 그에 비해 김천일, 최경회, 황진 등은 진주와는 관계가 없는 사
람들이었다. 물론 마지막에 진주에 들어가서 진주를 위해 목숨
을 바쳤지만, 그리고 그들도 충신이지만, 그렇다 할지라도 그
들이 어찌 서예원보다 더 진주인이라고 말할 수 있겠는가?

* 오늘날 진주에 있는 진주성에 가면 김시민이 제일 먼저 눈에
들어온다. 당연한 일이다.

* 그런데 그 다음 서예원, 성수경은 전혀 없고 오히려 김천일,
최경회 등은 보인다. 주인은 없고 객만 있는 격이다.

* 육절려나 육절각을 왜 진주에서는 볼 수 없을까?

* 진주 사람들이 언젠가는 서예원을 진주인으로 받아 주기를
간절히 바라마지 않으며 글을 맺는다.

부 록

고종 41권, 38년(1901 신축 / 대한 광무(光武) 5년) 8월 6일 (양력) 세 번째 기사

의관 안종덕이 임진란 때의 충신 서예원을 추증할 것을 청하다

의관(議官) 안종덕(安鍾悳)이 올린 상소의 대략에,

"임진년(1592)의 충신인 고(故) 진주목사(晉州牧使) 서예원 (徐禮元)은 올곧은 충성과 큰 지조로 온 가문이 나라를 위하여 목숨을 바쳤습니다. 당시의 사적에 대하여 후세의 선비들이 그처럼 두드러지게 적어 놓았건만, 단지 후손들이 영락되고 세대 (世代)가 점점 멀어진 결과 임금에게 말씀드리지 못하였던 것입니다. 만일 보고만 되었더라면 표창하는 은전이 어찌 혹시라도 그때 난리 통에 한 목숨을 바친 여러 신하들의 뒤에 놓이겠습니까?

삼가 상고하건대, 선무 원종 공신(宣武原從功臣) 증 병조참의 (贈兵曹參議) 서예원은 이천(利川) 사람으로서 선조(宣祖) 때에

무과 시험에 합격하고 곽산군수(郭山郡守)로 임명되었습니다. 호란(胡亂)을 당하자 종군하여 많은 싸움에서 승리하는 공로를 세웠으므로 선조는 가상히 여겨 그의 화상(畵像)을 그리도록 명하여 그것을 보고는 김해 부사(金海府使)로 임명하였습니다. 그 때 임진란(壬辰亂)을 당하였는데 도성이 함락되었다는 말을 듣고는 군사를 모아서 적들을 맞받아 많은 적의 머리를 베었습니다. 초유사(招諭使) 김성일(金誠一)이 그의 공로를 보고하여 진주목사(晉州牧使)로 임명되었습니다.

그때 적들이 장차 곧바로 진주(晉州)로 향하려 하자 서예원은 급히 성으로 돌아가 적들과 여러 번 싸웠는데, 27일이 되어 외부의 지원이 끊어져 말먹이와 군량이 모두 떨어지는 통에 군사들과 말이 굶주려서 싸울 수 없게 되었습니다. 그러나 서예원은 여전히 기운을 가다듬고 싸움을 지휘하여 동쪽 성문을 지켰습니다. 충청병사(忠淸兵使) 황진(黃進)과 의병장(義兵將) 장윤(張潤)이 탄환에 맞아 죽고 적들이 성으로 달려들어 성이 그만 함락되자 서예원은 북쪽을 향해 네 번 절을 하고 남쪽 문에 가서 앉았습니다. 적들이 항복시키려고 하니 서예원은 꾸짖으면서 항복하지 않았으며, 적들이 칼로 찌르는 바람에 그만 죽고 말았습니다.

맏아들 서계성(徐繼聖)은 두 명의 남자 종 금이(金伊), 춘년(春年), 그리고 관아의 종 5명과 함께 곧장 앞으로 내달려 치면서 싸워 적 수십 놈을 죽이고, 모두 적의 칼에 맞아 죽었습니다. 처 이씨(李氏), 맏며느리 노씨(盧氏), 시집가지 않은 딸, 그리고 여종 몇 사람은 모두 얼굴을 가리고 몸을 묶은 다음 앞을 다투어 강에 뛰어들었습니다. 같은 날 한 성에서 죽은 장수들과 군사들이 6만여 명이나 되었으니, 아! 비통한 일입니다.

체찰사(體察使) 유성룡(柳成龍)은 진주성(晉州城)이 함락된 사실을 명(明) 나라 장수 이여송(李如松)에게 보고하였는데 거기에 대략 이르기를, '목사(牧使) 서예원은 8일 동안 피 흘리며 싸우다가 외부의 지원이 끊어졌으나 모든 사람들이 적의 칼날을 피하지 않았으며 구차스럽게 살아보려는 사람이 하나도 없었다. 군사를 거느린 장관(將官)이 수십 리밖에 안 되는 가까이에 있으면서도 지체하고 구원하지 않음으로써 동남쪽 변경이 하루아침에 잿더미로 되게 하였으니 그 죄를 이루 다 말할 수 있겠는가?' 라고 하였습니다.

원임 좌의정(原任左議政) 정철(鄭澈)은 모든 관리들을 거느리고 명나라 사신에게 올린 보고에서, 힘껏 싸워 나라를 위해 몸바친 사람 중에서 지조와 의리가 뛰어난 사람들을 들었는데, 서예원을 고경명(高敬命)과 조헌(趙憲)의 아래, 김시민(金時敏), 송상현(宋象賢), 유극량(劉克良)의 위에 놓으면서 말하기를, '적의 칼날에 몸이 가루가 되어도 구차스럽게 살아날 생각을 하지 않았다.' 하였습니다. 서예원의 충성과 절개가 당시 의리를 제창한 여러 신하들보다 못하지 않다는 것을 여기에서 믿을 수 있습니다. 그런데 훗날 공로를 평가할 때 유독 원종 2등 공신(原從二等功臣)에 넣었고 벼슬을 추증한 것은 병조참의(兵曹參議)에 그쳤으니 그것은 당시 공로에 대한 조사가 대체로 군사를 거느리고 있으면서도 지원하지 않은 자들의 손에 의해 진행되었고, 유성룡이 자기 죄를 규탄한 데 대한 분풀이를 서예원에게 하여 그 사실을 덮어버렸기 때문입니다. 아! 원통합니다.

그후 여러 신하들은 차례차례 추증하고 시호(諡號)를 주며 부조의 은전을 받았지만 유독 같은 날에 나라 일을 위해 목숨을 바친 서예원에게만은 미치지 않았으니 더욱이 억울한 일입니다. 어찌 오래된 일이라고 해서 표창하지 않겠습니까? 황상께서는 속히 고 충신 서예원에게 높은 벼슬을 추증하고 훌륭한 시호를 주는 동시에 진주의 충렬사(忠烈祠)에서 추향(追享)하도록 하여 같은 때에 목숨 바쳐 절개를 지킨 충신 김천일(金千鎰), 황진(黃進), 최경회(崔慶會)와 함께 경건히 봉안하게 함으로써 오

랫동안 억울하게 되었던 충성스러운 넋을 위로하고 한 시대의
이목(耳目)을 새롭게 하소서."

하니, 비답하기를,

"상소의 내용을 의정부(議政府)에서 품처(稟處)하도록 하겠
다." 하였다.

〈 참고문헌 〉

* 인터넷 조선왕조실록.

* 임진왜란 그것은 그렇지 않았다. (서필량)

* 임진왜란사 연구. (이장희)

* 임진왜란과 김성일. (김명준)

* 일본과 임진왜란. (최관)

* 임진왜란과 도요토미 히데요시. (국립진주박물관)

* 임진왜란은 우리가 이긴 전쟁이었다. (양재숙)

* 조선시대 사람들은 어떻게 살았을까. (한국역사연구회)

* 다시 쓰는 임진왜란사. (조중화)

* 이순신과 도요토미 히데요시. (유길만)

* 임진왜란, 잘못 알려진 상식 깨부수기. (도현신)

* 조일전쟁. (백지원)

* 이순신과 임진왜란. (이순신역사연구회)

* (새로운 觀点의) 임진왜란사 硏究. (조원래)

* 임진왜란 경상도 지역 의병연구. (조원래)

* 임진왜란과 湖南地方의 義兵抗爭. (조원래)

* 壬辰倭亂期 嶺南義兵硏究. (최효식)

* 壬亂期 慶尙左道의 義兵抗爭. (최효식)

* 조선왕을 말하다. (이덕일)

* (서애 류성룡) 위대한 만남. (송복)

* 정여립 연구. (배동수)

* 풀어쓴 징비록, 류성룡의 재구성. (박준호)

* 진주성 전쟁기. (박상하)

* 조선시대 당쟁사. (이성무)

* 진주성 용사일기. (허남오)

* 한국사 그들이 숨긴 진실. (이덕일)

* 칼의 노래. (김훈)

* 이밖에도 수많은 인터넷 사이트를 참조했으나 일일이 밝히
  지 못한 점을 양해 바랍니다.

진주성 비가(下)

초판1쇄 인쇄일 2012년 4월 18일
초판1쇄 발행일 2012년 4월 20일
2쇄 발행일 2012년 5월 1 1일

지은이   조열태
펴낸이   조열태
제자   박영현
인쇄   구암종합인쇄
펴낸곳   이북이십사(ebook24)
        경기도 광주시 태재로 130
        전화: 070-4068-8150
        홈페이지: www.ebook24.co.kr
        등록: 2012년 3월 14일 제 2012-5호

ISBN 978-89-968657-0-4 03800

정가/11,000원